KB132041

레이디 맥도날드

레이디 맥도날드

한은형 장편소설

문학동네

"행복하여라, 슬퍼하는 사람들!
그들은 위로를 받을 것이다."
—「마태복음」 5장 4절

벤치

"운을 쌓지 못했다. 그래서 패배했다."

2월 22일, 이제 봄인가 싶더니 다시 추워진 날이었다.

노인은 쓰러져 있지 않았다. 벤치에 앉아 있었다. 그래서 최초 발견자인 오십대 후반의 환경미화원은 처음에는 노인이 죽은 줄 몰랐다고 했다. 혹시 몰라서 노인의 어깨를 흔들었더니 스르르 쓰러졌다고 미화원은 진술했다.

폭설까지는 아니어도 꽤 많은 눈이 내려서 공원이나 소로小路의 눈을 치우려면 사람의 손이 많이 가는 날이었다. 노인의 머리에 눈이 쌓여 있지도 않고, 겨울 외투라기에는 너무 얇은 옷을 입고 있어서 더 몰랐다고 했다. 그러고는 이렇게 덧붙였다. 집 앞으로 산책을 나왔을 수도 있겠다 싶었어요. 자신의 행동에 부적절한 면이 있었을까봐 미화원은 말을 한 자 한 자 고르는 데 시간을 들였다. 또 이렇게도 말했다. "저렇게 죽어 있는 사람은 처음 봐서……"

벤치에 앉아 죽었다. 그랬다. 길에 쓰러진 채로 죽은 게 아니었다. 칠십대의 여자 노인이 벤치에 앉아 죽었다는 뉴스를 전해들은 사람들은 뭐라 말할 수 없는 복잡한 기분을 느꼈다.

그런 죽음은 흔히 볼 수 있는 게 아니었다. 그래서 무감한 편인 사람에게조차 여러 가지 감정을 불러일으켰다. 사람들은 그 감정을 어떻게 표현해야 할지 몰랐다. 누군가는 놀라워했고, 누군가는 당혹감을 느꼈고, 또 누군가에게는 궁금증이 남았다는 정도로 말할 수 있을 것이다. 이 추운 겨울에 혼자서…… 벤치에서…… 그런데 앉아서? ……어떻게 그럴 수가?

세상 사람들에게 영화 속 이야기가 아니고서야 앉아서 맞는 죽음이란, 그것도 겨울의 눈 쌓인 벤치에서 맞는 죽음이란 아주 낯선 것이었다.

그래서 경이로웠다. 노인의 죽음에 대해 들은 이들 중 죽어본 사람은 아무도 없었으니 말이다. 죽지 않은 이들은 죽음이라는 거대한 사건을 산책을 하다가 아무렇지도 않게 맞이한 것처럼 보이는 장면에 놀라워했다. 잘은 몰라도 죽음에 동반된다고 들어왔던 증상들, 그러니까 경련, 광증, 공포, 환시는 자신의 것이 아니라는 듯 그렇게 꼿꼿하게 앉아 죽을 수 있다니. 그건 그야말로 용기 있는 행동이었다. 강한 정신을 가진 사람이 아니라면 할 수 없는 일.

유품이라고 할 만한 것은 벤치에서, 그러니까 노인이 쓰러진 바로 그 자리에서 발견되었다. 노인이 가방으로 사용한 것으로 보이는 쇼핑백 두 개로, 크기가 비슷한 종이 백을 겹쳐 넣어 세 겹으로 만든 것이었다. 한 쇼핑백 안에는 주간지와 경제 신문, 코리아 헤럴드 같은 영자 신문과 성경, 그리고 열 권가량의 수첩이 들어 있었다.

수첩에는 사람의 이름이나 전화번호 같은 메모와 뭔가에 대한 단상이나 약간의 일기가 있었고, 돈을 쓴 기록도 있었다. 사이사이에 영수증이나 신문에서 오려낸 기사가 끼워져 있기도 했다. 수첩을 쓴 순서를 번호로 매기지도 않은데다 꼬박꼬박 날짜를 쓴 것도 아니어서 얼마 동안의 기록인지 알기는 힘들었다.

또 하나의 쇼핑백에는 그녀가 매일 사용했을 물건들이 있었다. 반듯이 접은 흰색 수건 하나가 비닐봉지 안에, 손바닥만한 주머니 안에는 실과 바늘, 가위와 칼, 풀과 스카치테이프가 있었고, 'Gallup'이라는 영단어가 고딕체로 새겨진 비닐 파우치 안에 실핀과 빗, 샴푸와 보디로션, 치약과 칫솔이 들어 있었다. 거의 백팔십 도에 가깝게 모가 눕고 빠지기도 한, 누렇게 변색된 칫솔이었다. 또 치실이 있었다. 이렇게나 오래된 칫솔과 함께 있는 치실이라니. 노인의 유품을 기록하던 경찰은 기묘한 조합이라고 생각하면서 목록의 마지막에 '치실'이라고 적어넣었다.

노인의 신상이 밝혀지는 데는 오래 걸리지 않았다. 김윤자. 1940년생. 주소지 불명. 인터넷에서 '맥도날드 할머니'로 유명한 노인이었다. 베이지색 트렌치코트를 입었다는 게 유력한 단서가 되었다. 그것만으로도 노인이 누군지 추측할 수 있을 만큼 그 옷차림은 세간의 화제였고, 곧 그 추측은 합당한 것으로 밝혀졌다.

최근 몇 년 사이 노인은 '맥도날드 할머니'로 텔레비전에 몇 번 출연했는데, 그때마다 베이지색 트렌치코트를 입고 있었다. 그래서 베이지색 트렌치코트를 입으면 '맥도날드 할머니 스타일이야?'라고 말하는 사람이 있을 정도로 노인과 노인의 스타일은 특정 사람들 사이에서 유명했다. 그러니까 패션에 관심이 있으면서 동시에 노인에 대해 아는 그리 많지 않은 사람들에 한해서.

김윤자가 죽은 시각은 새벽 네시부터 여섯시 사이라고 의사가 확인해주었다. '타살의 가능성은 거의 없다고 봐야 한다'고 했다. 여러 문제가 있었다고 했다. 심장에 이상이 있었고, 뇌출혈 상태였다. 그리고 뇌에 몇 년 전에 생겼을 병변들이 남아 있는 것으로 보아 뇌질환을 앓았을 거라고 했다. 주민등록도 말소된 지 오래고, 건강보험에도 가입되어 있지 않은 상태라 고인이 자신의 병을 모르고 지나갔을 가능성이 크다고도 말했다. 또 의사가 낸 추가 소견에 따르면, 영양실조에 치매 상태였다. 이렇게 오래 거리에서 지낸 게 기적이라고도 했다.

대단한 의지가 있어야 할 수 있었을 일이라고는 말하지 않았다.

의사는 그런 말을, 그러니까 자신의 개인적인 생각을 말할 권리를 부여받은 사람이 아니었으므로. 김윤자를 검시한 의사는 김윤자가 거리에서 살았다는 것과 김윤자라는 이름 모두를 알고 있었다. 의사도 그녀가 나오는 방송을 봤고, 한때 트렌치코트에 특별한 의미를 부여할 만큼 패션에 관심이 있었기 때문이다. 처음에는 확신하지 못하다가 거의 발목까지 늘어진 김윤자의 긴 머리를 보고서 화들짝 놀라 한 걸음 뒤로 물러섰고, "아, 김윤자씨"라고 말했다.

우연이었다. 텔레비전 채널을 돌리다 김윤자를 보게 된 그녀는 김윤자가 출연한 모든 방송을 찾아보았었다. 김윤자의 남다른 의연함과 독립적인 태도를 보면서 자신의 모습을 대입해보기도 했다. 만약 내가 저런 상황에 처하게 된다면 어땠을지라고 말이다. 그녀는 병원을 개업했다가 파산한 적이 있었고, 동업자이기도 했던 남편을 잃었고, 그래서 한동안 신용불량자로 살며 페이 닥터로 일했었기 때문에 김윤자의 삶에 깊이 감정이입했다.

"운을 쌓지 못했다. 그래서 패배했다"라는 김윤자의 글씨를 의사가 보았다면 더 김윤자의 삶에 공감했을지도 모른다. 김윤자가 가장 최근, 그러니까 죽기 전 마지막으로 쓴 문장을 봤다면 말이다. 일기라고도 할 수 없고 그렇다고 일기가 아니라고도 할 수 없는 그 문장을 말이다.

김윤자는 저 문장을 적고 나서 두 달이 못 돼 쓰러졌다. '패배했다'며 마지막 일기를 적을 때 김윤자는 얼마 지나지 않아 자신의 삶에 대해 기적이었다고 말하는 사람이 나타나리라고는 상상하지 못했을 것이다.

그 말을 들었다면 김윤자는 웃었을까, 아니면 화를 냈을까?

1940년 출생, 2017년 사망. 사체 발견 당시 김윤자는 149cm에 33kg이었다.

친구들

    신중호와 최신양, 민수경에게 김윤자가 죽었다는 소식을 알리는 전화가 걸려왔다. 김윤자의 수첩에 그들의 이름과 전화번호가 있었다. 최신양은 친구 1, 민수경은 친구 2, 신중호는 친구 3이라고 적혀 있었다. 김윤자는 그들을 '친구'라고 표현했다.

    "신중호 피디님?"

이라고 자신을 지칭하는 상대방의 목소리를 들었을 때 그는 어디서 걸려온 전화인지 직감했다. 그래서 바로 대답을 할 수 없었다.

    "네, 어디신가요?"

    숨을 고른 후에야 이렇게 말할 수 있었다.

    "에스비에스 피디님이시죠?"

    "에스비에스 피디는 아니고요."

'신중호 피디님'이라고 호칭하며 걸려오는 전화의 두번째 질문은 거의 이런 식이었고, 신중호는 또 거의 이렇게 대답하곤 했다. 신원을 확인하려는 목적일 테니 편의상 '에스비에스 피디'가 맞다고 하면 되는 것이었지만 그렇게 넘어가기에는 찝찝했다.

"신중호씨 아니신가요?"

"피디는 맞는데, 에스비에스 피디는 아니에요."

"김윤자씨 아시죠?"

자신의 신원을 확인한 뒤, 김윤자씨를 아느냐고 묻는 사람이라면 용건은 한 가지밖에 없었다. 신중호는 머지않아 이런 전화가 걸려올지도 모른다고 예상하고 있었다. 그렇게 생각해왔다는 것을 전화를 받고서야 알았지만.

김윤미에게 연락한 것은 신중호였다. 김윤자의 수첩에는 김윤미의 이름은 물론 그녀에 관한 어떤 것도 적혀 있지 않았고, 신중호는 김윤미에게 연락하는 것을 김윤자가 원할 거라고도 생각하지 않았다. 하지만 김윤미에게 전화했다. 그래야 할 것 같기 때문이었다. 김윤미는 그가 이름을 밝히자마자 전화를 끊어버렸다. 신중호는 다시 전화를 걸었다. 두 번 걸려온 전화를 끊을 수 있는 사람은 많지 않다. 김윤미도 그랬다.

"돌아가셨습니다."

신중호는 하려던 말을 바로 꺼냈다. 김윤미는 한동안 아무 말도 하지 않았다.

"언니가…… 죽었다고요?"

거실 창문 밖의 가로수 가지들에 간신히 남아 있는 거의 녹은 눈을 바라보다가 김윤미는 이렇게 말했다. 누구도 말을 잇지 않았다. 그러다 김윤미가 깊은 한숨을 내쉬었다.

"괜찮으시겠어요?"라고 신중호는 물었다. 빈소를 마련하지 않아도 괜찮겠냐는 의미일 수도 있고, 이런 소식을 듣고 충격이 크지 않았냐는 물음으로도 들릴 수 있는 말이었다.

"이렇게 빨리 올 줄은……"

김윤미는 한참 만에 이렇게 말했다. 언니가 죽는다 해도 어떤 기분도 들지 않을 거라고 생각했었는데 예상과는 달랐다.

"멀쩡해 보이던데요."

김윤미가 다시 말했다. 김윤자가 나온 방송을 봤다는 말이었다. 동시에 제대로 보지 않았다는 말이기도 했다. 신중호는 말년의 김윤자가 '멀쩡하지 않았다'고 김윤미에게 말할 필요를 느끼지 못했다. 김윤미라면 김윤자의 그런 상태를 보고도 '멀쩡하다'고 말할 수 있다는 것을 알았기 때문이었다. 둘 사이에는 애정이 없었고, 김윤미는 김윤자가 원래부터 그런 사람이라고 말했었다. 이상하게 행동하고 이상하게 말하는 사람이라고.

신중호는 작년에 김윤미를 찾아내 김윤자의 근황을 알린 것만으로도 할일을 다 했다고 생각했다. 그에게 김윤자의 죽음을 알릴 권리나 의무 같은 건 없었다. 하지만 귀찮은 게 찝찝한 것보다는 나았다. 짐작하지 않고 일단 연락을 취한다. 그게 신중호의 방식이었다.

결국 빈소는 신중호가 차렸다. 김윤자는 무연고자여서 빈소를 차리지 않고 염만 한 뒤 화장하는 것이 절차였지만 그가 상주를 맡겠다고 한 것이다. 예의상 김윤미에게 빈소를 차리겠느냐고 물었지만 예상대로 그녀는 거절했고, 그렇다면 빈소는 그가 차려야 했다. 신중호의 생각은 그랬다. 분명한 필요도 이유도 없었지만 어쩐지 그래야 할 것 같았다. 몇 명 되지 않지만 그래도 그녀의 마지막을 함께해줄 사람들이 있었기 때문이다.

"최신양 집사님이신가요?"

그녀를 찾는 전화는 이렇게 시작되었다. 김윤자의 수첩에 '최신양 집사님'이라고 적혀 있었기 때문이다. 최신양은 전화를 받고는 화장대의 맨 아래 서랍을 열었다.

최신양은 오 년 넘게 김윤자에게 후원금을 보내고 있었다. 김윤자는 은행 계좌가 없었기 때문에 최신양이 교회에 맡겨두면 김윤자가 그달의 마지막날에 찾아갔다.

이십만원이었다. 김윤자에게 보내는 후원금의 액수를 늘려야 하지 않을까 고민하기도 했지만 생각만 하다 말았다. 처음에 김윤자가 후원금을 받지 않겠다며 강경한 태도를 취했던 게 떠올랐기 때문이었다. 극구 사양하던 김윤자는 그렇다면 '한 달에 이십만원만' 받겠다고 했었다. 그러면 매일 커피를 마실 수 있고, 또 가끔은 케이크를 먹을 수도 있을 거라며. 그거면 충분하다고 말이다.

이십만원을 찾아갈 때마다 김윤자는 최신양에게 전해달라며 편지 봉투를 맡겼다. 봉투 안에는 감사하다는 말이 적힌 엽서와 함께 김윤자가 신문에서 오려낸 기사가 들어 있었다. 우연히 용연향을 발견해 부자가 된 스리랑카의 어부 이야기나 백억이 넘는 유산을 반려견에게 상속한 사람 이야기 같은 것들이었다. 최신양은 서랍을 열어 김윤자에게 받은 엽서들과 엽서 사이에 끼워진 신문기사들을 바라보았다. 가끔은 성경 구절을 적어 보내기도 했다. 최신양은 그중 하나를 보고 있었다.

심령이 가난한 자는 복이 있나니 천국이 그들의 것임이요
애통하는 자는 복이 있나니 그들이 위로를 받을 것임이요
온유한 자는 복이 있나니 그들이 땅을 기업으로 받을 것임이요
의에 주리고 목마른 자는 복이 있나니 그들이 배부를 것임이요

"민수경씨?"
전화를 받고 민수경은 새로 온 슈퍼바이저라고 생각했다. 전화

를 기다리고 있었기 때문이었다. 그녀는 설문조사 면접원으로 일했다. 일이 있을 때는 그랬고, 일이 없을 때는 카페에서 잡코리아 같은 구직 사이트를 들여다보았다.

면접원으로 일하는 건 적성에 맞았다. 보수는 적어도 사람을 만날 수 있었다. 부모님이 모두 돌아가시고 혼자 살게 된 그녀는 친구가 거의 없었고, 설문조사를 하면서 마주치는 사람들이 그녀가 교류하는 거의 유일한 사람들이었다. 민수경은 이 일을 하면서 세상과 다시 연결되었다는 느낌을 받곤 했다. 스트레스를 받는 경우도 있었지만, 그런 와중에도 그녀는 사람의 온기를 느꼈다. 사람을 만나는 게 좋았기 때문에 계속 이 일을 하고 싶었지만 일이 늘 있는 건 아니었다.

민수경이 김윤자를 만났던 곳은 광화문 스타벅스였다. 창가에 앉아 설문지를 정리하는데 김윤자가 다가왔다. "삶의 질 만족도 조사가 뭔가요?"라고 말을 걸면서, 민수경이 앉아 있던 자리로. 그건 그때 민수경이 한 리서치 회사로부터 할당받은 조사의 주제로, 민수경 앞의 테이블에 그 설문지가 가득 쌓여 있었다. 김윤자는 자기도 이 설문조사에 응답하고 싶다고 말했다. 조사의 주제에 마음이 끌린다며.

그녀는 고개를 들어 김윤자의 얼굴을 바라보았다. 핀을 여러 개 꽂아 고정시켰지만 머리카락 몇 가닥이 흘러내린, 신경질적으로 보이는 할머니의 얼굴을. 원칙적으로는 안 되는 일이었다. 면접원이 응답자를 선택하는 게 원칙이고, 누군가가 면접원에게 다가와 설문에 참여하고 싶다고 하면 거절해야 한다고 이 일을 처음 시작할 때 슈퍼바이저에게 교육받았다. 혹시 회사에서 자신을 테스트하고 있는 건가, 잠깐 고민했지만 그런 생각은 과대망상에 가깝다는 걸 민수경은 알았다. 그녀가 하는 일은 그 정도로 중요한 일은 아니었다. 민수경 자신에게는 중요했지만 말이다.

김윤자의 표정은 정말 설문조사에 응답하고 싶어하는 사람의 얼굴이었다. 어떻게 해야 할지 몰라 망설이는데 김윤자가 휙 돌아서 제자리로 걸어갔다. 베이지색 트렌치코트 아래로 보이는 걸음걸이에서 단호한 의지가 보였다.

선생님.

민수경이 부르자 김윤자가 돌아다보았다.

레이디

신중호가 김윤자를 처음 만난 것은 일 년 전인 2016년 2월, 맥도날드에서였다. 정동 맥도날드.

그는 저녁 여섯시부터 그녀를 기다리고 있었다. 예정대로라면 일곱시에 나타날 것이었다. 무릎까지 오는 베이지색 트렌치코트에 하얗게 센 머리, 그리고 두 개의 쇼핑백을 들었다고 했다. 그런 행색으로 나타나 맥도날드에 머문다고. 저녁 일곱시부터 새벽 다섯시까지, 열 시간을 보낸다고 했다. 그러고는 새벽 다섯시가 되면 떠났다 저녁 일곱시에 되돌아온다고. 다시 여기, 맥도날드로.

그게 노인의 패턴이라고 사람들은 말했다. 노인은 밤시간 대부분을 맥도날드에서 보냈고, 그래서 '맥도날드 레이디'로 불렸다. '맥도날드 할머니'에 비하면 인기 없는 별명이었지만, '맥도날드 레이디' 쪽이 진실에 가까웠다.

할머니보다는 레이디였다. '레이디스 앤드 젠틀맨'의 그런 레이디처럼 민주화된 사회에서 누구에게나 붙여주는 의례적 경칭이 아니라 귀족이나 귀족의 아내나 딸에게, 또 귀족에 준하는 작위를 가진 여자들에게 붙는 그런 '레이디' 말이다. 그 앞에서는 무릎을 굽힌다거나 손에 키스를 해주어야 할 것 같은 그런. 그렇다면 '맥도날드 레이디'가 아니라 '레이디 맥도날드'라고 해야 맞는 말이겠지만, 그래야 '레이디 맥베스'만큼이나 비극적인 그녀의 삶이 드러나겠지만, '맥도날드 레이디'라는 어순이 더 그녀와 맞는 것 같았다. 그녀에게는 작위도 없었고, 예우해주는 사람도 없었다. 오로지 단 한 사람, 그녀 자신을 빼고는.

그러니까 그녀는 그런 사람이었다. 신중호의 팀은 그래서 그녀를 취재하기로 했던 것이다. 레이디니까.

기획 피디인 황은 그녀를 '숙녀'로 대하라고 했고, 신중호도 그러기로 한다. 경향신문사 옆에 있는 정동 맥도날드로 오는 길에 내내 되새겼듯이.

신중호는 캠코더를 든 박과 함께 맥도날드가 잘 보이는 맞은편 길가에 차를 대놓고서 레이디를 기다리고 있다. 차 안에도 있다가 밖에도 나왔다가 하지만 시선은 맥도날드 출입구를 향해 고정하고 있다. 여섯시부터 한 시간 동안이나.

화장실에 가고 싶지만 참고 있다. 눈을 똑바로 뜨고 있어야 뭐라도 건질 수 있다. 일단은 그녀가 카메라 안으로 들어와야 한다. 그녀가 점점 커지고, 맥도날드 안으로 들어가는 그림을 만들어야 한다. 어느 쪽에서 걸어오는지, 어떤 표정을 짓고 있는지, 혹은 어떤 돌발 행동을 하는지 잡을 수 있다면 더 좋을 것이다. 그런 장면들은 화면을 풍부하고 생생하게 만들어준다.

일곱시가 지났다.

레이디는 오지 않는다. 전화가 온다.

"아직이에요?"

황인가 했더니 구성작가 최다. 추가할 내용을 알려준다. 그녀가 큰 그림을 짜고 신중호는 그 그림을 카메라 안에 들어오게 만든다. 카메라맨인 박이 캠코더로 찍는다. 2인 1조로 움직인다. 3인 1조일 때도 있다. 오늘은 박과 신중호, 이렇게 둘이다.

늘 짠 그림대로 되지는 않는다. 대본대로 사람이 움직여주지 않으니까.

돌발 상황이 생긴다면 신중호가 알아서 대처해야 한다. 그들이 만나는 사람들은 대개 화가 나 있고, 자신을 제어하기 힘들고, 그래서 목소리가 크고, 예상할 수 없는 반응을 보일 때가 많다. 상식적이지 않다고도 할 수 있고, 또 어떻게 보면 상식적이라고도 할 수 있다. 이 일을 하면 할수록 상식에 대해 생각하게 된다. 상식이라는 단어는 상대적이고, 파괴적이고, 기만적이다. 모두의 상식이

다르다는 말이다.

그런데…… 이야기를 들어주면 달라진다. 처음에 있던 그 사람은 어딘가로 사라지고 다른 사람이 나타난다. 이야기를 들어주고, 또 들어주고, 계속 들어주면 그들은 수줍어진다. 그래서 자기들이 원래는 그런 사람이 아니었다고 은밀한 고백이라도 하는 것처럼 속삭이기도 한다. 부끄러워하면서. 그러고는 말하기 시작한다. 자신에 대하여, 원래의 자신에 대하여.

그들은 기다리면 언젠가는 진짜 이야기를 꺼내놓는다.

일곱시 반이다.

레이디는 아직이다. 신중호는 맥도날드 입구로 건너가 거대한 방석처럼 생긴 보냉 가방을 들고 배달 오토바이에서 내리는 남자에게 말을 건다.

"저, 말씀 좀 묻겠는데요. 바바리 입은 할머니……"

"올 거예요."

그는 신중호가 말을 다 하기도 전에 용케도 알아차리고 답을 준다.

"일곱시면 온다고 했는데……"

남자는 손목에 찬 애플 워치를 확인하고는 말한다.

"와요."

그렇게 말하고 매장으로 들어가는 그의 등뒤에는 '온라인 주문 가능'이라는 글자와 전화번호가 레터링되어 있다. 양 무릎 뒤에도 같은 글자와 숫자가 새겨져 있다. 인간 광고판이 따로 없다.

"배달부 옷 봤어?"

박에게 말한다.

내가 배달부라면 저렇게 몸을 광고판으로 만들어버리는 옷을 입고 싶지 않을 거라고 생각하다 다른 선택지가 있나 싶어진다. 저 일을 하려면 저 옷을 입어야 하는 것이다.

"배달부라뇨? 피디님, 언피시하네요. 그런 차별적인 말을."

"그런가?"

쑥스러우면 왜 웃음이 먼저 나는지. 신중호의 얼굴이 붉어진다.

'배달부'가 차별적인 말이었나? 신중호는 세상이 이상하게 바뀌고 있다고 생각한다. 흑인을 흑인이 아니면 뭐라고 하란 말인가? 아프리칸 아메리칸? 그럼 아프리카계가 아닌 흑인은 뭐라고 하고? '흑인'을 차별적 용어라고 생각하는 관념 자체가 차별 아닌가?

배달원이라고 했어야 하나? 신중호는 배달부라는 말에 어떤 비하의 뜻이 담겨 있는 건지 머리를 굴려본다.

"배달부가 뭡니까? 촌스럽게. 업데이트 좀 하셔야겠어요."

"그럼?"

신중호가 말하자 박이 턱끝으로 매장 유리창에 붙은 전단지를 가리킨다. 거기에는 이렇게 쓰여 있다.

당신의 꿈에 도전하세요. 맥 라이더를 모집합니다.

"라이더죠, 라이더. 맥 라이더."

박은 오토바이 핸들을 쥐고는 격렬하게 흔드는 듯한 포즈를 취한다. '당신의 꿈'과 '도전'이라는 말이 신중호는 떨떠름하다. 맥 라이더를 하겠다는 사람들 중에 그것이 꿈이었던 사람도 있을까? 그래서 그것을 인생의 도전으로 생각하는?

"왕년에 라이딩 좀 하셨나보지?"라고 대꾸한 신중호는 '맥 라이더'에 대해서도 취재해야겠다고 생각한다. 하루에 몇 시간을 일하고, 식사는 어떻게 해결하는지, 매일 맥도날드 햄버거만 먹는 건지, 오토바이 사고가 난다면 맥도날드라는 다국적기업은 동네 중국집과 다른 기준으로 보상을 하는지, 또 몇 시간을 일해야 애플 워치를 살 수 있는지.

맥 라이더.

그럴듯하다. 그럴듯한 말이라 더 기분이 묘해진다.

견디는 삶을 사는 사람들. 특히 젊은 친구들. 신중호는 이들에게 다른 가게의 배달부 일과 맥 라이더의 차이에 대해서도 물어야겠다고 생각한다. '라이더'라는 말이 자부심을 주는지에 대해서도. 잔심부름을 해주고 심부름값을 받는 '해주세요 아저씨'와 같이 취재하는 것도 나쁘지 않겠다고 생각한다.

"맥 라이더 어때?"

신중호가 문자 박이 바로 알아듣고 엄지를 치켜들어 보인다. 그러고 있는데, 느낌이 왔다. 점점 카메라 안으로 들어오는 사람이 그녀 같다.

맞다.

그녀가 나타났다.

맥도날드 레이디가. 맥 라이더 식으로 말한다면 맥 레이디가 될 것이다. 맥 레이디? 입에 붙는 이름이었다. 그래, 그녀는 이제부터 맥 레이디다. 기껏해야 신중호와 박, 황과 그들 팀 안에서만 그렇게 불리겠지만.

"빨리빨리. 당겨봐."

맥 레이디는 갑자기 나타난 걸로 보아 아마도 정동길로 걸어온 듯하다. 그러니까 정동제일교회와 정동극장, 예원학교와 이화여고, 유관순 동상, 주한 캐나다 대사관, 정동아파트, 성프란치스코회 수도원, 옮겨온 정동국시 등이 차례로 있는 그 길 말이다.

웬만한 서울 지리는 신중호의 머리에 들어 있다. 사대문 안은 눈을 감고도 훤하다. 길에서 누군가를 무작정 기다리는 일을 하려면 이런 건 기본이다. 어디가 좌회전이 되고, 유턴이 되고, 피턴은 어디에서 해야 하는지 같은 것들도. 신중호가 아는 한 자신보다 유능한 내비게이션은 아직 개발되지 않았다. 아직은.

맥 레이디가 그 길을 걸어오는 모습까지 찍었다면 더 좋았을 것이라고 생각한다.

안다.

과욕이라는 걸. 방송에서는 쓸데없이 인트로가 길어서는 안 된다. 핵심만을 말해야 한다. 지금 소설을 쓰거나 영화 같은 걸 찍고 있는 게 아니니까. 예술을 하고 있는 게 아니다.

그걸 잊지 말아야 하는데, 그게 잘 안 된다. 길어봤자 이 영상은 이십 분짜리다.

목격자들이 말한 인상착의 그대로다.

베이지색 트렌치코트에 두 개의 쇼핑백, 깨끗한 머리, 깨끗한 얼굴, 깨끗한 신발. 깨끗하다. 곱다. 노숙인 같지가 않고 집에서 나온 사람 같다. 몇 년 동안 거리에서 지내온 사람이 저런 행색일 수 있다는 게 기적으로 느껴진다.

행색? 행색이란 단어는 이런 경우에는 쓰지 않던가?

신중호는 잠시 박의 눈을 보며 놀란 표정을 짓는다. 2월에 트렌치코트를 입은 사람이라니. 박이 캠코더를 잡지 않은 한 손을 입쪽으로 가져가 김을 호 하고 분다.

그들은 레이디가 더 잘 보이는 곳으로 서둘러 이동한다.

2016년 2월의 어느 토요일이었다.

새벽 다섯시

지금 그녀에게 다가가야 한다. 가서는 장미꽃 한 송이를 내밀어야 한다. 대본대로라면.

그건 너무 억지 같다.

왜냐하면……

레이디는 우리 프로에서 흔히 만나는 종류의 사람들과 달라 보인다. 만약 대본대로 장미꽃을 내민다면 그녀는 무척이나 황당해할 것이라고 신중호는 생각한다. 그러면 첫 만남부터 꼬이게 된다. 이후의 촬영은 생각대로 풀리지 않을 가능성이 크다.

레이디는, 고고하다. 생각했던 것보다 더.

머뭇거리고 있는 사이 레이디는 맥도날드 문을 열고 들어간다. 서두르지도 않고, 그렇다고 느리지도 않은 안정적인 걸음걸이로.

그리고 노인의 걸음 같지도 않다. 어깨가 펴져 있고, 시선도 머리 위쪽을 향하고 있다.

결국 신중호는 장미꽃을 건네지 못하고 바닥에 내려놓는다.

지켜봐야겠다고 생각한다. 그런데 불안하다. 그녀는 이런 걸 광대 짓이라고 생각할 수 있는 사람이다. 방송에 얼굴이 나온다고 무작정 좋아할 사람이 아니라는 말이다. 제대로 접근하지 않는다면 저작권과 초상권을 조목조목 차분한 목소리로 따지고 들지도 모른다. '침해'라든가 '위반' 같은 단어를, 또 '접근금지명령' 같은 용어를 자연스럽게 입 밖에 낼 수 있는 사람이라는 생각이 든다.

저녁 일곱시가 되자 그녀가 온다. 드디어!

무릎까지 오는 베이지색 트렌치코트를 입은 숙녀가.

두 개의 쇼핑백을 들고서.

며칠 전 회의에서 구성작가 최는 이 문장을 인트로로 쓸 거라고 했다.

"드디어?"

신중호는 고개를 양옆으로 천천히 기울이며 여러 번 '드디어'를 발음해보았다. 아무래도 걸렸다.

"별로예요, 피디님?"

"드디어……는 좀 그렇지 않아? 그리고 숙녀도 좀…… 놀리는 느낌 들지 않아? 너무 올드한 것도 같고"라고 신중호가 말했더니 "뭐, 나쁘지 않은데? 그걸로 가지"라고 황이 말했다. 그러고는 이렇게 덧붙였다. "최작, 드디어는 나도 동의!"

황의 말은 알아서 거르고, 알아서 들어야 했다. '드디어'는 빼는 게 좋고, '숙녀'는 있는 게 좋다고 방금 컨펌한 것이다. 황은 권위적이지 않은 척하면서 권위적이다. 유쾌한 말투로 자기가 하고 싶은 대로 한다.

그래서 신중호는 '숙녀'를 기다려야 했던 것이다. 또한 '숙녀'를 만나서 그녀를 '숙녀'로 대해야 한다는 걸 잊지 말아야 했다. '맥도날드 레이디'라고 해야 된다고 말하고 싶었지만 그건 황이 승인하지 않을 것 같았다.

일단 지켜보기로 한다. 막무가내로 다가갈 수 있는 사람이 아니기에.

방금 신중호는 레이디가 '숙녀'가 맞다고 인정하기로 했다. 그 단어를 들었을 때는 황당했지만 지금은 황이 자신보다 감이 좋다는 걸 부인할 수 없다. 그녀는 숙녀로 보인다. 그 표현이 올드하다고 지적한 신중호지만 인정할 건 인정해야 한다. 저 여자는 숙녀다. 숙녀라고 해야 한다.

세상에는 그런 것이 있다. 딱 그 단어가 아니면 지칭할 수 없는 대상들. 아니, 그 단어가 쓰이게 하기 위해 세상에 존재하는 것 같은 사물들, 혹은 사람들.

두 시간이 지났다. 맥 레이디는 처음과 똑같은 자세로 앉아 있다. 허리를 꼿꼿하게 세운 채 신문을 본다. 허리를 구부린다거나 다리를 벌린다거나 하지 않고서. 그러다가 움직이기 시작했는데, 목을 오른쪽으로 길게 늘였다. 오른쪽으로 삼십 초, 다시 왼쪽으로 삼십 초 정도 기울이고 머물기를 여러 번 반복한다. 이렇게 스트레칭 하는 것도 지극히 자연스러워 보인다.

"어떻게 저럴 수가 있죠?"

박이 말한다.

"그러게."

신중호가 말한다.

"사람인가?"

정물 같다. 저 여자를 그린다면 정물화가 될 것이다.

좀 뻔뻔한 정물이다.

아무것도 주문하지 않았다. 천원짜리 커피 한 잔도. 그런데 저렇게 당당할 수 있다니. 신중호는 좀 놀란다.

매장의 누구도 레이디를 신경쓰지 않는 것처럼 보였지만 그렇지도 않았다. 신중호처럼 좀 떨어진 거리에서 보면, 그래서 시야가 넓어지면 남들이 볼 수 없는 풍경들이 들어온다. 그는 지금 맥도날드의 건너편에서 그녀를 보고 있다. 그래서 정동 맥도날드의 풍경이라고 할 수 있는 것들을 한눈에 볼 수 있다.

그들은 모두 미묘하게 신경을 쓰고 있었다. 모두가 하나의 유기체가 되어서 신경을 쓰지 않는 척하는 고도의 신경을 쓰고 있었다. 점원들은 레이디를 피해 다니고, 레이디를 피해서 청소를 한다. 마치 그녀를 없는 사람처럼 대한다. 보인다는 걸 무시하고 자기 일을 하고 있다. 아니다. 무시라는 표현은 적절하지 않다. 그녀를 하대해서가 아니라 존중해서 그런다는 게 보였다.

레이디 쪽에서도 이 모든 걸 무시한다. 자신을 존중하는 뜻에서 못 본 체하는 건지 아니면 말 그대로 무시하는 건지 알고 싶지 않다는 태도로. 점원들이 레이디를 피해 다니고 있다는 사실이라든가 아무도 맥도날드에 그렇게 오래 있지 않는다는 암묵적 규범 같은 것들 모두를. 그래서 레이디도 점원들을 없는 사람으로 대한다.

밤의 맥도날드가 이렇게 한산한 줄 몰랐다. 열시가 넘어 술을 마신 사람들이 몰려들어올 때 잠시 시끄러워졌다 그들이 사라지면 다시 조용해졌다. 그들은 하나같이 소프트아이스크림을 손에 쥐고 금방 맥도날드를 나갔다. 아주 서둘러서 말이다. 그래서 소프트아이스크림과 함께 소음도 '소프트'하게 사라진다는 느낌이 들었다.

하긴, 누구도 여기에 이렇게 오래 머물지 않는다. 맥도날드는 오래 머물 수 있는 곳이 아니다. 길어봤자 삼십 분?

시끄러울 때는 너무 시끄러운 이곳이 지금은 너무 조용하다. 황량할 정도로 휑한 공간을 백색등이 비추고 있다. 강한 빛이 테이블에 반사돼 눈이 부시다.

신중호는 오늘 새로운 사실을 또 하나 알았다. 맥도날드는 밤이 돼도 조명의 조도를 낮추지 않는다는 것. 이게 정신을 매우 피곤하게 만든다는 것. 그래서 결국은 오래 있지 못하게 만든다는 것. 명백한 의도라는 것. 하지만 밤의 거리에서 이곳만큼 안전해 보이는 곳도 없다는 것. 불이 환하게 밝혀진 이곳으로 들어오고 싶게 만들기도 한다는 것.

24시에 이르러 다시 0시가 되었다. 이제 레이디가 이곳의 유일한 손님이다. 주문을 하지 않은 손님도 손님이라면. 야간 근무중인 두세 명의 점원을 제외한다면 에드워드 호퍼의 그림 속 술집에 앉아 고독을 즐기는 여자처럼 레이디는 혼자 놓여 있다. 호퍼의 그림에서 여자는 사람들 사이에 있지만 레이디는 사람이 사라지고 난 자리에 덩그러니 남아 있는 것이다. '고독'이라든가 '즐긴다'라는 말과는 어울리지 않는 모습이지만 말이다. 또 여기는 술집도 아니고, 맥도날드의 조명은 호퍼 그림에서처럼 그윽하지도 않지만.

하지만 레이디를 어디에 비교해야 할까? 비교할 수 있을까?

저런 풍경은 본 적이 없다.

과거에는 미인이라고 지칭하는 게 어색하지 않았을 인상이다. 과거. 그래, 과거다. 몇십 년 전으로 거슬러올라가야 레이디가 미인이었던 시절을 만날 수 있을까?

저런 태도는 미인이 아니었다면 몸에 밸 수 있는 것이 아니라는 걸 신중호는 알고 있었다. 그는 대학에 다닐 때 그런 여자들을 꽤나 봐왔고, 누군가는 '얄밉다'고 평하는 그녀들이 신중호는 좋았다. 왜냐하면 공기, 공기가 달랐기 때문이다.

그녀들 주위에는 특정한 공기가 있었는데, 뭐랄까⋯⋯ 한 겹의 투명한 막 같은 것에 둘러싸여서 보존받고 있는 느낌이라고 해야 할까. 다른 사람들과는 달리 훼손당한 적이 없이 안락하고 온전하게, 알 수 없는 무엇인가로부터 보호받고 있다는 느낌이 있었다. 그런 여자들과 가까웠던 적은 없지만 그저 그녀들을 보는 게 신중호는 좋았다. 보는 것만으로도 좋았다.

자신감과는 다른 영역이었다. 그런 건 남자도 발산하니까. 잘난 남자는 물론이고 잘났다고 착각하는 남자들도 발산한다. 스스로가 선택받았다고 생각하는 사람이 뿜어내는 그런 흥에 겨운 에너지와는 또 다르다. 보호받아 마땅한? 그런 느낌에 가깝다. 그래서 아무리 망한다고 해도 망한 느낌이 들지 않고 그런대로 괜찮아 보이는 그런 느낌. 가진 것이 아무것도 없다고 해도 함부로 할 수 없는 분위기.

레이디에게는 그런 게 있었다. 그러니 사람들이 '맥도날드 레이디'라는 별명을 붙였을 것이다. 신중호는 자신이 유난히 예리해서 레이디의 특별함을 보고 있는 게 아니라는 걸 알았다.

새벽 한시다.

신중호는 눈을 비빈다. 레이디도 눈을 비빈다.

신중호는 생수를 따서 마신다. 레이디는 여전히 아무것도 먹지 않은 채다. 레이디의 테이블 위에는 먹을 게 아무것도 없다.

신중호는 뻐근한 몸을 계속해서 움직인다. 레이디는 몸을 거의 움직이지 않는다.

쌍안경이 있으면 좋겠다고 생각한다. 레이디의 얼굴을 크게, 자세하고 생생하게 보고 싶다. 하지만 쌍안경을 쓸 수는 없다. 편리하기는 하겠지만 그러다가 들키기라도 하면 끝이다. 이런 일은 조심성이 중요하다. 그 무엇보다⋯⋯

특별한 사람으로 대하고 있다는 걸 보여줘야 한다. 느끼게 해줘야 한다. 이게 제일 어렵다. 신중호의 일에서 가장 어려운 부분이다.

이런 건 속일 수가 없다. 연기로 할 수 있는 일이 아니다.

마음을 쓰고 있다는 것, 시간을 들이고 있다는 것, 다름 아닌 바로 당신을 위해 내가 그러고 있다는 것, 두 명의 건장한 남자가 그러고 있다는 것, 추위에 떨고 있다는 것, 더위에 시달린다는 것, 비를 맞기도 한다는 것.

바로 당신을 위해 그러고 있다는 것,

을 느끼게 해야 했다.

그러니 고생은 예정된 일이었다. 고생이 없다면 마음을 얻을 수 없다.

두 개의 쇼핑백은 레이디의 왼편과 오른편에 하나씩 놓여 있다. 레이디는 한쪽 쇼핑백에서만 계속해서 뭔가를 꺼낸다. 신문도 있고 검은색 가죽으로 장정한 책도 있다. 저건 성경인가? 레이디가 아무것도 꺼내지 않은 쇼핑백에는 뭐가 있을까?

갑자기 레이디가 분주해진다. 몸단장을 시작한 것이다. 시간을 보니 새벽 네시다. 어떤 일도 벌어지지 않았는데 어떻게 이렇게 시간이 흘렀는지 어리둥절할 정도다. 레이디가 일어나 트렌치코트를 벗는다. 일단 소매를 안쪽으로 접은 후 세로 방향으로 한번, 가로 방향으로 또 한 번 접어 의자 등받이에 걸쳐둔다. 그러고는 입고 있는 셔츠를 가다듬는다. 옥스퍼드 천으로 된 옅은 분홍색 셔츠의 단추를 두 개쯤 풀었다가 다시 목 끝까지 채운다. 유리에 비친 자신을 보면서 머리를 매만진다. 손등으로 눈도 비빈다.

그때 신중호는 깜짝 놀란다. 레이디의 다리 사이로 길게 늘어진 뭔가가 보였던 것이다. 저건 뭘까 싶어서 자기도 모르게 상체가 앞으로 기울어진다. 길게 늘어진 뭔가는 흔들거리고 있다. 그건…… 꼬리였다. 레이디의 다리 사이에 꼬리가 보였다. 하얗고 긴 꼬리가.

다시 보니 그것은 머리채였다. 트렌치코트의 옷깃에 가려져 단발인 줄 알았던 레이디의 머리카락이 종아리까지 내려와 있었다. 긴 머리를 틀어올려 쪽을 찌었던 신중호의 할머니보다도 긴 머리였다. 얼마 동안 자르지 않아야 저 정도로 머리가 길어질 수 있을까?

머리단장을 마친 레이디는 셔츠의 솔기를 바로잡고 소매를 잡아당긴다. 주름을 펴려고 하는 것 같다. 마찬가지로 셔츠의 밑단도 팽팽하게 당겨 바지 안으로 넣고 벨트를 조인다. 셔츠의 목깃을 다시 정리한다. 그 위에 다시 트렌치코트를 입는다. 그러고는 앉았던 의자를 들어 테이블 밑으로 조심스럽게 들여넣는다. 드르륵 소리가 나게 끌지 않고 말이다. 그리고 출입문을 향해서 걸어간다.

쇼핑백 두 개를 들고서 출입문 앞까지 갔던 그녀가 갑자기 뒤돌아본다. 잠시 그러고 있다.

다시 앉았던 자리로 걸어오는데, 그녀가 앉았던 자리는 너무나 깨끗해서 그녀도 자신이 어디에 앉았었는지 알 수 없는 것 같다. 두세 개의 테이블을 살펴보며 고개를 갸웃한다. 그러고는 왔던 길을 되돌아 나간다. 크지도 작지도 않은 일정한 보폭으로 걷는다.

맥도날드의 문을 민다. 문이 열리고, 레이디는 맥도날드를 나온다. 한 발, 그리고 다시 한 발. 맥도날드의 문이 닫힌다.

레이디는 정동에서 서울역사박물관 쪽으로, 그러니까 광화문 방향으로 걷는다. 씨티은행을 지나 LG광화문빌딩 쪽으로 가고 있다.

새벽 다섯시다.

정동 맥도날드에서 신중호가 김윤자를 처음 봤을 때 그는 알지 못했지만 김윤자는 꽤나 활력이 있었다. 영화를 볼 생각에 그랬다. 아주 오랜만에 보는 영화였고. 영화는 칠 개월 정도 상영이 예정되어 있어 김윤자는 '계획'이라는 걸 할 수 있었다. 삶을 계획한다는 감각은 그녀의 일상에 생기를 불어넣고 있었다. 그 일은 이렇게 시작되었다.

2월의 마지막 주 금요일, 김윤자는 영화가 시작되기 삼십 분 전 일본 문화원에 도착했다. 여유 있게 다니는 편이기도 하고, 오랜만에 보는 영화라 마음에 드는 자리에서 보고 싶기도 해서였다.

하지만 출입문 앞에 서자 어깨가 굳는 기분을 느꼈다. 앞에 보이는 보안검색대 때문이었다.

이상하다. 문제가 될 만한 물건은 아무것도 없는데…… 내가 왜 이러지?

그런데 문제가 없다는 건 나만의 생각이지 않은가라는 의심이 들었다.

쇼핑백에 든 물건 중에 금속탐지기가 반응을 일으킬 만한 게 혹시 있나? 권총 같은 것에만 반응하는 게 아니라 쇠붙이에도 반응을 한다면?

혹시라도 그런 일이 벌어질까봐 김윤자는 염려스러웠다.

아니면…… 금속탐지기가 문제삼지 않더라도 그 앞에 있는 시큐리티가 불러 세울지 모른다.

나는 좀 수상하다고 할 수 있으니까.

계절에 맞지 않는 옷을 입고 있으니 엄밀한 눈으로 보면 충분히 이상하게 여겨질 것이다. 들고 있는 두 개의 쇼핑백을 문제삼을지도 모르겠고.

그래서 안에 든 걸 꺼내보라고 한다면……

그러기를 거부하면 시큐리티는 강제로 쇼핑백을 뒤질까? 그래서 비밀이 드러난다면? ……안 된다. 그건 시크릿이니까…… 설마 저 무구해 보이는 시큐리티가 그런 걸 요구할까? 여기는 한국 안에 있는 일본 문화원이다. 한국 국민들에게 강압적으로 응대하지 말라는 말을 들었을 텐데…… 과잉 행동을 하면 정치적 문제가 생길 수도 있다는 걸 모르지 않을 거다.

그러니 난 안전하지 않을까?

삼십 초도 안 되는 시간이었을 것이다. 이런 생각들로 머리를 어지럽게 만들면서 김윤자는 보안검색대를 통과하고 있었다.

시큐리티가 문밖에 선 자신을 보고 있다는 걸 알아차려서 더 그랬을 것이다. 그래서 긴장한 채로 출입문을 열고 들어왔다. 그가 제지한다면 뭐라고 반박해야 할 것인지 대비하면서.

당당하게 대응할 수 있을지 확신이 없었다. 하지만 이대로 돌아가는 것, 그것만은 하지 말아야 한다는 생각이 들었다. 그건, 패배다. 내 존엄을 스스로 해하는 일이니까. 김윤자는 이렇게 움츠러든 자신이 속상했지만 속상한 티를 내지 않으려고 애썼다. 그래서 허리를 세우고, 어깨를 더 펴고 로비로 걸어갔다.

이로 입술을 누르며 속으로 시간을 헤아렸다. 일 초, 이 초, 삼초…… 아무 일도 일어나지 않았다. 시큐리티도 리셉셔니스트도 그 밖의 누구도 김윤자에게 관심을 가지지 않았다. 쇼핑백을 안고 영화를 상영한다는 삼층의 뉴센추리홀로 갔다. 문이 닫혀 있었다.

문을 열었더니 일본 전통복을 입은 여자들이 춤을 추고 있었다. 젊은 여자도 있고 늙은 여자도 있었는데, 춤을 추며 여가를 즐길 만큼의 '수준'을 갖췄다는 자부를 제각각 표정과 몸짓으로 내보이고 있었다. 윤이 나는 머리카락과 입술은 조명 때문만은 아닌 것으로 보였다. 여자들은 두툼한 허리띠에 꽂아놓은 부채를 빼 들더니 일제히 그것을 들어올려 얼굴을 가렸다.

팔자 좋은 여자들이었다.

여자들의 시선이 김윤자에게 꽂히자 그녀는 자신의 행색이 부끄럽게 느껴졌다. 내게도 부채가 있었더라면 얼굴을 가리고 뒤로 물러나왔을 텐데…… 김윤자는 생각했다.

저 여자들은 한눈에 나를 간파했을까? 내가 길에서 사는 불쌍한 여자라는 걸? 자존심만 남은 여자라는 걸? 그래서 일부러 허리를 꼿꼿하게 세우고 다닌다는 걸?

흥, 자기들만 잘난 줄 알지.

문을 닫고 나오며 김윤자는 자기가 날짜를 착각했다는 것을 알았다. 그녀가 하라 영화를 보기 위해 일본 문화원을 찾은 건 그날이 처음이었다.

일주일 전의 일이었다.

예행연습을 제대로 했기 때문에 이번에는 아무렇지도 않은 척 보안검색대를 통과했다. 그러고는 리셉셔니스트에게 말을 걸었다.

"오늘 하라 영화 하는 거 맞죠?"

"네, 맞습니다."

한 올도 흘러내리지 않게 머리를 묶은 여자는 상쾌하게 미소 지으며 말한다.

"아니, 지금 하는 거 맞죠?"

"네, 두시에 〈늦봄〉입니다."

"티켓 같은 건……"

유료 상영회가 아니라는 걸 알고 있지만, 그래서 다행히도 영화를 보러 올 수 있었지만, 김윤자는 이렇게 묻고 만다. 그러고는 곧 후회한다. 아무래도 연기가 부족했다. '티켓 같은 건'이 아니라 '티켓은'이라고 물어야 했다는 생각도 뒤늦게 떠올랐다. 그 말로 무료라는 걸 알면서 그렇게 물었다는 게 간파되었을 거다. 무료 영화가 아니면 볼 수 없는 사람이라서 일부러 그렇게 말했다는 걸 눈치챘을 테고.

공짜니까 영화를 보러 왔다는 인상은 절대로 주고 싶지 않았다. 돈을 내지 않는다는 것이 마음에 들기는 했지만 그렇다고 아무 영화나 보러 오는 사람은 아니라는 메시지를 전달하고 싶었다. 하지만 그녀의 그런 복잡한 마음의 행로에 리셉셔니스트는 관심이 없는 것 같다.

"그냥 올라가심 됩니다"라고 리셉셔니스트는 말한 뒤, 시계를 보더니 이렇게 덧붙인다. "지금 입장하심 됩니다."

그러고는 유인물을 가져가라고 안내해준다. 친절한 아가씨다.

프린터로 인쇄한 게 아니라 복사를 한 탓에 흐릿한 유인물이다. 칠 개월 동안 상영 예정인 영화 열여덟 편의 상영 스케줄과 시놉시스, 하라에 대한 간략한 소개가 있다. 일본의 권위 있는 영화 잡지 『키네마준포』가 20세기를 대표하는 일본 배우의 순위를 발표했는데 하라가 여배우 부문 1위였다는 것, 하라가 작년 9월에 죽었다는 것, 일본의 1940년대와 50년대를 대표하는 영화배우라는 것 등등.

'하라 세쓰코를 추모하며'라고? 하라 세쓰코가 죽었다고?

충격을 받은 김윤자는 뭐라 말할 수 없는 기분이 된다. 신문을 매일같이 보는데 어떻게 하라가 죽은 걸 몰랐을 수가 있지? 아니면 죽음을 맞은 게 아닌 경우에도 추모라는 말을 쓰나?

곧이어 불이 꺼지고 영화가 시작된다. 봄의 시작이라고 할 수 있는 3월에 '늦봄'이라는 글자를 자막으로 보니 마음이 이상하다. 봄을 먼저 살고 난 느낌이랄까. 제철 음식도 이미 먹고 난 기분이랄까. 그런 걸 챙겨 먹으며 살던 때가 그녀에게는 있었다. 거리로 나와서 지내게 된 이후로 그러지 못한 지 한참이라 이제는 아득하지만.

그런데……

저 여자가 저 지경으로 바보 같았나?

김윤자는 스크린에 영사되는 하라 세쓰코의 얼굴을 보다가 깜짝 놀란다. 웃어도 너무 웃는다. 윗니가 거의 다 드러나게. 어디가 잘못되지 않고서야 저렇게 윗입술이 들려올라가도록 웃을 수가 있나? 보고 있는 나도 경련이 날 지경인데……

왜 저런 미인이 저렇게까지 해야 하나?

김윤자는 기분이 몹시 나쁘다. 저건 남자들에게 잘 보아달라는 아부의 웃음이다. 나를 귀여워하고 이뻐해주고 보호해달라며 아양을 떠는 동양 여자의 웃음. 그녀 역시 살았던 그 시대가 여자들을 저렇게 만들었다. 저런 이쁜 여자도 저렇게나 아양을 떠는데 하물며 그렇지 않은 여자는 더 아양을 떨어야 했다. 아주 끔찍했다.

그녀는 저런 식으로 웃은 적이 없었다. 또 저런 식으로 웃는 여자들을 좋아하지 않았다.

그래서 내가 이렇게 된 건가? 남자들에게 잘 보이지 않아서?

김윤자는 하라 세쓰코가 저런 식으로 웃는 게 마음에 들지 않는다. 그녀에게도 그렇게 웃어주기를 바랐던 시대의 분위기가 떠올랐고, 그렇게 하지 못하는 바람에 겪었던 불쾌한 일들도 생각났던 것이다. 하라에게는 유감이 없다. 남자들이 바라는 대로 흠뻑 웃어주는 그녀가 갑갑할 뿐. 하긴, 그때 김윤자는 '미스 김'이라고 불렸다.

그 말이 불쾌하고 수치스러웠는데, 왜 그런 기분이 드는지 당시에는 잘 알지 못했다. 다만, 그녀를 '미스 김'이 아니라 '김윤자씨'라고 불러주는 상사에게 더 친절했다. 그렇지만 '미스 김'이 아니라 '김윤자씨'라고 불러달라고 요구하지는 못했다. 분하게 여기고 혼자 마음을 삭일 뿐이었다.

그렇게 시간을 보냈더니 김윤자는 늙은 여자가 되어 있었다. 김윤자를 더이상 '미스 김'이라고 부르는 사람도 없었다.

늙은 여자가 된 김윤자는 젊은 날에는 좋아하지 않았던 하라 세쓰코를 좋아하게 되었다. 하라 세쓰코가 나오는 영화를 보고 있으면 젊은 날이 떠올랐기 때문이었다. 세상의 모든 일들이 그렇듯이 젊은 시절 나쁜 일들만 있었던 건 아니었다. 나쁜 일들도 그리 나쁘게만 생각되지 않았다. 잊은 줄 알았던 일들과 감정들이 김윤자를 사로잡았고, 그녀에게 생기를 불어넣었다.

김윤자는 한때 하라 세쓰코라 불렸다. 한국의 하라 세쓰코.

그런 적이 있었다.

그 별명이 싫었던 건 아니지만 좋지도 않았다.

뉴센추리홀

영화를 보는 내내 김윤자는 앞자리의 영감이 거슬렸다.

앞 열이 비워진 자리를 골라 앉았는데 머리 큰 영감이 그 자리에 앉아버렸다. 머리가 큰 게 그 영감의 죄는 아니겠지만 역시나 문제는 염치다.

큰 머리 위에 얹어놓은 세숫대야만한 모자를 벗을 생각을 않는다. 벗을 생각을 하기는커녕 모자에 붙어 있는 귀싸개를 위로 접어 올려서 시야를 더 가렸다. 새집을 올린 것마냥 수북해진 영감의 머리를 보니 두통이 생길 것 같다.

자기만 아는 영감이다.

참을 수밖에 없다. 영감한테 모자 어쩌고 한다고 해서 벗어줄 것 같지가 않다. 괜한 봉변을 당할지도 모른다. 저런 영감은 '아녀

자'라는 말로 모욕을 주거나 어쩌면 자리가 마음에 들지 않으면 옮기라고 되레 큰소리를 칠지도 모른다.

둘러보니 옮길 만한 데도 없다. 참는 수밖에.

김윤자는 뉴센추리홀에 앉아 있었다. 십 년은 안 됐고 오 년은 넘었다. 이렇게 영화를 보러 온 것이 말이다. 뉴센추리홀이라는 구식 이름을 붙인 공간에 앉아 육십 년도 더 지난 영화를 보고 있자니 오래된 기억들이 밀려온다.

그런데……

인간들이 기침을 하고 가래가 끓는 것을 자랑인 양 컥컥대고 있다. 여기저기서 핸드폰이 울린다. 귀가 먹었는지 핸드폰이 계속 울리게 두는 인간도 있고, 전화를 받아 자기가 지금 전화를 받을 수 없는 사정을 길게 설명하는 인간도 있다. 어느 쪽이 더 꼴불견인지 모르겠다.

늙으면 다 저렇게 되는 걸까? 나도 늙었지만 저렇게만은 되고 싶지 않다.

나이들면 남는 사람끼리 친구가 된다고, 그럴 수밖에 없다는 말을 들었었는데, 나는 저 사람들과는 도저히 친구가 될 수 없을 것 같다.

아직 나이가 덜 든 건가? 그런 것 같지는 않은데. 나도 친구가 있었으면 좋겠는데…… 친구를 찾을 수가 없다.

내가 문제인 건가? 그런 것만은 아닌 것 같은데.

왜 노인이 되면 다들 저렇게 뻔뻔해지는 걸까? 특히 남자들 말이다. 김윤자는 자신도 누군가에게는 그런 노인으로 보일지 모르겠다는 생각에 마음이 움츠러든다. 어쨌거나 여기는, 죄다 노인들이다. 노인들만의 세상이다. 평일 오후 두시에 한가하게 영화를 보고 있을 젊은이는 희귀하다. 더욱이 하스미 시게히코 영화를 보자고 여기까지 찾아오는 젊은이란 더 희귀할 것이라고 김윤자는 생각한다.

'젊은이'라는 말을 쓰는 걸 보면 나도 늙긴 했다고 김윤자는 자조한다. 그녀는 그들과 같은 집합에 속하고 싶지 않지만 자신이 노인이라는 걸 부인할 수는 없다. 양식 있는 사람이니까. 김윤자는 젊은이에게 희망이 있다고 생각한다. 노인들에게는 희망이 없다. 문제만 많다.

노인의 가장 큰 문제는 염치라는 걸 모른다는 거다. 늙으면 염치가 사라지는 건지 염치보다 신경쓸 게 많아서 염치 따위에는 소홀해지는 건지 모르겠다. 아니면 젊었을 때부터 염치가 없었던 건지도.

이런 인간들한테서는 대개 냄새가 난다. 냄새를 피운다. 어디선가 좋지 않은 냄새를 묻혀와 이곳에 풀어놓고 있다. 저 영감들은 화장실에 다녀와 손을 씻지 않고 그 손으로 밥을 먹고 엘리베이터의 버튼을 누를 것이다. 손톱과 손가락 사이, 발톱과 발가락 사이, 겨드랑이의 접힌 부분, 엉덩이의 맞닿은 부분…… 얼마나 많은 균들이 득실거릴지 상상만으로도 끔찍하다.

이곳이 저런 인간들의 균과 냄새로 가득차 있다고 생각하자 김윤자는 머리가 아프다. 한 손으로 관자놀이를 누르며 참는다.

김윤자는 염치를 잊지 말자고 생각해왔다. 부끄러움을 말이다. 공공장소에서 남을 배려해야 한다는 걸 잊지 않았다. 아니다. 이 말은 적절하지 않다. 그건 남을 배려한다기보다도 그녀 자신을 위하는 일이었다. 인간으로서 최소한의 긍지를 지키는 일이니까.

별로 어려운 일도 아니다. 핸드폰이 제멋대로 울리게 놔두지 않고 이런 데서 전화를 받지 않으면 된다.

김윤자는 그러려고 해도 그럴 수가 없다. 핸드폰이 없다. 전화가 울릴 수 없다.

그런데 냄새에 관해서는, 자신이 없다. 자신한테서도 저런 냄새가 날지 모른다. 씻을 수 있을 때 최대한 씻고 있지만 충분하지 않다. 그럴 만한 사정이 있으니까…… 김윤자는 갑자기 위축된다.

아…… 하스미 시게히코가 아니라 하라 세쓰코다.

어쩐 이유에서인지 이 둘의 이름을 혼동하곤 한다. '하'로 시작된다는 것 말고는 별다른 공통점이 없는데도 그런다. 김윤자는 하라 세쓰코의 이름을 혼동한 게 치매의 징조가 아니라는 걸, 젊은 시절부터 그래왔다는 걸 자기 자신에게 상기시킨다. 김윤자는 한번에 이해되지 못하면 영영 이해하지 못했다. 그래서 '치킨'과 '키친'을 종종 바꿔 썼고, 말하고 나서 다시 정정하곤 했다.

김윤자는 영감의 머리를 피해 좌우로 몸을 기울이며 영화를 본다. 처음에는 좀 지루하게 느껴지기도 했지만 어느새 영화에 빠져들어 있는 자신을 발견한다.

오즈의 영화를 볼 때는 늘 그랬던 것 같다. 심심한 듯 심심하지 않다. 풀잎이 바람에 흔들리는 장면이나 구름이 움직이는 장면 같은 것을 잘 잡아낸다. 인물과 인물 사이에 그런 걸 끼워넣기도 한다. 풀잎이나 구름의 세상도 인간사와 같다는 걸 말하고 싶은 걸까? 인간사가 풀잎이나 구름의 세상 같기도 하다는 걸 말하고 싶었는지도 모른다.

아, 그런데 하라가 연기하는 저 노리코라는 처녀는 어쩌면 저렇게 명랑하지? 어쩌면 저렇게 아버지를 사랑하지?

하긴, 류 지슈가 연기하는 아버지가 멋있긴 하다. 늘 책을 보고 있고, 웃고, 딸의 보살핌을 받는 걸 좋아하면서도 당연하게 여기지 않는다. 그러니 멋있지 않기가 어렵다. 나잇살이 붙지 않은 외모도 깔끔하고. 저런 남자는 아버지라서 사랑받는 게 아니라 원래 사랑받을 만한 남자다. 아들로서도 남편으로도 동료로도 선배로도 후배로도 사랑받았을 것이다. 그러니 노리코가 저런 아버지를 사랑하는 게 당연하게 느껴지기도 한다.

시집을 가려고 하지 않는 것도 이해한다. 노리코는 저런 남자와 계속해서 한집에 살고 싶은 것이다. 저런 남자는 다른 세상에는 없을지도 모른다고 생각하는 건지도 모른다.

아, 이 영감. 이제는 코를 골며 자고 있다. 그뿐이 아니다. 코를 골면서 고개를 이리저리로 흔들고 있다. 영감이 자기 전까지만 해도 영감의 움직임에 맞춰 몸을 이리저리 틀었는데 이제 그것도 여의치 않다.

거지발싸개 같은 영감.

머리가 아프다. 두통이 생기려고 한다.

보지 않을 거라면 차라리 나가지. 남한테 피해를 주면서까지 저러고 있을 건 뭔가.

깜빡 졸다가 깼다. 영감을 신경쓰다가 잠이 들었던 것 같다. 시간이 얼마나 지났는지 모르겠다.

노리코를 마음속으로 은근히 좋아하면서도 다른 여자와 결혼하는 아버지 조수의 결혼식 장면부터 다시 보기 시작했다. 그걸 노리코가 지켜보는 장면이었을 것이다. 아버지의 조수가 자기를 좋아하는 걸 노리코는 알아차리지 못한 건가? 아니면 알면서도 모른 척한 건가? 처음부터? 이런 일은 바보가 아니라면 눈치채지 못하기가 더 어렵다. 하지만 상대가 먼저 말하지 않는데 나를 좋아하는 게 아니냐고 묻기도 쉽지가 않다. 마음 같아서야 진위 여부를 가리고 싶지만. 김윤자한테도 이런 일이 많았다.

시야가 환해져서 보니 영감이 모자를 벗어버렸다. 몇 가닥 안 남은 머리카락이 머리통에 엉켜 있다. 홀 안이 어두워도 그 정도는 보인다. 갑자기 딱한 노인네라는 생각이 든다. 김윤자는 저 노인네를 미워했던 자신이 부끄러워진다.

저 영감도 나처럼 갈 데가 많지 않을지도 모른다고 김윤자는 생각한다. 나는 그래도 영화를 즐길 수 있는데 저 사람은 그것도 잘하지 못한다. 이런 영화를 보는 것은 어느 정도의 훈련이 필요한 일이니까. 책을 읽는 것만큼은 아니지만. 우리 세대에 이렇게 얌전한 영화를 즐길 수 있는 사람은 그리 많지 않다.

노리코가 시집가는 장면이 나온다. 일본 전통 혼례복을 입은 하라가 아버지에게 인사를 한다. 이렇게 잘 키워주셔서 감사합니다. 김윤자는 눈물이 나온다. 여기저기서 훌쩍이는 소리가 들린다. 저 무례하고 염치를 모르고 냄새를 피우는 노인들이 저렇게 훌쩍인다는 게 신기하다.

어디에 감정이입한 걸까? 노리코에? 노리코의 아버지에? 아니면 자신들의 결혼에? 아니면 집을 떠나는 행위에? 떠난다는 일 그 자체에? 죽음에?

김윤자는 자신에 대해 생각했다.

저런 말을 해볼 일이 없었던 자신의 삶을. 김윤자는 저런 식으로 집을 떠나본 적이 없었다. 결혼을 하지 않았다. 어머니한테 고맙다는 말을 한 적도 없었다. 어머니가 베푸는 애정이나 정성을 당연하게 생각했다.

고맙다는 말도 한 번 제대로 한 적이 없는데 어머니는 돌아가셔

버렸다. 그뒤로 어머니가 없는 집에서 살았다. 그리고 그녀도 집에서 나왔다.

지금 김윤자에게는 아무도 없었다. 자신이 사라진다고 해서 슬퍼할 사람이 없었다. 아무도 울지 않을 것이다. 자기 안의 슬픔으로 우는 거라도 좋으니 누군가 울어준다면 좋겠는데.

그래서 김윤자는 당장은 죽을 수 없다고 생각했다. 내가 여기살아 있다는 걸 아는 사람이 아무도 없는데 죽을 수는 없다고. 거기까지 생각하자 눈물이 맺히기 시작한다.

흐르는 눈물을 김윤자는 일부러 닦지 않았다. 앞자리의 영감도 울고 있다. 뒷자리의 노인들도 울고 있는 것 같다.

뉴센추리홀에 있는 노인들이 울고 있었다.

정동 맥도날드

"나 좀 봐요."

레이디가 먼저 말을 걸어왔다. 저녁 일곱시에서 십 분쯤 지난 시각이다.

"안녕하세요."

신중호는 햄버거를 먹다가 엉거주춤 일어나 고개를 숙여 인사한다. 햄버거를 쥔 손에 다른 한 손을 올려 가지런히 모은 채로.

이런 건 정말 예외적인 경우다. 취재원이 먼저 다가오는 것.

지켜볼수록 먼저 다가가면 안 될 것 같은 인상을 강하게 받았다. 모든 기다림이 수포로 돌아가버릴지도 모른다고. 그래서 기다리고 또 기다렸다. 기다리는 게 그의 일이긴 하지만 말이다.

레이디를 따라다닌 지 일주일 만이다. 매일 따라다니는 건 아니지만. 지난밤 정동 맥도날드에 레이디는 나타나지 않았다.

오늘은 차 안에서 기다리지 않기로 했다. 어제 허탕 친 만큼 적극적으로 나가보기로 했다. 레이디 근처에 자리를 잡고 햄버거를 먹기로 한 거다. 빅맥을 시켰다.

레이디는 신중호를 부를 때 검지를 구부려 테이블 위를 톡톡 하고 두드렸다. 노크라도 하듯이.

"나 좀 봐요."

그녀가 신중호의 눈을 보며 다시금 말하고 있다. 신중호는 햄버거를 막 베어 문 터라 입안이 꽉 차 제대로 말을 하지 못한다.

"그거 다 먹고 얘기해요. 천천히 드시지요."

레이디가 말한다. 묘한 위엄이 느껴지는 목소리다. 다시 눈이 마주치자 손바닥을 뒤집어 신중호 쪽으로 내보이며 '천천히'라고 입 모양으로 말한다.

"안녕하세요?"

음식을 삼킨 신중호는 손등으로 대충 입가를 닦고 다시 인사한다.

"맛있어요?"

의외의 질문이다.

"때우는 거라……"

여기까지 말하는데 혹시 실수한 건 아닌지 싶다. 그녀가 햄버거를 먹고 싶어도 돈이 없어서 먹지 못하는 거라면…… 레이디의 자리에는 여전히 먹을 게 놓여 있지 않다.

설마 오늘 아무것도 먹지 않은 건가? 배가 고픈 걸까? 햄버거를 먹고 싶다는 의미일까?

"혹시…… 드시겠어요?"

신중호가 망설이며 묻자 레이디는 말한다.

"노."

단호한 목소리다. 그러고는 덧붙인다.

"나는 이런 인조고기, 가공육 안 먹어요. 감사합니다만." 레이디는 또 말한다. "그래도 그렇지, 몸이 큰 남자가 그거 가지고 되겠어요?"

인조고기? 맥도날드 햄버거의 패티가 인조고기라는 말을 들어보지는 못했는데……

신중호는 점점 의아해진다. 마치 자신이 취재 대상이 된 느낌이다.

"이 정도면 배부릅니다."

그는 자신도 모르게 배를 쓸어 보이며 말한다.

"그런데 어쩐 일이에요?"

신중호의 눈을 뚫어지게 보면서 그녀가 묻는다. 눈이 크지는 않지만 검은자의 면적이 넓어 레이디의 흰 머리카락과 대비되었다. 눈가의 주름을 가리고 눈동자만 본다면 레이디의 나이를 가늠할 수 없을 것 같다. 신중호는 레이디의 검은자를 보다가 말할 타이

밍을 놓칠 뻔한다.

"네?"

"나를 며칠 동안이나 지켜보고 있잖아요, 다가오지는 않으면서요. 나는 그렇게 둔한 사람이 아니라서요."

신중호는 뭐라고 말해야 할지 고민하다 아무 말도 하지 못한다.

"혹시…… 누가 나를……"

"네?"

레이디는 뭔가 궁금한 게 있는 것 같다. 팔짱을 끼고 고개를 숙인 채 말을 이어가는 그녀의 얼굴에 왠지 모를 기대감이 스친다.

"아니, 혹시나 해서 말인데요. 누가 나를 찾아달라고 했어요?"

레이디를 찾아가달라고 한 사람들이 있긴 했지만 그녀가 말하고 있는 '찾아달라'는 그런 뜻은 아닌 것 같다. 그들은 '맥도날드 할머니가 궁금하다'며 시청자 게시판에 글을 올렸을 뿐이었다.

"심부름센터에서 나오신 분 아니에요? 어떤 신사분께서 나를 찾아달라고 한 거 아니에요?"

레이디는 알 수 없는 소리를 하고 있다.

"불란서 소설에도 그런 게 있었는데…… 기억을 잃은 남자가 주인공인데 자신의 기억을 찾고 싶다며 사람들을 찾아달라고도 하고…… 나는 선생이 나를 찾으러 오신 분인 줄로 알고 있었어요."

"제가요?"

신중호가 원하는 대답을 주지 않자 그녀의 얼굴에 실망한 기색이 스쳐간다. 누군가 자기를 찾고 있는 거라고, 신중호가 그 사람의 의뢰를 받고 온 심부름꾼이라고 레이디는 오해한 것 같다.

신중호도 이런 일은 처음이다. 심부름센터 직원으로 오해받은 일은. 그런데 생각해보니 자신이 하는 일도 일종의 심부름센터 같기도 하다. 그런데 불란서 소설이라. 신중호는 책을 많이 읽는 사람이 아니라서 어떤 책인지조차 짐작할 수 없다. 역시 만만한 사람이 아니라고 신중호는 생각한다.

"아, 그게 아니라요……"

"나를 보고 있던 거는 맞죠? 나의 착각이 아닌 거죠? 혹시 마이 미스테이크?"

따지거나 하는 목소리가 아니다. 작은 목소리지만 발음이 또렷하고 음색이 젊다. 그런데 마이 미스테이크? 말을 특이하게 하는 분이다.

"네. 어떻게 아셨어요?"

"그건 내가 물을 소리예요. 왜 저한테 그러시는 건지? 무슨 용건이 있으신 건지? 제가 누군지 알고 그러시는 건지?"

레이디의 낭랑한 음성이 맥도날드 안을 채운다. 너무 또렷한 나머지 어색하다는 생각마저 드는 발성이었다.

"아니, 계속 나를 보지 않는 척하면서 보고 있는데 어떻게 몰라? 모르는 게 더 이상하지 않아요?"

맥도날드에 있던 그다지 많지 않은 사람들이 모두 그들을 바라보고 있다. 어쩐지 교무실에 불려와 혼나는 학생이 된 느낌이다. 그녀의 목소리에는 나무라는 기미가 없는데 말이다.

"그제도 날 보고 있지 않았어요?"

신중호는 대답하지 않는다.

"뭐, 아님 말고……"

신중호가 그제야 정신을 차리고 손을 점퍼 안주머니에 넣어 녹음기의 버튼을 누른다. 놓친 부분이 아깝지만 어쩔 수 없다.

주머니에 꽂을 수 있게 되어 있는 물건이다. 얇고 가볍고 성능이 좋다. 아쉬운 점은 이렇게 눈앞에 꺼내놓고 사용할 수 없을 때 잘 작동되고 있는지 확인할 수 없다는 거다. 보지 않고도 촉감으로 녹음중이라는 걸 확인할 수 있는 녹음기를 만든다면 분명 대히트할 거다. 간단해 보이는데, 그런 건 왜 안 만드는지.

전에 쓰던 펜 모양으로 생긴 녹음기는 그런 면에서 아주 좋지 않았다. 겉모습은 그야말로 펜이어서 재킷 앞자락에 꽂아놓고 쓸 수 있었지만, 정체를 감추느라 녹음기 본연의 기능까지 숨겨버린 물건이었다. 펜으로 보이는 건 좋았지만, 갑자기 녹음기를 작동시켜야 할 때 제대로 할 수가 없었다.

게다가 신중호가 하는 일의 특성상 재킷을 입는 일은 별로 없다. 점퍼에는 그런 펜을 자연스럽게 꽂을 앞주머니가 없기 마련이고, 주머니가 있다고 해도 상당히 어색하다. 재킷을 입는다고 뭐라고 할 사람은 없지만 재킷은 그의 옷 같지가 않았다.

"그러면…… 나를 어떻게 알았어요?"

레이디가 다시 묻는다.

어떻게 알았느냐면, 그게 신중호의 일이다. 사연을 수집하는 것.

그런 걸 수집하라고 작가가 있는 거고, 피디인 신중호도, 기획 피디인 황도 의견을 보탠다. 시청자도 큰 도움을 준다.

하지만 이걸 어떻게 그녀에게 설명할 수 있을까?

레이디는 팔짱을 낀 채 신중호를 노려보고 있다. 신중호는 이런 타입의 취재원은 겪은 적이 없었다.

"궁금해서요."

신중호가 한참 뜸을 들이다 이렇게 말한다.

"아니, 누가요? 나를요?"

그녀가 묻는다.

"사람들이요."

아무도 말하지 않고 시간이 흐른다. 오른손으로 테이블의 모서리를 만지던 신중호는 맥도날드 레이디를 바라보며 말을 하기 시작한다.

"괜찮으시다면…… 이야기 좀 들려주실 수 있을까요?"

트렌치코트

신중호의 말을 듣던 레이디가 지금 아이스 브레이킹을 하는 거냐며 묻는다. '아이스 브레이킹' 같은 단어가 나올 상황이 아니라 그는 제대로 알아듣지 못한다. 그러자 레이디가 고개를 양쪽으로 천천히 움직이며 묻는다.

"아이스 브레이킹 몰라요?"

그러면서 해머로 얼음을 깨듯 양손을 모아쥐고 위에서 아래로 휘두른다. 그러는 그녀의 포즈가 너무 진지해서 신중호는 웃음을 참지 못한다.

"코트가 잘 어울리세요."

마음껏은 아니었지만 웃고 나서 자기도 모르게 아부성 발언을 하고 있는 신중호다. 그녀의 환심을 사야 하는 입장인 것은 맞지만 그 옷이 레이디에게 꽤 잘 어울리기도 해서 아부인 것만은 아니다.

"아아, 이거?"

그녀는 살짝 웃는다. 입을 벌리지 않고.

"나는 이왕이면 멋있고 아름다운 게 좋아요. 선생도 그렇지 않아요?"

선생. '피디님'도 아니고 '선생님'도 아니다. 이런 호칭을 취재원에게 들어본 것도 처음이다. 그리고 그가 만나는 사람 중에 이런 스타일로 말하는 사람은 잘 없어서 신선하다. 아름다움이라…… 무엇보다 여기는 맥도날드가 아닌가.

"저는 패션 같은 거 잘 몰라서요. 그냥 편하고 어색하지 않으면 입는 정도라서."

"젊었을 때부터 트렌치코트가 참 좋았어요. 험프리 보가트가 입은 것도 멋지지만 그 누구죠? 레이먼드 챈들러 소설 영화로 만든 거에 나오는 여자…… 그 영화에서는 초록색 시폰 드레스를 입고 나오는데, 이 여자가 트렌치코트가 기가 막히게 어울리죠. 이름이 기억이 안 나네. 혹시 누군지 알겠어요?"

이 말을 하는 레이디의 목소리에 갑자기 생기가 돈다. 눈동자도 빛나고, 신중호가 몇 분 전에 본 그 사람이 맞나 싶을 정도다. 꿈을 꾸는 듯한 목소리다.

신중호는 고개를 젓는다.

"나는 이 옷이 참 좋아요. 사람들은 바바리라고 하는데 나는 트렌치코트라고 해. 비가 와도 좋고, 날이 흐려도 좋고…… 평상시에 그냥 수수하게 입기 좋잖아요. 너무 멋 낸 거 같지도 않고. 이게 누구나 입기 좋지만 그렇다고 또 아무나 어울리는 것도 아니고, 묘한 옷이거든요. 그렇지 않아요?"

거기까지 말하고 레이디는 고개를 떨구었다. 그리고 한동안 말이 없었다.

자신이 입은 트렌치코트를 내려다보는 레이디를 신중호가 본다. 얼룩과 때, 떨어지려고 하는 단추를 그녀가 본다. 솔기가 뜯어져나오고 실밥이 일어난 소매 끝을 본다. 언짢아하는 표정이다.

가까이에서 보니 수수하기보다는 남루하다. 레이디도 그걸 느끼고 있는 것 같다. 신중호는 그 모습을 계속 보고 있기가 그래서 눈을 돌린다.

"좀…… 좀 보기가 그렇죠? 뭐랄까, 이건."

신중호는 아무 말도 하지 못한다.

"요즘 내 사정이 그다지 좋다고 할 수가 없어요."

"네에."

"머니가, 이코노믹한 게…… 별로야. 경제 사정이 엄혹해요. 옷을 바꿔 입어야 하는데 사정이 허락지가 않네. 아주 별로예요. 느낌이 없어."

사정이 좋았던 때에도 그녀는 트렌치코트를 입었다. 트렌치코트를 입고 출근을 했고, 여행을 갔고, 일본 문화원에도 갔었다. 예전에 입던 코트는 백화점에서 산 것이었다. 명동의 양장점에서 맞추기도 했지만, 트렌치코트를 전문으로 만드는 회사의 기성품도 좋다고 생각했다. 신세계에서도 샀고 긴자의 미쓰코시에서도 샀고, 싱가포르 오처드 로드에 있는 백화점에서도 샀었다. 지금 그녀가 입고 있는 트렌치코트는 바자회에서 샀다. 구세군에서 하는 바자회라서인지 괜찮은 물건이 꽤나 있었고, 김윤자는 오래 연마한 안목으로 그곳에서 고를 수 있는 가장 괜찮은 트렌치코트를 골랐다.

하지만 이 이야기를 다 할 수는 없을 것이다.

신중호는 궁금하다. 저 옷으로 어떻게 겨울을 버티는 걸까. 내복을 입고, 목도리를 한다고 해도 말이다. 지금도 3월이라 봄이라지만 꽃샘추위가 심한 날은 겨울보다 더 춥게 느껴지지 않나. 하지만 춥지 않으시냐고 물을 수는 없다. 오늘 식사를 하셨느냐고 묻지 못하는 것과 마찬가지다. 그래서 해야 할 이야기가 있지만 하지 못한다. 대신 이렇게 묻는다.

"요즘은 어떻게 지내세요?"

"아, 영화를 보고 있어요. 하라 세쓰코 회고전을 해서."

레이디가 다시 밝아진 목소리로 이야기한다.

"하라 세쓰코 알죠?"

"네, 영화를 본 적이 있는지는 모르겠어요."

"나랑 닮았어요?"

"아…… 그런 것도 같고. 젊었을 때는 닮으셨을 것 같아요."

왜 갑자기 이런 질문을 하는지 상당히 의아했지만, 신중호는 레이디의 얼굴 위에 하라 세쓰코의 얼굴을 겹쳐놓아본다. 그런데 하라 세쓰코의 얼굴이 잘 떠오르지 않는다.

"계속 여기서 주무신다고 해서……"

드디어 해야 할 말을 한다. 예의가 부족해서 반말을 하는 건 아니다. 이럴 땐 말끝을 흐릴 수밖에 없다.

잔혹하다. 길에서 잘 수밖에 없는 사람한테, 여자한테, 그것도 자존심이 보통이 아닌 것 같은 여자한테, 하라 세쓰코와 자신이 닮았느냐고 묻는 여자한테 이렇게 말할 수밖에 없는 스스로에게 신중호는 자괴감이 든다.

"누가요?"

레이디가 묻는다. 기분이 상한 것 같다.

"누가요?"

신중호는 그녀가 한 말 그대로 되묻는다.

"누가 그래요?"

그녀가 다시 조용하지만 단호한 목소리로 묻는다.

신중호는 대답하지 못한다.

"난 길에서 자지 않아요. 난 아무데서나 자는, 그런 칠칠맞지 못한 사람이 아니에요. 그런 사람은 좀 그렇지 않아요? 내가 이코

노믹한 게 좋지 않기는 해도 그렇게 품위가 없지는 않아요. 내가 맥도날드에 있다고 해서 이런 말이나 들어야 한다니 기분이 좋지 않네요."

신중호는 아무 말 못하고 고개를 천천히 끄덕인다.

"누가 그러던가요?"

레이디가 다시 묻는다. 뾰족하지는 않다. 다만 항의의 표시인지 한 자씩 떼서 또박또박 발음한다. 배운 사람이라는 느낌이 든다. 자부심이 넘쳤던 인물. 어쩌면 아직도 그럴지 모르는 인물로 보인다.

예상한 반응이다. 누구나 처음에는 방어적이다.

인간의 회로란 그렇게 짜여 있다. 이렇게 자존심이 강한 여성일 때는 말할 것도 없다. 오히려 레이디의 반응은 생각보다 격렬하지 않다.

이쯤에서 레이디를 실제로 부르는 호칭을 정해야 할 텐데 뭐라고 해야 할지 막막하다. '할머니'만은 안 된다는 것은 알고 있다. 이런 유의 여자 어른들은 할머니라는 말에 질색할 게 틀림없다고 신중호는 생각한다.

"어, 어르신. 죄송합니다."

고개를 꾸벅 숙이며 신중호는 마음을 다해 사과한다.

"고개는 왜 숙여요? 나한테 무슨 잘못을 했다고? 그럼 도리어 내가 경우 없는 사람이 되잖아요? 사람들이 우릴 저렇게 쳐다보고 있는데 그러면 되겠어요?"

"죄송합니다, 어르신."

"내가 나이가 들긴 들었죠."

"제가 눈치가 없어서……"

"'어르신'은 좀 그래요. 난 뭐 이룬 것도 없고…… 그렇게 늙지도 않았거든. 아닌가? 내가 늙은 사람으로 보여요?"

"네……?"

"그리고 좀…… 양심에 찔리기도 해요. 어르신이라고 하면 뭔가 사람들에게 귀감이 되어야 할 텐데. 난 그렇지가 못하잖아요, 보다시피?"

레이디는 양손으로 자기 몸을 감아 왼손으로는 오른팔을, 오른손으로는 왼팔을 가볍게 쓰다듬는다. 신중호는 또 말문이 막힌다.

"식사는 하셨어요, 선생님?"

신중호는 다시 하고 싶지 않았던 질문을 한다.

"아니, 또 '선생님'은 뭐예요? 요즘은 진짜 문제야, 이 호칭 인플레. 다 선생님이에요. 그런 호칭은 김구 선생님 같은 사회의 숭앙을 받는 분들한테나 붙이는 건데. 내가 뭐라고 선생님이라고 하는 거예요?"

그도 모르게 웃음이 나왔다. 그녀가 덧붙인다.

"저기 저 밖에 택시 아저씨도 선생님이잖아. 그찮아요? 그런 건 싫어. 내가 막…… 막…… 추락하는 것 같거든요."

그 말을 하면서 레이디는 미간을 찡그린다. 손을 높이 들었다 아래로 휙 하고 떨어뜨린다.

신중호는 할말이 없어 웃는다.

식사를 했느냐고 묻지 말았어야 했다. 자기가 밥도 못 먹은 사람으로 신중호의 눈에 비쳤다는 것에 레이디는 마음이 상했다. 그래서 호칭으로 트집을 잡고 있다.

그는 확실히 레이디 앞에서 위축되어 있다.

내가 질문을 해야 하는데 그녀가 이야기의 흐름을 끌고 가고 있지 않은가? 그래도 이런 방식이 레이디 같은 취재원에게 맞는 방식이라는 생각이 든다.

"그럼 어떻게 하죠?"

신중호는 레이디의 룰에 따르기로 한다. 그녀가 이끄는 대로 하기로. 이럴 때는 그렇게 하는 게 가장 좋다.

"뭐라고 부를까요? 정해주세요."

"그럼 그럼."

레이디가 웃는다. 갑자기 아이처럼 웃어서 신중호는 어떻게 받아들여야 할지 모른다.

"네?"

"총명한 청년이에요."

"제가…… 청년은 아닌데요"라고 말하면서 신중호는 뒷머리를 쓰다듬는다. 그는 레이디에게 처음으로 칭찬을 듣고서 기분이 좋아졌다. 청년이라고 불릴 만한 시기는 한참 전에 지났지만 이렇게 불리니 기분이 좋기는 하다. 민망해서인지 웃음이 난다.

"김윤자씨." 레이디가 말한다. "따라 해봐요."

"김윤자씨?"

신중호가 말한다.

"그래. 그게 제일 나아요, 아무래도…… 선생님이라고 불린 적도 있지만 지금은 부끄럽네요. 상황이 변했는데. 그리고 우리의 관계도 그런 게 아니잖아? 그런 과잉 존중은 내가 부담스럽다고."

레이디는 존댓말을 했다 반말을 했다 한다. 그녀 같은 나이의 어른들은 대개 반말을 하기 때문에 신중호는 오히려 그녀의 존댓말이 편하지 않았다.

"불란서에서처럼 마담이라고 부를 수도 없잖아요? 그런 언어가 있다면 참 좋을 텐데 말이에요. 우리한테는 그런 게 없잖아?"

독특한 사람이다. 남들이 하지 않을 이런 말들을 끼워넣는 게 레이디의 개성이라면 개성이었다.

"알겠습니다. 김윤자씨."

신중호는 이제 좀 자신감을 회복했다.

"으응. 듣기 좋아요. 내 이름이 불려본 게 얼마 만인지……"

"네……"

"다시 한번 불러보겠어요?"

"네."

"어서."

"김윤자씨."

레이디가 고개를 끄덕인다. 그러고는 말한다.

"그게 내 이름이에요. 김윤자. 이렇게 들으니까 또 괜찮네요. 옛날에는 별로 안 좋아했는데……"

"왜요, 좋은데?"

"아니, 그렇게 말해주면 좋긴 한데 그렇지가 않았어요. 미자, 말자, 숙자, 영자, 진자…… 왜들 이렇게 '자' 자 돌림인 건지…… 이게 일본 여자 이름 따와서 그런 건데 너무 별로였어."

"윤자는 좀 다른 느낌인데요?"

"그렇긴 좀 하지. 정말 총명한 청년이네?"

그녀가 웃으면서 신중호를 본다. 한쪽 입꼬리만 들려올라가서 꼭 칭찬인 것 같지만도 않다.

"거처는 어디 있으세요? 어디서 오세요?"

이 틈을 타서 그는 다시 묻는다. 이제는 그만 본론으로 돌아올 때다. 일을 할 수밖에 없으니까.

"아, 거처!"라고 말한 뒤 한동안 레이디는 말이 없다. 그러고는 이렇게 말한다. "뭐…… 어디라고 해야 하나? 광화문 일대…… 내가 어디라고 해도 아실지? 여기 잘 알아요?"

점점 레이디의 목소리가 작아진다. 어딘지 부끄러워하는 것 같기도 하다.

"광화문요? 아니면 이 근처요?"

신중호가 묻자 그녀가 고개를 끄덕인다.

"이 근처세요?"

그가 다시 한번 묻는다.

"종로구."

레이디가 작은 목소리로 대답한다.

"집이 있으신 거예요?"

그녀에게 집이 없다는 걸 알면서도 신중호는 이렇게 묻고 있다.

"네."

레이디는 마지못해 이렇게 대답한다. 어느새 눈을 감고 있다.

신중호는 그녀가 더이상 대답하고 싶어하지 않는다는 것을 안다.

하지만 계속해야 한다.

집이 있는데, 종로구에 집이 있는데, 왜 계속해서 여기에 오느냐고,

그다지 안락하지도 않은 이곳 정동 맥도날드에 왜 오느냐고,

왜 밤부터 새벽까지 머무느냐고,

물어야 한다.

김윤자도 신중호에게 할 말이 있다. 이 남자는 아마도 그녀를 방송에 출연시키려고 그러는 것 같은데, 그렇다면 그녀에게도 조

건이 있었다. 방송에 출연해야 한다면, 그녀의 부탁을 들어달라고
이야기를 하고 싶은 것이다. 아니다. 부탁을 들어준다면 방송에
출연하겠다고 말할 것이다.

릴리 미용실

하라 세쓰코라 불리는 게 좋지도 싫지도 않았던 것은 수긍할 수 없는 말이기 때문이었다. 시대의 미인인 하라와 그녀를 비교해주는 건 싫지 않았지만 어딘가 쩜쩜했다. 그래서 누군가 그런 말을 하면 가만히 웃기만 했다. 입꼬리를 살짝 들어올렸다가 내리는 시늉만 하는 그런 미소를 지으며.

하라 세쓰코가 그녀에 비해 부족하다고 생각해서 그런 건 아니다. 김윤자는 그 정도로 거만한 사람은 아니었다.

뭔가 무성의한 별명이라는 생각이 들었던 거다. 격조 있고 옷맵시가 좋고 아름다운 여자라는 것은 공통점이라고 할 수 있었지만, 김윤자에게는 하라에게 있는 온유함과 착한 품성, 희생적인 모습 같은 게 없었다. 무엇보다 하라처럼 그렇게 입을 크게 벌리고 윗니가 다 드러나게 활짝 웃어본 적이 없었다. 그건 김윤자가 할 수 없는 일이었다.

그렇게 되고 싶었던 적도 없다. 김윤자는 그 시절 '여자의 미덕' 같은 걸로 말해지던, 사회가 암암리에 정해놓은 현숙한 여자의 표본으로부터 달아나고 싶었던 사람이다. 만약에 선택지가 두 개밖에 없다면, 희생적이고 현숙한 여성보다는 차라리 비비언 리나 에이바 가드너 같은 마녀가 되겠다고 생각했다. 남자들의 비위를 맞춰주고 싶지 않았다.

하라에게는 당시 일본과 한국 여자들에게 따르도록 요구되던 어떤 표본을 훌쩍 뛰어넘어 초과 달성하는 면이 있었다. 하라는 따뜻하고, 화사하고, 현명하고, 지혜로운 여성의 역할을 가뿐하게 해내는 것으로 보였다. 아무런 힘도 노력도 들일 필요가 없다는 듯이. 남자들과 어른들이 바라는 그런 여자로 살기 위해서 이 세상에 태어난 사람 같은 표정을 짓고서 말이다.

김윤자는 왜 그렇게 살아야 하는지 알 수 없었다.

그건 그녀 어머니의 뜻이기도 했다. 김윤자의 어머니도 동조했다. 아니, 적극적으로 장려했다. 김윤자의 어머니는 자기가 살고 싶었으나 살지 못한 인생을 김윤자가 대신 살아주기를 바랐다.

1905년생이었던 어머니는 김마리아니 박에스더 같은 이름부터 신여성 같은 여자들을 동경하면서 자란 사람이었고, 환경이 받쳐주었다면 그런 여자로 성장했을 사람이었다. 어머니는 자신이 가지지 못한 기회를 어쩌면 자신의 딸이 가질 수 있을지도 모른다고 생각했고, 그 가능성에 적극적으로 투자했다.

김윤자는 그렇게 자랐다.

좋은 대학에 들어갔고 훌륭한 직장을 얻었다. 두 모녀의 성에 충분히 차지는 않았다. 불충분한 점은 결혼으로 해소하면 된다고 김윤자의 어머니는 생각했다. 김윤자는 어머니의 그런 의견이 아주 흡족한 건 아니었지만 그 방법을 나쁘게만 생각하지도 않았다. 조급하게 생각하지 않기로 했다. 어머니도 그렇게 말했고, 김윤자도 조급하게 굴어서 얻을 수 있는 건 별로 없다는 걸 알았다. 미국 교포와 결혼하기 위해서 전신사진과 여권 사진을 보내던 시절이었다.

"이마를 보이게 해서 찍어요. 옆머리를 당겨서 귀 뒤에 꽂고."

"네?"

"좋은 집안에서는 이마를 본단 말이에요. 이마가 잘생겨야 돼. 귀 모양도 중요해. 귀 뚫었나? 귀고리 하지 말고 찍어. 단순하고 깨끗하게."

"옷은요?"

"글쎄. 패턴이 복잡하지 않은 옷? 색이 은은하고. 베이지나 회색 같은 걸 입어요. 그래야 미모가 돋보이지. 자기는 얼굴이 화려하니깐."

꽃 이름을 영어로 딴, 김윤자가 다니던 명동의 미용실에서였다.

당시 대통령 부인이었던 여자를 연상하게 하는 부풀린 올림머리를 고수했던 원장은 자기 눈에 괜찮아 보이는 여자들을 골라서 혼처를 주선하기도 했다. 주선한 것으로 끝나지 않고 원장은 일류 미용실을 꾸려가고 있다는 자부심을 드러내며 사진을 찍을 때의 머리와 옷차림에 대해서도 조언했는데, 안목이 있는 편인 김윤자가 보기에도 아주 적절한 충고로 생각되었다.

그녀는 듣지 않는 척하면서 모든 것을 들었다. 들리는 모든 것을.

생각했다. 원장이 자신에게 혼처를 주선한다면 어떤 식으로 대답해야 할지를. 마음에 들지 않아서 거절하더라도 절대로 기분 나쁘게 해서는 안 됐다. 그래야 다음 기회도 가질 수 있었다.

릴리 미용실 원장은 이런저런 유력한 사람들과 끈이 닿아 있는 것 같은 분위기를 풍기곤 했고, 김윤자는 그게 단순히 허풍만은 아니라는 것을 알 수 있었다. 그래서 릴리 미용실에 갈 때는 그녀가 갖고 있는 옷 중에서 가장 고급 섬유로 된 옷을 입으려고 했다. 당장 원장 덕을 볼 일은 없었지만 사람 일이란 모르는 거니까.

말로는 '한국의 하라 세쓰코' '인텔리 아가씨'라고 불렸지만 원장은 김윤자에게 혼처는커녕 비슷한 말도 꺼내지 않았다. 주선을 받는다고 해서 격 없이 쪼르르 달려가 사진을 찍고 할 생각은 없었지만, 그녀에게 아무 말도 꺼내지 않는 것은 기분이 상하는 일이었다.

옷이 좋아 보이지 않나? 아니면 그 여자대학을 나오지 않아서?

직업이 있어서 그런가? 그러니까 현모양처감으로 적당하지 않다고 생각해서?

별별 생각이 다 들었다.

관심 없는 척하면서 원장이 신붓감으로 관심을 갖는 여자들을 지켜봤다.

공통점이 있었다.

집이 유복하고 미술이나 음악을, 아니면 가정을 전공한 여자들, 입는 옷에서부터 나긋나긋함이 드러나는 여자들, 요리나 다도 같은 걸 배우러 다니면서 착실하게 결혼 준비를 하는 여자들, 그러면서 말이 많지 않은 여자들, 자기주장이 강하지 않은 여자들, 무엇보다 온순해 보이는 여자들이었다.

김윤자에게는 해당되는 게 거의 없었다.

말이 많다고는 할 수 없었지만 그녀의 의견과 배치되는 발언을 하는 사람이 있을 때는 끝까지 말을 했다. 그 사람이 질렸다는 표정을 지을 때까지.

원장이 고른 여자들은 자기가 벌지 않아도 충분히 먹고살 수 있는 가정에서 태어난 여자들이었다. 앞으로도 그럴 수 있을지에 대해 별 불안감을 느끼지 않는 여자들이기도 했다.

근사한 식탁을 차려낼 방법을 골몰하고 외국 잡지에 실린 도안을 연구해서 아이들의 스웨터를 짜고 남편의 출세에 자신의 인생을 걸. 모범적인 주부의 자세가 되어 있는 그런. 그것 말고는 야심이랄 게 없는 사람들이었다.

젊은 시절의 김윤자는 그렇게 생각했다.

누구나 젊었을 때는 타인의 삶을 단순화한다. 김윤자도 그랬다. 누군가 노년의 그녀를 그저 곱게 미쳐버린 맥도날드 할머니로 만들기도 하고 그러는 것처럼.

김윤자는 팔자 좋아 보였던 그 여자들과는 처지가 달랐다.

스스로 벌지 않는다면 가망이 없었다. 먹고살기는 하겠지만 그런 건 그녀가 원하는 삶이 아니었다.

실체적인 변화를 원했다.

다도까지는 아니어도 차를 우리는 것으로 아침을 시작하고, 저녁에는 자신이 손을 대지 않아도 완벽하고 깨끗하게 정돈되어 있는 여행지의 침실 같은 데서 하루를 마무리하기를 원했다. 손을 대지 않아도 식사가 차려져 있는 식탁을 갖고 싶었다. 잘 다린 흰색 식탁보 위에 과하지 않은 센터피스와 손에 감기는 커틀러리가 있는.

만약에 아이를 낳는다면 그녀의 손을 거치지 않고도 아이를 키울 수 있는 여유를, 곰 인형이나 민속공예품 같은 것들로 집을 꾸미는 대신 화랑에 전시된 그림을 가져와 걸거나 조경원에서 마음에 드는 나무를 지목해 마당에 심을 수 있는 조용한 안락을 원했다.

누군가는 신분 상승을 원했다고 말할 수도 있을 것인데, 김윤자가 그 단어를 들었다면 혐오감을 감추지 못했을 것이다.

자신의 힘으로 하고 싶었다. 남자의 힘으로 그런 걸 이루기 위해서 미모를 단장한다든가 선을 본다든가 하는 이해타산적인 방식은 원하지 않았다. 선의 세계는 이해타산이 깔려 있더라도 어느 정도는 첫눈에 마음에 들어야 만남이 지속될 수 있다는 점에서 조금은 낭만적일 수도 있겠다고 생각하기도 했지만 김윤자의 방식은 아니었다.

그건 자존심이 상하는 일이었다. 원하는 남자를 만나기 위해 자신도 그에 못지않은 여자가 되고 싶었다. 실력을 갖추고 싶었다. 전문적인 능력을.

얼굴도 이쁜 여자가 제법이네.

이 정도의 반응은 정말이지 사양하고 싶었다.

어쨌거나 김윤자는 기분이 상했다. 자신의 결격사유가 뭔지 궁금했다. 예상할 수 있어서, 그녀가 예상하는 게 맞는 것 같아서 더 기분이 나빴다.

그러니까 그녀가 부자가 아니라는 것. 좋은 가정에서 자란 영양으로는 보이지 않는다는 것.

이게 김윤자가 예상하는 자신의 결격사유였다.

김윤자는 그녀가 태어나길 원한 그런 가정의 여자들이 옷을 맞추는 상점에서 옷을 맞추고 그녀들이 드나드는 곳에서 차를 마시고 밥을 먹어왔다. 일부러 그들의 분위기를 몸에 익히려고 그랬던 게 아니라, 자신과 그들이 다르지 않다고 생각했다. 아니, 자신이 그들보다 우월하다고 생각했다. 자신은 그런 걸 부모의 돈으로 하지 않으니까.

그녀의 취향과 안목은 언제부턴가 김윤자의 재정 상태를 초과하고 있었다. 월급은 거의 남지 않았다. 그래야 그런 곳에서 옷을 사고 차를 마시고 밥을 먹을 수 있었다. 겨우 그럴 수 있었다. 특별히 사치를 한 것도 아닌데.

저축 같은 건 할 수 없었다. 저축은 가난뱅이들이나 하는 것이라고 김윤자는 생각했다. 어떻게 본다면 그녀도 가난뱅이가 맞았다. 방 두 칸짜리 집에서 어머니와 여동생과 막내 오빠와 그녀, 이렇게 넷이 살고 있었으니까. 하지만 다른 가난뱅이들과 달리 김윤자에게는 미래가 있었다. 보장된 거나 다름없다고 생각해왔다.

그런데…… 원장이 그녀를 대하는 태도가 신경이 쓰였다.

어쩌면 그녀가 원하는 삶을 살 수 없을지도 모른다는 불길한 예감이 찾아들었다. 쉽게 떨칠 수도 없었다. 나쁜 생각은 빨리 몰아내야 했다. 김윤자는 머리에 묻은 검불을 털어내는 것처럼 고개를 가로저으며 흔들었다.

나름대로 애쓰고는 있었지만 역부족이었던 것이다. 그런 여자들의 분위기 같은 건 어떤 노력을 한다고 해도 얻을 수 없었다.

몸에 배어버린 것이다.

원하는 것을 갖기 위한 투쟁심, 적당한 노선을 취하지 않는다면 상대가 자신을 미워할지도 모른다는 데서 생겨난 조심성, 역시나 미움받지 않기 위해 발휘되는 위장된 겸손함 같은 것이.

그런 건 좋은 집안에서 잘 자란 여자들에게는 없는 것이었다. 그 여자들은 김윤자처럼 매사에 조심하면서 눈치를 보지 않았다. 그 여자들은 자연스러웠고, 방심했다. 마음을 놓는 건 아주 귀한 일이었다. 공기를 부드럽게 만들었고 남자의 기분 또한 풀어지게 만들 수 있었다.

그렇다는 걸 그때는 알지 못했다. 알았다고 하더라도 어쩔 수 없었을 것이다. 사람은 자기가 살아온 대로 살아갈 수밖에 없는 것이니.

김윤자는 그 여자들이 자기보다 잘나지 못했다는 데서 위안을 받았다. 그래야 다시 살아갈 수 있는 것이다. 특히 김윤자 같은 부류의 여자는 더더욱 그랬다.

그리고 그 여자들이 감히 알지 못하는, 그리고 알려고도 하지 않는 세계의 일원이라는 데 은밀한 기쁨을 느꼈다. 영어와 일어와 불어로 된 소설을 구해서 읽는 일 같은 것들. 자기 전 이불에 누워 나보코프는 영어로, 카뮈는 불어로, 가와바타 야스나리는 일어로 읽으며 행복감에 젖었다. 또 작은 갤러리를 돌아다니며 아직 가치를 인정받지 못했지만 마음에 들어오는 그림이나 물건을 사 모으고, 아는 사람들만 아는 영화를 보러 가는 그런 일.

동시 상영관에서 많은 사람들이 보는 매릴린 먼로나 오드리 헵번 같은 여자들이 나오는 그런 영화가 아니라 문화원을 다니며 영화를 보는 기쁨을 김윤자는 알고 있었다. 미국 문화원과 영국 문화원, 프랑스 문화원과 독일 문화원, 일본 문화원을 다니면서 영화를 봤다. 김윤자는 일본 문화원을 가장 좋아했다. 직장을 다니지 못하게 된 뒤로도 한동안 이곳이 보이는 길로 지나다녔을 만큼.

거의 십 년 만에 다시 찾은 일본 문화원에서 김윤자가 한 생각들이었다. 그런 마음으로 하라 세쓰코를 보고 있었다.

뉴스페이퍼

신문에는 하루도 부고 기사가 실리지 않은 적이 없다. 최근에도 많은 사람들이 죽었다. 오늘만 해도 수학계의 노벨상이라는 필즈상 수상자와 텔레비전 토크쇼를 삼십 년간 맡아 했던 진행자가 죽었다는 부고 기사를 보았다.

내일이면 기억나지 않을 것이다. 시간이 지나도 잊히지 않는 죽음은 얼마 되지 않는다.

하라의 죽음은 달랐다. 그래서 이번에 일본 문화원에서 칠 개월간 일주일에 한 번씩 상영하는 영화를 모두 봐야겠다고 생각했다.

일주일 전만 해도 김윤자는 그랬다. 하라 세쓰코의 추모전을 일본 문화원에서 한다는 걸 신문에서 보고 나서였다. 기사에 하라 세쓰코가 지난해 죽었다는 내용이 있었고, 김윤자는 충격을 받았다. 그녀의 젊은 시절을 함께했던 배우였고, 그렇기 때문에 자신 역시 끝나버렸다는 생각이 들었다.

하지만 김윤자는 하라 세쓰코가 죽었다는 기사를 읽었다는 것과 그걸 보고 자신이 놀랐었다는 것을 기억하지 못했다. 그걸 보고 이렇게 일본 문화원에 하라의 영화를 보러 왔으면서 말이다.

그래서 추모전을 보며 이렇게 생각했던 것이다. 추모라는 말은 느낌이 좋지 않다. 추모보다는 회고가 낫다. 회고전이었다면 좋았을 것이다. 레트로스펙티브…… 레트로스펙티브…… 레트로스펙티브……

김윤자는 영문학을 전공했고, 영어를 잘했기 때문에 꽤나 괜찮은 직업을 가질 수 있었고, 앞으로도 어떤 기회가 올 수도 있으니 영어를 잊지 않고 싶었다. 그래서 어떤 단어를 떠올리면 영어로 다시 말해보는 습관을 아직까지 갖고 있었다.

처음에는 완성형 문장으로 말하곤 했다. 하지만 혼자 그렇게 말하면 미친 여자로 보일 수 있다는 걸 어느 날 깨닫고 김윤자는 소리내어 웃었다. 그렇게 웃은 건 정말 오랜만이어서 웃고 나서도 한동안 기분이 이상했다. 이따금 영어로 길게 이야기하고 싶었지만 김윤자에게 그럴 기회는 거의 없었으므로 단어를 하나씩 말해보는 것으로 타협할 수밖에 없었다.

신문을 읽는 일 또한 김윤자가 하루도 거르지 않는 습관이었다. 예전 같았으면 책을 읽었겠지만 책을 사고 읽는 일은 더이상 그녀의 처지에 적합하지 않았다. 최신양 집사가 보내주는 이십만원으로 한 달 생활을 꾸려야 했으므로 책까지 살 수는 없었다. 또, 돈을 아껴서 산다고 해도 공간의 문제가 있었다. 그녀는 모든 물건을 가지고 다닐 수밖에 없는 처지였으므로 책까지 더하는 건 형편에 맞지 않는다고 생각했다.

그렇다고 읽지 않는 것은 아니었다. 읽지 않고는 살 수 없었다. 김윤자가 독서의 대상으로 택한 것은 신문이었다. 한글로 된 신문과 영어로 된 신문 모두.

아침 일찍 광화문 스타벅스에 앉아 있으면 서너 종의 신문을 구할 수 있었다. 광화문에는 여전히 종이 신문을 읽는 사람들이 있었고, 그들은 커피를 마시는 동안 뒤적거리던 신문을 곱게 접어 자리에 놓고 가곤 했다. 게을러서 쓰레기통까지 가지 않는 게 아니었다. 신문을 읽고 싶은 누군가를 위한 배려였다. 지금 시대에 신문을 읽는 사람들이란 희귀했고, 그래서 신문을 읽고 싶은 사람들이라면 자신과 비슷한 갈급을 갖고 있을 거라고 생각했기 때문에 할 수 있는 행동이었다.

김윤자는 그 선의를 고이 받아들이기로 했다. 때로 그 선의 속에 영자 신문이 있기도 했다.

책을 읽을 때만큼은 아니어도 신문을 읽으면 그래도 독서를 했다는 기분이 들었다. 새로운 단어를 배울 수 있다는 것도 좋았다. 얼마 전에는 포엽이라는 단어와 팽주라는 단어를 새로 익혔다. 꽃이나 꽃받침을 둘러싸고 있는 작은 잎이 포엽이었고, 팽주란 찻자리에서 차를 끓여 손님에게 내어주는 사람을 뜻했다. 팽주는 쓸 일이 없을 것이므로 잊어버리겠지만 포엽은 그렇지 않을 것 같다고 생각했고, 기분이 좋았다.

신문에는 젊은이들에 대한 이야기가 가득했다. 말도 안 되게 비싼 등록금, 학자금 대출, 취업난, 결혼 포기, 아이도 포기⋯⋯ '오포 세대'라고 했다. 다섯 가지를 포기했다고 해서. 취직, 결혼, 아이, 집 장만⋯⋯ 또 뭐가 있어서 오포지?

언론은 이런 게 마음에 안 든다. 카테고라이징이 너무 고루하다. 그래야 나라가 돌아간다고 생각하고, 그러는 게 애국이라고 생각하는 정서가 말이다. 시대가 얼마나 변했는지 그들만 모른다. 안온한 사무실에만 있으면 그렇게 된다는 것도 이해하지만.

결혼을 필수라고 규정하는 게 마음에 들지 않는다. 아이를 낳는 것이 베이직이라고 생각하는 것은 더욱이.

김윤자도 결혼을 하고 싶었다. 어쩌다보니 못했을 뿐이다. 하지만 결혼을 하고 아이를 생산하는 게 인간으로 태어나 당연히 해야 하는 일이라고는 생각해보지 않았다. 어떻게 그런 생각을 할 수 있나. 고등교육을 받고 나름대로 귀를 열고 살았다면 그렇게 주장하는 게 바보 같다는 걸 모를 리 없다.

아이만은 낳고 싶지 않았다. 제아무리 사랑하는 남자를 만나게 된다고 하더라도.

손해다. 김윤자는 이렇게 확신할 수 있었다. 남자에게는 모르겠지만, 여자에게는 정말 그렇다. 가정에만 있을 게 아닌 여자라면 말이다.

일 잘하는 동료들이 아이를 낳고 밀려나거나 도태되는 걸 너무도 많이 봐서 신물이 난다. 여자라는 것만으로도 계속 사회인으로 남아 있기가 얼마나 힘든데.

미스 김, 결혼을 못하는 거예요, 안 하는 거예요?
라고 물었던 부장의 얼굴도 스쳐지나간다. 머저리 같은 인간. 일을 시켜놓고 공을 가로채는 것으로 출세한 인간이었다. 그에게는 별로 웃기지도 않는 이야기를 유머랍시고 던지며 정말 웃기지 않느냐는 표정을 짓는 안 좋은 습관이 있었다. 그는 어느 날 대단히 중요한 걸 발견했다는 표정을 지으며 김윤자에게 이렇게 말했다.

미스 김이 왜 결혼을 못했는지 나는 이제야 알겠어.

왜요?라며 김윤자가 마지못해 대꾸하자 그는 말했다.

장가를 갔으면 바로 갔을 텐데, 시집을 가야 해서 결혼을 못한 거지. 안 그래?

부장을 꼼짝 못하게 하면서도 아주 공격적이지는 않은 그런 말을 하고 싶었는데 생각이 나지 않았다. 뭐라고 했다면 좋았을지 김윤자는 종종 생각해보았는데 여전히 알맞은 답을 찾지 못했다.

여자치고는 코가 높은데?

이런 말을 들을 때도 기분이 별로였다. 칭찬인 듯하면서도 칭찬이 아닌 말이었다. 콧대 높은 게 지극한 자부심의 원천은 아니었지만 김윤자는 자신이 본 어떤 남자보다도 콧대 높았기 때문에 이런 말이 당황스러웠다. '여자치고'라니……

어쨌거나 젊은이들이 딱하다. 내 때는 그래도 열심히 살려고 한다면 어떻게든 됐다. 좋은 일자리가 많지 않기는 했지만. 나 같은 사람은 그런 시절의 꿀을 따먹었다. 한때라도 그렇게 살았던 것을 고맙게 생각한다. 지금은 이러고 있지만.

요즘 그녀가 가장 먼저 읽는 기사는 부고였다. 신문에 하루도 빼놓지 않고 실리는 게 있다면 그건 부고와 날씨, 오늘의 운세일 거라는 누군가의 말이 묵직이 다가왔기 때문이다. 그 역시 신문에서 본 누군가의 인터뷰였다.

하라는 마흔셋에 은퇴했다. 한국 나이로는 마흔넷에. 그녀보다도 훨씬 일렀다. 김윤자 같은 경우는 은퇴를 하고 싶어 했던 건 아니었다. 하라는 자발적이었다. 하라와 인연이 깊은 감독이 죽고 나서였다. 더이상 스크린 속 자신의 모습을 보여주고 싶은 사람이 없어서 그랬던 걸까? 아님 그 사람밖에는 자신에게 어울리는 역할을 주지 못한다고 생각했던 걸까?

그러고 나서 고향인 가마쿠라에서 은둔생활을 했다고 신문에 적혀 있었다. 김윤자도 가마쿠라에 간 적이 있다. 그때는 그곳에서 하라가 은둔하고 있다는 것을 몰랐다.

송과 일본에 갔을 때였다. 둘은 긴자와 마루노우치 경계의 호텔에서 사흘 동안 머물렀다. 김윤자는 도쿄에 있는 시간만도 아까워서 가마쿠라에 가는 게 내키지 않았다. 하지만 가마쿠라에 들어선 순간, 그러니까 기차에서 내려서 몇 걸음을 떼지 않아서 느낄 수 있었다. 완벽히 다른 시공간에 들어섰다는 것을. 도쿄에서 가까운 곳에 이런 데가 있다는 것이, 이렇게 뭐라 말할 수 없이 신선한 곳이 있다는 것이 정말 기이하게 느껴졌다. 같은 고도古都면서도 교토와도 다르고 나라와도 다르게 고색창연한 가마쿠라가.

가마쿠라에서의 그 반나절을 선명히 기억하고 있다. 지명이나 구체적인 정보는 기억나지 않지만 느낌만은 생생하다. 송과 손을 꼭 잡고서 누가 봐도 관광객으로 보이는 차림으로 가마쿠라를 걷던 그 시간이.

끝도 없이 펼쳐진 대나무 숲과 어디서 불어오는지 알 수 없는 바닷바람을 느끼며 흙길을 걸었다. 2월 말인데도 춥지 않았다. 그런데 신기하게도 김윤자가 좋아하는 겨울 바다 특유의 그 쨍한 바람이 불어왔다. 김윤자는 바람이 불어오는 쪽을 등지고 가만히 섰다. 바람이 그녀의 머리를 멋대로 풀어놓도록. 눈을 감은 채 그러고 있는 그녀를 송이 보고 웃는 게 느껴졌다. 눈을 감고 있는데도 알 수 있었다.

도시를 내려다보고 있는 청동 대불, 숲을 바라보고 있는 다원에서 마셨던 말차의 맛, 신사, 신관들의 행진……

절과 신사가 많은 아름다운 곳이었다. 금박이 거의 다 벗어진 목조미륵보살을 본 데가 겐초사였나? 아닐 수도 있다. 가마쿠라도 아닐 수 있다.

금박이 벗어지지 않았더라면 그토록 아름답지 않을 수도 있었 겠다고 생각했다. 금박이 남아 있는 부분과 금박이 벗어져 나뭇결 이 드러난 부분, 그리고 금박이 벗어지려 하는 부분이 기묘하게 공존하는 불상을 오래도록 바라봤다. 일본 문화원에서 하라의 영 화를 상영한다는 소식을 들었을 때 김윤자는 그 목조미륵보살을 떠올렸다.

또……

그녀 생애에 다시는 그 목조미륵보살을 볼 일이 없을 거라는 생 각. 그건 정말이지 아름다웠다는 생각. 송을 처음 만나던 순간에 대한 생각. 같이 묵었던 료칸 생각. 같이 덮었던 햇볕에 잘 마른 이불 생각. 그녀의 배를 만지던 송의 차가운 손 생각. 아침에 일어 나 먹었던 맑은 연두붓국 생각. 그때가 그녀 인생의 가장 좋은 시 절이었다는 생각. 그때는 그런 생각을 못했다는 생각.

또 하라 세쓰코 생각……

제안

레이디는 신중호를 보지 않았다. 대신 신중호가 앉아 있는 곳 너머를 보면서 말했다. 부탁이라고 했지만 사실은 제안이라고. 신중호는 그게 뭐가 된다고 하더라도, 부탁이든 제안이든 아니면 또 다른 무엇이든 들어드리겠다고 말한 참이다.

"선생은 그럴 수밖에 없겠죠."

말꼬리를 올리는 것 같기도 하고 아닌 것 같기도 한 게 레이디의 말버릇인가보다 하고 신중호는 그제야 인지한다. 말꼬리를 올리면 대답을 해야 하므로 신경쓸 수밖에 없는데, 곧 신중호는 그럴 필요 없다는 것을 깨닫는다. 그건 그냥 레이디의 말투라고. 신중호는 레이디의 말에 '네'라고만 답하면 무신경해 보일까봐, 그렇다고 가만히 듣고만 있어도 역시 무신경해 보일까봐 신경이 쓰인다. 흠을 잡힐 것 같다. 그래서 그녀 앞에 앉으면 자기도 모르게 허리를 펴고 자세라도 바로 하려고 한다.

"그러니까 내 인생에 대해 말하길 바라는 거잖아요?"

"네, 그렇다고 할 수 있죠."

레이디는 다시 한참을 말이 없다. 지금 신중호가 앉은 자리에서 오른쪽으로는 서울역사박물관이, 정면에는 경찰박물관이 보인다. 경찰박물관 외벽에는 '문화가 있는 날' 현수막이 걸려 있다. 주변이 하도 우중충해 현수막 속 '문화'라는 말이 상당히 도드라진다. 그렇다. '문화'라는 글자가 세상을 조롱하는 것처럼 느껴진다.

레이디가 제안할 게 있다고 하기 전에 신중호는 계속해서 질문을 하고 있었다. 정직하게 묻기로 마음먹었던 것이다. 그가 가장 궁금한 것, 그리고 시청자들이 궁금해하기도 할 것에 대하여.

어쩌면 이미 알고 있는 것들이었다. 하지만 레이디로부터 직접 듣고 싶었다. 그녀가 말을 할 때의 말투라든가 표정을 읽고 싶었다. 레이디는 자기 자신에 대해서 어떻게 생각하고 있는 건지 확인하고 싶었다.

"여기에 밤에 오시는 이유가 특별히 있나요?"

신중호는 아까의 레이디처럼 한 자 한 자 또박또박 발음해서 물었다.

정적이 흘렀다. 제대로 못 들었나 해서 다시 말하려는데 레이디가 손을 들어올렸다. 손바닥이 신중호를 향하게.

"이거는 마이 시크릿."

"……"

"이거는 나의 프라이버시."

그녀가 아주 작은 목소리로 말했다.

신중호는 아무 말도 하지 못했다. 그저 레이디가 하는 말을 듣고만 있었다.

"우 쥬 플리즈 토크 어바웃 유어 시크릿? 당신도 할 수 없잖아요."

레이디가 말했다.

"저는 말할 게 없어요."

신중호가 고개를 저으며 말했다.

"비밀이 없다고?"

"네."

"진짜?"

그녀가 놀라워하며 물었다.

"비밀이 없는 사람이 어디 있어요?"

"저는 그런데요."

"비밀이 없는 것만큼 가난한 사람도 없다고 하던데. 나도 가난하게 살고 있지만 그 정도로 가난한 건 아니라서."

레이디는 그렇게 말한 후 까르르 웃었다. 이게 무슨 상황인가 싶어서 신중호는 어리둥절했다. 이때 레이디가 다시 물었다.

"정말 마이 라이프 스토리가 궁금해서 그러는 거예요? 나한테 원하는 게 정말로 뭐죠? 나를 며칠 동안 따라다닌 이유가 있을 거 아니에요."

그녀는 아마 짐작하고 있겠지만, 신중호는 그녀가 어떻게 생각 하고 있든 처음부터 정직하게 이야기했다. 김윤자씨가 방송에 출 연하기를 원한다고. 그 말을 들은 레이디가 먼저 '제안'을 해왔던 것이다.

"이럴 때 다른 사람들은 어떻게 하나요? 다 좋다고 하지는 않을 텐데…… 하긴 그게 궁금한 건 아니고요. 내가 그 사람들과 같은 기준으로 진행하겠다는 건 아니고…… 나의 경우에는 말이죠, 조 건이 있어요."

"출연해주실 수 있는 거예요?"

신중호가 묻는다.

"내가 말하는 게 받아들여진다면 출연해도 나쁠 것 같지 않네 요."

"어르신, 아니 김윤자씨. 말씀해보시죠."

"프라이버시. 이게 내 첫번째 조건이에요."

신중호 쪽으로 내보인 손바닥을 얼굴까지 들어올린 후 잠시 정 지한 채로 레이디는 말한다.

"지금 현상을, 그러니까 지금 내가 살고 있는 모습을 찍고 싶은 거잖아요. 그렇죠? 내 말이 틀리지 않았죠? 그건 나도 할 수 있어. 거기까지는."

그러고 레이디는 어깨를 한 번 으쓱했다 내린다. 계속 레이디가 말을 이어가기를 신중호는 기다린다.

"그런데 말이에요, 그다음으로 넘어가지는 않았으면 좋겠어. 그러지 않았으면 좋겠어. 난 그게 아주 싫거든."

여기까지 말하고 나서 레이디는 얼굴을 찡그린다. '울상을 지었다'고 이야기되는 그 표정으로 얼굴을 일그러뜨린 레이디를 신중호는 본다.

"나의 과거라든가 뭐 그런 거 있죠? 들추지 않았음 좋겠어요. 선생 입장에서는 내가 흥미로울 수도 있겠죠. 저 여자가 하루종일 뭘 하는 건가 싶고. 그런데 과거에 어떤 일이 있었는지 그걸 꼭 알아야겠는 건 아니지 않아요? 피디 양반이 형사도 아니고. 형사라도 그렇지. 내가 죄를 지은 것도 아닌데 나한테 그렇게 캐묻는 건 아니지 않아? 그런 건 민주사회의 시민인 나의 권리를 심각하게 침해하는 거잖아!"

"네, 저는 안 그럴게요. 그러지 않겠습니다."

라고 신중호는 최대한 신뢰감을 주는 목소리로, 레이디의 신경을 건드릴 여지가 없는 단어를 골라서 말한다.

"그럼, 그래야지! 또 내가 말하고 싶지 않은 걸 구태여 묻지 않았으면 좋겠어. 내가 너무 많이 노출되지 않았으면 좋겠어요. 나는 내 이야기를 하고 싶지 않아요. 그런 식으로는요. 나는 광장에서서 발가벗고 싶지 않아."

여기까지 말한 레이디는 갑자기 울 것 같은 목소리가 된다. 방금 전까지 신중호를 매섭게 노려보고 소리를 버럭 지르던 그녀는 어디로 갔나 싶을 정도다.

알겠다며 신중호는 고개를 끄덕인다. 레이디가 무슨 말을 하는지 충분히 납득이 간다는 표정을 짓는다. 하지만 레이디는 그치지 않는다.

"그건 정말 싫어. 비밀을 다 털어버리고 말면 나는 정말 가진 게 없잖아요."

미간을 잔뜩 찌푸린 채, 어린아이가 투정을 부리는 듯한 태도다. 그녀답지 않게 아양을 떠는 것 같은 목소리라 신중호는 조금 당황스럽다.

"두번째는요?"

"합당한 대가."

"출연료를 말씀하시는 거예요?"

"노 노. 돈은 아니고요. 선생이 가끔 밥을 사줬으면 좋겠어. 내가 먹고 싶은 걸로. 그러니까 밥동무라고 해야 할지…… 그런 걸 해줬으면 좋겠어요."

"당연히 해드려야죠. 세번째는요?"

"나, 아무거나 막 먹고 그러는 사람은 아니에요. 좀 각오를 해야 할 텐데…… 괜찮으실지? 여건이 허락하실지?"

"제가 아무거나 막 먹고 그러긴 해도 가끔은 좋은 게 먹고 싶어요. 같이 드시죠."

레이디는 알겠다는 뜻으로 고개를 여러 번 끄덕이며 웃는다.

"아까 뭐를 하고 있었어요? 자꾸 사진을 찰칵찰칵 하고 찍던데? 내가 말 시키기 전에 말이에요."

"김윤자씨를 찍은 건 아닙니다"라고 신중호는 말한 뒤 핸드폰을 김윤자에게 건넨다. "보시겠어요?"라고 덧붙이면서.

"근조…… 우리도 살고 싶다. 하지만 죽기로 결심했다! ……재개발로 역사공원 만든다구요?"

신중호가 찍은 사진에 있는 글자들을 읽은 후 이게 다 뭐냐고 레이디가 묻는다. 그녀는 정말 재미있다는 듯이 미간까지 찌푸리며 웃는다.

레이디의 웃음이 그친 후 "세번째는 뭔지 말씀해보세요"라고 신중호는 말한다.

"음, 그건…… 좀 말하기 곤란한데 말이죠. 어떻게 말을 해야 하나."

레이디는 한쪽 팔꿈치를 테이블에 대고 손바닥을 펴서 얼굴을 받치고는 말없이 신중호를 바라본다.

탑골공원

"내가 왜 여기에, 정동에 있는지 알아요?"

그렇게 운을 떼운 후 레이디는 말하기 시작했다. 저 할머니는 왜 탑골에 안 가고 여기 있느냐고, 얼마 전에 뒤에서 그런 말을 하는 사람이 있었다면서.

생각을 해보았다고 했다. 자신이 왜 여기에 있는지. 여기에만 머무르는지.

"마침내 답을 얻었어요. 왜 그러는지 깨달음이 왔어요. 그런데 나한테 그 말을 했던 여자한테 얘기해줄 수가 없네? 난 이제야 정리가 되었는데. 선생한테 이야기해도 될까요?"

"말씀을 많이 해주시면 좋죠."

"노. 이건 그런 게 아니에요. 그냥 나는 이야기가 하고 싶어. 선생이 하는 방송에서 이런 이야기를 하고 싶지는 않고, 그냥 선생한테 하고 싶어요. 개인적으로."

"프라이버시는 아닌 거죠?"

신중호는 웃으며 이렇게 말한다. 레이디도 웃는다.

"친구들한테 하는 그런 이야기 말씀이지요?"

"친구…… 난 친구가 없어요. 아무도 없어. 아무것도 없고요. 그런데 이야기는 하고 싶어. 내가 요즘 영화를 보러 다니는데 그 얘기도 너무 하고 싶고."

"이게 세번째?"

라고 말하며 신중호는 손가락 세 개를 펼쳐 보인다. 레이디는 고개를 끄덕이고 말한다.

"내가 어디까지 이야기할 수 있을지, 또 선생한테 이야기를 활발하게 할 수 있기나 한지 모르겠지만 나는 이야기가 하고 싶어요. 방송용 이야기 말고, 내가 하고 싶은 이야기를 피디 선생에게 하고 싶어. 진실된 이야기를 말이야. 그게 내 세번째 조건이에요."

그리고 레이디는 맥도날드에 와 있는 이유를 이야기하기 시작했다.

"영화를 보다가 알게 됐어요. 내가 왜 탑골로 안 가는지를. 나는 예전이나 지금이나 드러내놓고 사회가 어쩌고 정치가 어쩌고 하는 영화는 보고 싶지가 않아요. 영화는 현실을 외면하자고 보는 게 아닌가요? 그렇지 않아? 깜깜한 곳에 앉아 괴로운 현실을 잊어도 보고, 달콤한 꿈도 꾸어보자고 보는 게 아닌가? 나만 그런가?"

"아무래도 영화에 그런 순기능이 있죠."

신중호는 팔짱을 낀 채로 이야기를 듣다가 건방지게 보일까봐 팔을 풀고 바로 앉는다.

"오랜만에 영화를 보니까 좋았어요. 두 시간쯤 그렇게 앉아 있다가 밖으로 나온다고 해서 달라지는 건 아무것도 없지만요. 극장에서라도 쾌적하고 화사한 기분으로 있으면 좋잖아요. 요즘은 책을 안 보지만 책을 읽을 때도 그랬어요. 가난한 사람들이 나와서 먹을 거를 걱정하고, 또 이달을 어떻게 살아갈까 고민하고 하는 것들…… 그런 걸 책에서 읽고 싶지는 않았어. 내가 사는 것만으로도 힘드니까. 나는 좀 달콤한 게 보고 싶다고. 달콤한 케이크처럼 화사하고 쾌적하고 산뜻하고 막 그런 거."

이야기가 계속될수록 레이디의 표정이 바뀌는 게 신기하다. 오랜만에 이야기를 해서 신이 났다는 게 느껴지는 얼굴이다. 활기가 돈다고 해야 할까.

"지금도 그래요. 예전의 나보다 지금의 나로 살기가 훨씬 힘드니까. 그래서 종로3가로 못 가겠어요. 거기에는, 현실이 있거든요. 보고 싶지 않은 현실이. 아주아주 끔찍해."

잠시 숨을 고른 후 레이디는 묻는다.

"그런 사람들을 뭐라고 부르죠?"

눈치를 보다 신중호는 "노숙자요?"라고 말하는데, 레이디는 그에 대해 어떤 응답도 없다.

"거기에 어르신들이 많이 계시죠. 주로 남자 어르신들이 많죠."

"주로?"

레이디가 픽 하고 웃는다. 그 비웃는 듯한 얼굴에 신중호는 당황한다.

"지금 주로라고 그랬어?"

꼭 시비를 거는 것처럼 들려서 신중호는 영문을 모르겠는 표정이 된다. 그저 천천히 고개를 끄덕일 수밖에 없다.

"쳇, 뭘 모르시는군."

방금 전 레이디의 고약한 표정을 신중호는 다시 볼 수 있었다.

"쳇, 쳇, 쳇."

이렇게까지 거친 레이디의 모습은 본 적이 없었다.

"그러면요?"

"거기 여자는 없어요. 여자가 어디 있어요?"

정색한 목소리로 레이디가 말한다. 화가 나서 분을 삭일 수 없는 목소리다.

탑골공원 근처, 흔히 종삼이라고 부르는 그 거리에 여자 노인은 없었다. 식당에서 일하거나 비타민 드링크를 들고 남자에게 다가가는 일을 직업적으로 하는 여자들을 제외하면. 거기에는 남자들만 있었다. 칙칙한 색 옷을 입은 가난한 남자들. 한데 모여서 남욕을 하고, 정치 이야기를 했다. 자기 이야기를 하는 법은 절대 없었다. 대통령이 어떻고 국회가 어떻고…… 그 사람들이 자기 자식이나 되는 것처럼 이름을 부르거나 '개'라고 하면서…… 주로 특정 정당을 비난했다.

비난이라기보다는 원한과 분노라고 해야겠지만. 자신의 심기를 거스르는 사람들을 '이 새끼' '저 새끼'라고 부르면서 온갖 원색적인 욕을 하는 남자들. 신중호는 이 남자들에 대해, 또 그들만 있는 종삼에 대해 알고 있기나 한 건가? 김윤자는 못마땅한 기분이 가시지 않는다.

그녀의 문제만으로도 복잡한데 그들의 못나기 그지없는 목소리까지 들으면 정말로 미치고 말 것 같았다. 그런다고 해서 달라질 게 있나? 정말 못났다. 욕설을 듣고 있고 싶지가 않았다. 자신까지 더러워지는 기분이 드니까.

"난 그런 게 참 싫거든."

하지만 김윤자가 이렇게 말하는 영문을 신중호는 알 수가 없다. 그녀의 사고의 흐름을 따라갈 수가 없다.

"제가 말을 잘못했나요?"

"아니, 그게 아니라!"

갑자기 신경질을 내면서 레이디가 신중호를 노려본다.

어떻게, 어디서부터 말을 해야 할지 모르겠다. 막막한 기분이 들고, 그저 울고만 싶다. 더러운 게 싫다고, 청결한 게 좋다고, 그래서 보고 싶지도 듣고 싶지도 않다고 말하고 싶다. 그러면 나도 더러워질 것 같다고, 그런 기분으로 오늘을 망치고 싶지 않다고 말하고 싶다. 그런데 이 남자는 이 말을 이해할 수 있을까? 나를 미친 사람 취급하는 게 아닐까? 그래서 김윤자는 제대로 말할 수가 없다.

신중호는 레이디가 어떤 사람인지 조금은 알 것 같다. 예민하고, 연약하다. 하지만 연약하면 살 수 없다는 걸 알아서 자신의 방법을 동원해 나름대로 살고 있다.

신중호도 그런 노인들을 종로3가뿐만 아니라 지하철 1호선에서도 많이 봐왔다. 대체 왜 1호선에 그런 남자 노인들이 많은지 알 수 없었지만 서울역이 가까워지면 고성과 분노, 고함이 오고가는 것을 흔하게 볼 수 있었다. 눈치를 보며 레이디의 표정을 살피기만 하던 신중호도 말을 거든다.

"거기 혼자 계시기 무섭기도 하시겠어요."

김윤자는 고개를 끄덕인다. 하고 싶은 말이 있지만 하지 못한다. 그들이 무리에서 떨어져나와 혼자가 된다면, 여자를 사려 할 것이라고. 영감들은 잠시라도 혼자 있는 것을 견디지 못하는 사람들이니까. 다른 사람들이 이미 살을 맞댔을, 그래서 그들의 가난과 남루함과 균과 각질 들이 떨어졌을 침대에 누워서 그러고 있을 것이라고. 그럴 대상으로 나를 볼까봐 무섭고 싫다고.

김윤자는 양손을 교차해 상반신을 감싼다. 그러고는 부르르 몸을 떤다. 너무 더럽다고 생각한다. 더러워, 더러워.

"추우세요?"라고 신중호가 묻자 그녀는 고개를 끄덕인다. 그리고 말한다.

"춥네요."

누군가와 살을 맞대고 싶은 것은 아니다. 하지만 포옹이라도, 손이라도⋯⋯ 다른 사람의 체온을 느껴본 게 언제였던가라는 생각을 하자 추워졌다.

어둠이 내려앉은 길거리에서 그자들을 보고 있을 자신이 없다, 그러고 싶지 않다, 그런 무리와 섞이고 싶지 않다고 김윤자는 생각해왔다. 무서웠다. 혹시나 혼자 있는 자신을 동정해서 말을 걸어오거나 친절을 베풀까봐 두렵기도 했다. 덥석 손을 잡힐지도 모르고. 그랬는데, 지금 김윤자는 깨닫는다. 그녀가 가장 무서운 건 어쩌면 그렇게 잡힌 손을 빼내지 못할지도 모른다는 불안감이었다. 손을 잡고 따라가게 될까봐. 그러지 않을 자신이 있다고 나는 지금 말할 수 있을까?

"울고 싶어져요."

그런 건 정말 싫었다. 김윤자는 양손으로 얼굴을 감싼다. 아무 때나 울 수는 없다는 말까지는 하지 않는다. 한번 울면 눈물을 멈출 수 없을 것이고, 그런 감상적인 마음으로는 지금 해나가고 있는 생활을 꾸리기 어렵게 된다고. 지금까지 그래왔던 것처럼 '드라이'한 상태로 있게끔 노력하며 지내고 있다고. 이런 말을 어떻게 할 수 있을까?

"네?"

"극장에 앉아 있으면요. 보고 싶지 않은 현실을 피할 수 있을 줄 알았는데 아니더라고요. 내가 요즘에 영화를 보잖아요. 종로3가 남자들이 거기에 와요. 내가 오지 말라고 말할 수 있는 입장도 아니어서 참 곤란해요. 그렇게 피해왔는데 뉴센추리홀에서 다 만나니까요. 피해 다니려고 그렇게 애썼던 유의 사람들이 거기 다 있어요. 종로3가에 있을 법한 늙은 남자들이. 뉴센추리홀인데 왜 구시대 유물들을 만나는 건가도 싶어."

"뉴센추리홀이 어디⋯⋯?"

"일본 문화원 알아요? 거기 안에 있어요. 요즘 나는 거기로 영화를 보러 다니고 있고요."

아마 안국역에서 종로3가로 가는 길가에 있는 옥색 건물을 말하는 것 같다고 짐작하며 신중호는 고개를 끄덕인다.

"스타식스라고 알아요?"

신중호가 고개를 젓자 김윤자는 재차 묻는다.

"정동에 있던 극장인데, 몰라요? 여기 옆 건물에 있었는데⋯⋯"

"거기서 영화를 보셨었어요?"

"그치. 내가 정동을 좋아하니까. 거기랑 또 씨넥스라고, 삼성 본관에 있던 극장이랑 자주 갔어."

이 이야기를 하며 흐뭇하게 웃는 김윤자를 지켜보던 그가 묻는다.

"뉴센추리홀에서는 뭐가 그렇게 싫으셨어요?"

"아니, 왜 극장에 와서 누워 있냐고요. 그럴 거면 잠이나 자지. 자리를 두 개나 차지하고서 말이에요. 옷차림은 말할 것도 없이 엉망이고 술냄새도 나고요. 아주 어질어질해요. 영화를 보는데 두통이 다 생겼어요."

김윤자는 아무리 돈을 내지 않고 들어오는 곳이라 해도 이건 너무하다는 말을 하려다 하지 않는다.

"여자 어르신들은 없으셨어요?"

"여자 노인들 무리는 그래도 나아요. 보온병에 담아온 음료나 비닐봉지에 싸온 과일 같은 걸 나눠 먹느라 부시럭대긴 하는데, 그건 하나도 안 미워요. 조심하고 있는 게 느껴지니까요."

"아무래도 미안해하는 걸 알면 그렇죠."

"그러니까요. 그러면 안 밉지 않아요? 우린 다 각자 사정이 있으니까. 내가 생각을 해봤어. 저 늙은 남자들은 막 지들이 내키는 대로 다 하면서 민폐를 끼치는데 여자들은 왜 안 그러는지. 그런 걸 보면 늙었다고 다 가망이 없는 건 아니에요. 늙은 남자들이 가망이 없는 거겠지. 여자들은 참 안됐어. 어릴 때부터 몸가짐을 조심하라고 교육받아서 그런 거라는 생각이 들었거든요. 기분이 참 별로야."

신중호는 어떤 말을 해야 할지 고민하다가 그냥 듣기로 한다. 레이디가 어떤 답을 구하고 있는 게 아니기도 하고, 그녀가 지금 오랜만에 하는 자신의 말에 취해 있다는 걸 알아서다.

들을 만한 이야기다. 그는 레이디의 말에 빨려드는 기분을 느꼈다. 절제하고 있는 듯하지만 솔직하고, 명쾌하다. 숨기지 않는다. 말을 잘하는 분이다. 발음이 명료할 뿐만 아니라 모든 말에 논리가 있고, 감정과 감성을 혼동하지 않는다. 자기가 까다롭고 피곤한 성격이라는 것도 잘 알고 있다. 하지만 그런 게 신경 쓰여서 하고 싶은 말을 하지 않을 사람도 아니다.

이런 사람은 흔치가 않다. 저런 성격으로 과거의 한국사회에서 살기가 얼마나 곤란했을지 짐작도 된다. 그리고 레이디는 일단 말을 하는 데 취해서 그의 의견에는 별로 관심이 없다는 것도 알았다. 물론, 그가 잘못된 단어를 써서 말한다면 바로 표정이 굳어버리겠지만.

"내가 하고 싶었던 이야기는 이게 아니었는데……"

레이디는 한참을 더 말하고 난 뒤 멈춘다. 영화 보고 난 소감을 말하려고 했는데 안 좋은 이야기만 하게 되어서 미안하다고 한다. 그리고 또 말한다. 기분이 좋다고. 속이 시원하다고.

"내 이야기를 들어주세요. 이게 가장 중요한 조건입니다."

레이디는 여기까지 말한 뒤 짐을 재빨리 챙겨 정동 맥도날드를 떠난다. 새벽 한시가 좀 넘었을 뿐인 시간이다.

옷

김윤자는 이제 아무렇지도 않게 보안검색대를 통과한다. 탐지기 앞에 선 남자가 눈이 마주치자 가볍게 묵례를 한다. 김윤자도 묵례를 하고 그쪽으로 다가간다. 남자 뒤에 있는 정기간행물 비치대 쪽으로.

신선생이라고 했었다. 그 젊은 남자한테 말을 너무 많이 해버렸다. 김윤자는 과했다는 생각에 후회가 되기도 하고, 또 이렇게라도 말할 수 있어 다행이라고 생각한다.

비치대는 질 좋은 나무로 만든 물건이다. 합판에 색을 입힌 가짜 나무가 아니다. 요즘 이런 공공기관에서 도통 볼 수 없는 잘 만든 것이다. 김윤자가 한창 일할 때 이런 잡지 비치대가 사무실에 있었다. 그때는 물건이 다양하지는 않았지만 가짜 물건은 별로 없었다. 제대로 만든 진짜 물건이 있었다.

비치대를 지나 계단을 몇 개 오르다 다시 내려와 화장실에 간다. 마음에 들지 않는다. 거울을 보고 머리를 만진다. 실핀을 뺐다가 다시 꽂는다. 그래도 마음에 들지 않는다. 외투에 떨어졌을지도 모를 먼지와 머리카락을 털고 뉴센추리홀로 간다.

구로사와 아키라의 영화는 이번이 두번째다.

대학에 다닐 때 〈나생문〉을 본 게 처음이자 마지막이었다. 만나던 남자가 아쿠타가와 류노스케의 소설을 영화화한 거라며 보러 가자고 했었다. 가와바타 야스나리는 그저 그렇지만 아쿠타가와 류노스케는 좋다는 남자에게 김윤자는 아쿠타가와 류노스케보다 가와바타 야스나리를 좋아한다는 말은 하지 않았다. 일주일 전의 일인 것 같은데…… 그게 벌써 오십 년이 훨씬 더 지난 일이라니.

영화가 좋았는지 아님 별로였는지조차 기억나지 않는다. 시간이 많이 지났다거나 기억력이 나빠서 그런 건 아니다. 국민학교 때의 일을 기억하고 있는 걸 보면. 환경 미화를 할 때 어떤 꽃나무를 사갔는지 그게 어떤 형태의 화분에 심어져 있었는지도 김윤자는 생생하게 기억했다.

남천이었다. 작고 단단하고 빨간 열매가 맺히는 남천.

영화는 좋았지만 뉴센추리홀에 앉아 있는 것은 고역이었다. 시끄럽고, 마음이 불편하고, 쾌적하지 않다.

첫날에는 기대도 했었다. 그래도 이런 데를, 하라 세쓰코 추모전을 보겠다고 오는 사람들은 뭔가 달라도 다르지 않을까 하고. 어쩌면 괜찮은 사람을 만나게 될지도 모른다는 생각도 했다.

그런 생각을 했다는 걸 비웃듯 현실은 잔혹하기만 하다.

사람들은 조금도 예의를 차리지 않고, 자기가 하고 싶은 대로 한다. 김윤자는 좀 물어보고 싶다.

저기 말이에요, 정말 이러고 싶어서 이러는 거예요? 그래도 이건 너무 그렇지 않아요? 이런 건 자기를 포기하는 거잖아요. 아직 포기하기에는 이르지 않나요? 아니라고요? 죽을 때가 다 되었다고요?

어쩌면 그럴 수도 있겠지.

그런 생각이 들자 김윤자는 구부러지려고 했던 허리를 다시 곧추세운다. 옷은 어떻게 하지 못하더라도 최소한 자세만이라도 바로잡자며.

그런데 이곳에는 남자에 비해 여자 노인이 적다. 현저히.

여자 노인들은 다 어디에 있는 걸까? 여자가 더 오래 산다는데 어디서 시간을 보내는 걸까? 아무리 봐도 혼자 온 여자는 김윤자뿐이다. 여자들은 왜 혼자 다니지 못하는 걸까. 다 어디에 숨어 있는 걸까.

도서관에서도 그랬다. 혼자 온 여자 노인은 찾아볼 수가 없다. 여자들은 죄다 모여 있다. 혼자 온 그녀를 이상한 눈으로 봤고, 어쩔 때는 그런 그녀를 두고 수군거리는 것 같았다. 자리를 피해도 또 그런 무리를 만났다.

그런 일이 계속해서 일어났다.

틈을 줬더라면 다가와서 나이를 물었을 것이다. 그러고는 어디 사는지, 남편은 살아 있는지, 자식들은 어디에 사는지를 물었을 것이다. 누군가는 그녀의 팔을 잡거나 몸을 만졌을지도 모른다.

그들은 다른 가능성들을 상상하지 못한다. 집이 어디라고 말하는 게 곤란할지도 모른다는 것, 남편이 처음부터 없을 수도 있다는 것, 결혼을 했다고 하더라도 자식이 없을 수도 있다는 것, 자식이 있다고 하더라도 안부를 묻고 지내는 사이가 아닐 수도 있다는 것을 말이다. 사람들은 자기들이 살고 있는 방식, 그러니까 흔히 평범하다고 일컬어지는 삶의 방식 말고는 잘 상상하지 못했다. 따지고 보면 평범하게 살고 싶어하는 사람은 아무도 없으면서 말이다.

여기 있는 사람들 중에 건강보험과 연금보험의 혜택을 받고 있는 사람은 얼마나 될까? 저 앞에서 두번째 줄에 앉은 남자 둘은 교수 연금을 받을 것 같다. 숱이 많고 은빛으로 빛나는 머리카락을 가졌다는 게 많은 것을 알려준다. 저렇게 머리카락에서 윤이 나려면 특별한 제품을 써야 한다는 걸 김윤자는 알고 있다.

거리로 나오기 전에 그녀도 그런 기능이 있는 제품을 썼었다. 샴푸만 해도 세 종류를 번갈아 썼다. 그녀가 가던 백화점의 보디

용품 판매원이 한 가지 종류만 쓰면 머리카락에 내성이 생길 수 있다는 식으로 말해서 그랬던 건 아니다. 민트 향이 나는 샴푸와 두피 샴푸, 수분 샴푸를 모두 쓰고 싶었다. 김윤자는 판매원의 꼬임에 넘어가주는 척하면서 그것들을 모두 샀다.

저 사람도 그런 걸 쓰고 있는 거다. 모발에까지 관심을 기울일 여유가 있는 거다. 멋을 좀 부릴 줄 안다는 거다. 그리고 백발을 검게 염색하는 게 부자연스럽다는 걸 인지하고 있는 거다. 혹은 그런 친구들과 교류하고 있다는 거다. 운이 좋은 남자들이었다.

두 남자는 검정 코트를 입었는데 한 명은 머리색과 비슷한 은회색 목도리를, 다른 한 명은 연갈색 목도리를 둘렀다. 꽤 멀리 떨어져 있지만 좋은 캐시미어로 만든 건지 윤기가 흐르는 게 보인다. 고급품은 멀리서 봐도 태가 난다. 바른 자세로 허리를 펴고 앉아 있어 더 그렇게 보인다는 것도 안다.

아, 옷을 사고 싶다. 새 옷 냄새를 맡고 싶어!

김윤자는 생각했다. 새 옷에서는 새 옷 냄새가 난다. 그걸 맡고 싶다.

백화점에서 나는 냄새를 맡고 싶다. 일층에서 화장품과 향수를 바르고 그곳에 있는 여자들의 냄새를 맡고 싶다. 시더우드와 베르가모트와 네롤리와 안젤리카…… 그런 냄새들은 백화점에만 있다. 매니저들의 시중을 받으며 옷을 고르고 싶다. 정말 이 옷과 이 색이 잘 어울린다는 매니저들의 달콤한 거짓말에 넘어가주고 싶다. 간접조명을 받아 은은히 빛나는 질 좋은 옷들을 보면서.

매니저는 그녀가 고른 셔츠를 편하게 입어볼 수 있도록 단추를 풀어놓을 것이다. 그리고 단추가 풀어진 셔츠는 그녀보다 먼저 탈의실로 가서 그녀를 기다리고 있을 것이다. 김윤자는 탈의실의 문을 열고 들어가고 싶었다. 그녀만을 위해 준비된 그곳으로.

하지만 이 상태로 옷을 사러 갈 수는 없다. 어떤 매니저도 자신 같은 손님을 반기지 않을 거라는 걸 알고 있다. 일단 외모가 별로다. 벌써 일흔다섯이고, 여기저기가 좋지 않고, 믿었던 기억력도 예전 같지 않고, 먹는 것도 자는 것도 쾌적한 상황이 아니다. 솔직히 얼마나 더 길에서 버틸 수 있을지 모르겠다. 당장 내일 죽는다고 해도 이상할 게 없다. 문제는 언제부턴가 그런 느낌이 얼굴에 묻어난다는 거다.

그래서 더 허리를 세우려고 했다. 이대로 죽을 수는 없으니까. 그녀에겐 아직 하고 싶은 일들이 있었다.

거창한 건 아니다. 신선생에게 했던 것처럼 누군가와 말을 좀 하고 싶고, 이야기를 하면서 맛있는 밥을 먹고 싶다. 그리고 목욕을 하고 싶었다. 목욕을 하고 나서 밥을 먹는 것도 나쁘지 않겠지. 그러고 나서 죽는다면 이 세상과 잘 이별할 수 있을 것 같았다.

목욕을 하고 싶다. 목욕의 충족감은 오래가니까. 그녀가 원하는 방식으로 목욕을 할 때의 일이지만 말이다. 뜨거운 물에 들어가 온몸의 모공을 활짝 연다. 그렇게 욕탕에 몸을 담그고 오래 눈을 감고 있고 싶었다.

목욕탕 물의 온도는 사람의 체온보다 높으니까. 목욕탕의 물은 식지 않으니까.

뜨거운 물에 몸을 담그면 몸과 마음이 부르르 떨리면서 녹아버릴지도 모른다. 그리고 일 년어치의 땀과 때, 피로와 긴장, 나쁜 기운, 먼지와 노폐물, 부정과 불신, 스트레스와 경직도 녹아버릴 것이다. 그렇게 모두와 함께 죽는다.

그러고는 다시 태어난다. 나 혼자.

그리고 죽는 것이다.

깨끗하게 다시 태어나 깨끗하게 죽는다.

동네 목욕탕은 싫다. 플라스틱 의자가 아무데나 널브러져 있고, 수챗구멍에는 머리카락과 때가 뒤엉켜 있다. 또 늙은 여자들이 늘어진 가슴을 내놓고 여기저기를 활보할 것이다. 그런 데는 너무 동물적이다.

조선호텔 목욕탕에 가고 싶다. 거기에서는 프라이버시가 보호된다. 다른 사람들과 마주치지 않을 수 있고, 마주치더라도 가운을 입고 다니니까. 내가 다른 사람에게 벗은 몸을 보이는 건 세신사에게 서비스를 받을 때뿐일 것이다.

1번 방 세신사에게 몸을 맡기고 누워 있고 싶다. 그러고 나서 가벼운 타월 마사지를 받고 싶다. 페퍼민트 오일을 발라주는 것을 좋아했지만 지금 그건 그녀에게 맞지 않을 것 같다. 페퍼민트를 바르면 추워지니까.

일 년 만일 것이다. 지금 목욕을 한다면.

하지만 현실은…… 그런 내 바람과 멀리 떨어져 있다.

김윤자는 맥도날드에 앉아 있거나 아니면 이렇게 극장에 앉아
있는다. 그리고 지금 그녀의 옆에는 종로3가에 있을 법한 냄새나
는 노인들이 옮겨와 있었다.

노인들

필사적이다.

필사적으로 누구보다 빨리 나가야 한다고 생각하는 것 같다. 뉴 센추리홀의 노인들 말이다. 엔딩 타이틀이 올라가기 몇 초 전에 우르르 일어난다. 눈치가 없는 것 같은데, 영화가 언제 끝날지는 기가 막히게 파악하고 있다.

곧이어 발이 엉키는 소리와 '어이쿠' 같은 비명이 들린다. 아직 홀에 불이 켜지지 않아 발이 턱에 걸린 것이다.

그렇게까지 해서 빨리 나가야 하는 이유가 뭘까?

출입구에서 서로 먼저 나가겠다고 엉켜 있는 사람들의 뒤통수를 보면서 김윤자는 생각하는 것이다. 뭔가가 부끄러운 걸까? 다른 사람에게 얼굴을 보이기가 싫은 걸까? 아니면 볼일을 참기 힘든 걸까?

김윤자도 빨리 밖으로 나가고 싶다고 생각하지만 더 빨리 나가려고 아우성치는 사람들 탓에 그럴 수가 없다.

계단은 폭이 좁고, 노인들은 발걸음이 느리고, 느린 사람일수록 양보 같은 건 안 한다.

절대로.

삼층부터 일층까지 걸어내려가는 길이 만만하지가 않다.

좀전만 해도 비척비척대며 지팡이로 갈 길을 막아서던 노인 둘이 싸움이 붙었다. 한 사람은 난간을 잡고 지팡이를 휘둘렀고 다른 사람은 지팡이를 휘두르다 넘어졌다.

"양보 좀 합시다."

난간을 잡고 지팡이를 휘두르던 노인이 말한다. 김윤자는 웃음이 나왔다. 사람들이 실소할 줄 알았는데 웃는 사람은 없다.

"너나 해라, 너나. 젊은 게 싸가지 없이."

넘어진 노인이 지팡이를 휘두르며 말한다. 난간을 잡고 있는 노인에게 닿기만 한다면 지팡이로 때릴 기세다.

저들은 분노로 씩씩대며 얼굴을 빨갛게 물들이고 있었다. 저대로라면 얼굴이 터질 것 같다.

사람들은 그제야 상황을 파악하고 웃는다. 넘어진 노인의 얼굴은 빨간 풍선 같다. 주름이 자글자글한 풍선이 있는지 모르겠지만.

"당신 몇 살인데?"

"그런 너는 몇 살인데 그러는데?"

김윤자는 화장실에 가고 싶은데 나갈 수가 없다. 사람들이 짜증을 내고 있는 게 느껴진다. 부글부글 끓고 있다.

사람들은 서로를 미워하고 있었다.

누군가를 미워할 준비를 하고 있는데 그들이 걸린 거라고 할 수 있다. 마땅한 대상이 나타나기만을 기다렸다가 맹렬하게 미워하기 시작한다.

뿐만 아니다. 사람들이 벌이는 싸움을 보는 데 방해가 되는 인간들도 함께 미워한다. 시야를 가린 인간들이 내뿜는 숨과 열기, 기척 같은 걸 미워한다.

영화를 보는 동안 비닐봉지를 부스럭거리고 가방을 계속해서 열었다 닫고 전화를 받던 인간들을 떠올리며 그 미움을 자기 앞에 있는 인간에게 쏟아낸다.

미움을 받은 인간은 그 미움을 다시 앞의 인간에게 준다.

그렇다고밖에 김윤자는 생각할 수 없었다.

그런 걸 보는 게 힘들다.

몸의 에너지가 다 빠져나가는 기분이 든다.

그래서 그들과 자신을 분리시키기 위해 애쓰게 되는 거다.

"작작 좀들 해요."

결국 근처에 있던 남자 하나가 외친다.

일순간 침묵이 흐른다. 사람들이 속시원해하는 걸 김윤자도 느낀다.

어쩐지 야단맞은 것 같은 기분이 든다.

그들을 한심해하고 있던 자신이.

'작작 좀들 하라'는 그 말이 싸우던 노인들을 향한 것만이 아닐 수도 있다는 생각이 들었던 거다. 이들을 지켜보면서 짜증을 내고 있는 당신들도 마찬가지라고, 같은 상황에 처했다면 똑같이 이러고 있었을 거라고, 남자는 말하는지도 몰랐다. 김윤자는 얼굴이 붉어진다.

상황을 정리한 남자는 넘어져 있는 노인의 팔을 부축해 일으키고 지팡이를 쥐여준다. 일어나는 노인의 폼으로 보아 엄살을 떨고 있었던 것 같다.

그와 싸우던 노인은 어느새 사라지고 없다.

누군가로부터 야단맞는 게 이렇게 기분좋은 일일 수도 있다니.

김윤자는 누군가에게 야단맞고 싶다고 생각한다. 하지만, 이제 그녀를 혼내줄 사람은 이 세상에 아무도 없었다.

김윤자는 싸움을 중재한 목소리가 아까 영화를 볼 때 소란을 잠재웠던 그 남자 목소리 같다고 생각한다.

영화 상영중에 계속 자리를 옮겨다니면서 민폐를 끼친 남자가 있었다. 사람들이 항의하자 그는 이렇게 말했다.

"아니, 다 이렇게 키가 커서……"

이 남자의 목소리가 너무 어눌해서인지 여기저기서 웃음이 터졌다.

한 여자가 새된 소리로 외쳤다. "좀 가만히 있어요"라고.

그때 한 남자가 말했던 거다.

"다 그런 거지 뭐."

신기한 말이었다.

움직이는 남자를 비난한 것도 아니고 남자를 나무란 여자에게 뭐라 한 것도 아니었다. 그런 소동을 거슬려하고 있는 관객들에게 하는 말 같기도 하고 아닌 것 같기도 했다.

어쨌거나 기분 나빠할 사람은 없었다.

"작작 좀들 해요"라던 목소리와 마찬가지로 "다 그런 거지 뭐"라던 목소리도 이상한 기분이 들게 했다. 뒤통수가 따가웠다.

나는 왜 저런 태도를 배우지 못했나?

그랬다면 사는 게 달라지지 않았을까?

처음부터 다시 시작할 기회가 주어진다면 얼마나 달라질 수 있을까?

간신히 일층으로 내려와 밖으로 나간다.

현대건설 사옥과 창덕궁 담이 보이는 쪽 횡단보도 앞에 섰다. 안국 맥도날드로 가기 위해서는 횡단보도를 두 개 건너야 한다. 안국역 1번 출구까지 걸어가 출구와 거의 붙어 있는 상가의 계단을 올라간다. 안국 맥도날드는 이층에 있다.

의자가 여덟 개쯤 있는 공용 테이블에 앉는다. 이곳에서 가장 높게 설치된 테이블이다. 그래서 매장 안쪽에 앉아서도 창밖을 볼수 있다. 창가에 앉아 눈부심을 감당하지 않아도 된다.

햇빛을 쬐기에도 좋다.

못해도 하루에 두 시간은 자연광을 쬐려고 한다. 봄이나 여름이라면 야외 벤치에서도 가능하지만 겨울에는 그게 안 된다. 운동도하면 좋겠지만 그럴 처지가 아니다. 그러니 이거라도 열심히 할 수밖에 없다. 회사를 다닐 때는 그렇게 햇빛이 간절하지 않았다.

우울증을 막기 위해서 일광욕만큼 좋은 게 없다. 돈도 안 들고수고롭지도 않은 방법이다. 어쩌면 일광욕을 하기 위해 이곳에 오는지도 모른다고 김윤자는 생각한다. 안국 맥도날드에 앉아서.

우울하지 않다고 생각한다.

안국 맥도날드

김윤자가 안국 맥도날드에 오는 시간은 거의 정해져 있었다. 한 시 십분. 이때의 맥도날드는 점심을 먹으러 몰려왔다 나간 이들의 활기를 여전히 간직했지만 분주하지는 않은 시간이었다. 또, 그녀가 좋아하는 각도로 햇빛이 떨어지는 시간이 이 무렵이었다. 햇빛이 기분좋게 떨어지는 시각은 계절에 따라 변했지만 이 계절에는 이 시간이 가장 좋았다.

그녀가 앉은 테이블에 초등학생 무리가 와서 앉는다. 처음에는 다섯 명이 왔는데 얼마 있다 세 명이 더 왔다. 한 삼사학년쯤 되었으려나.

애들이 그곳에 먼저 와서 앉아 있던 그녀에게 피해를 주지 않기 위해 애쓰는 것을 김윤자는 느낀다.

"아이고, 이제야 오셨어요?"

무리 중 한 명이 장난스럽게 말한다. 비꼬는 것 같지만 귀엽게 느껴진다. 와인색 털모자를 눈썹 위까지 눌러쓴 녀석이다. 3월에 털모자는 좀 답답해 보일 수도 있겠지만 아이의 것은 그렇지 않다. 와인색이지만 겨울 털실이 아니라 딱 요맘때 맞춤한 실로 뜬 것이라 아이가 양육자로부터 얼마나 세심하게 돌봄받고 있는지 알 수 있다. 저 아이에게는 봄에 쓰는 모자와 가을과 겨울 모자가 각각 따로 마련되어 있을 것 같다.

가정교육을 잘 받은 꼬마들이다. 폐를 끼치지 않으려고 나름대로 목소리를 낮추는 걸 김윤자는 느낀다. 아무것도 주문하지 않고 자리를 차지하고 있는 자신이 오히려 얘네에게 폐를 끼치는 건 아닌가라고 그녀는 생각한다.

꼬마들이 주고받는 대화를 김윤자는 듣고 있다.

"이따 뭐할 거?"

"무한도전 볼 거야."

"그거 수준 낮아."

김윤자는 이렇게 말하는 아이의 얼굴을 쳐다보았다. 털모자다. 저렇게 말하면 어른이 되는 것 같았다. 그녀도 저 마음을 안다. 누구보다도 잘 안다. 그녀가 더했다면 더했을 테니까. 귀여운 녀석.

"그래?"

무한도전이라는 프로그램을 보겠다고 한 아이가 금세 제 속마음을 감추지 못하고 시무룩한 얼굴이 된다.

"유재석 안 웃겨."

또다른 아이가 거든다.

"맞아, 안 웃겨."

다른 아이가 동조한다.

"좀 너무 착한 척하지 않니? 작위적이야."

또다른 아이가 말을 보탠다. 군중심리가 만들어지는 걸 김윤자는 보고 있다.

"시사 프로 같은 걸 봐야지. 평범한 사람들이 어떻게 살아가는지 알아야 한댔어."

"누가?"

"우리 엄마가."

으스대는 아이의 얼굴을 본다. 역시 그 아이다. 와인색 털모자. 유재석인가 하는 사람이 나오는 프로그램이 수준 낮다고 말했던 아이.

"그런데 작위적이 뭐야?"라고 아이 중 하나가 털모자에게 묻는다.

"그것도 모르니? 수준 차이 어쩔?"

이렇게 말하는 털모자는 귀엽게 생겼다. 나는 너네와 다르다고, 너네처럼 평범한 초등학생의 감수성과는 다르다고 말하는 아이는 꼭 김윤자가 아는 아이 같다.

어린 시절의 김윤자. 자기를 보는 것 같아서 그녀는 기분이 이상하다. 김윤자도 저런 식으로 말했다. 그래서 애들이 그녀를 좋아하지 않았다. 좀더 나이가 들어서 그런 식으로 말하는 게 자기한테 그리 유리하지 않다는 걸 깨닫게 되기 전까지.

하지만 저 아이는 무리 안에서 인기도 있는 것 같다. 저 아이가 말하니 진리인 것처럼 받아들여지는 분위기다.

김윤자는 확실히 우월감을 갖고 있었다. 자신이 다른 사람과는 태생적으로 그리고 후천적으로도 뭔가가 다르다고 생각했다. 어린 시절의 생각이었다.

좀더 나이가 들고 나서 김윤자는 생각했다. 자신이 선택받은 사람이라면 선택받지 못한 사람들을 하찮게 여겨서는 안 된다고. 그건 제대로 된 태도가 아니라고. 그렇게 한다고 해서 기분이 좋은 것도 아니었다. 김윤자에게는 누구의 마음을 아프게 하거나 신경을 건드릴 권리 같은 게 없었다. 그녀는 그것을 잊지 않기 위해 애썼다.

아이 중 한 명은 대화에 동참하지 않고 핸드폰으로 게임을 하고 있고, 또 한 명은 음료수 컵의 플라스틱 뚜껑에 케첩으로 그림을 그리고 있다. 대화에 관심이 없는 듯 보이지만 그럴 리 없다. 무리에 끼지 못하고 있는 저 아이가 김윤자 같다. 요즘의 그녀.

동그라미가 리본이 되고, 리본은 벌이 되었다가, 벌은 다시 나비가 된다. 김윤자는 나비가 된 벌을, 그러니까 케첩의 무늬를 보면서 표 안 나게 웃는다.

"할 거니?"

"아니."

"너는?"

"할 거냐고?"

아이들이 뭔가를 모의하고 있다는 걸 그녀는 알겠다.

김윤자는 그게 뭔지 궁금하다. 털모자를 쓴 이쁘게 생긴 남자애가 대장인 것처럼 보인다.

한 남자애가 소프트아이스크림을 두 개 사가지고 오더니 하나는 자기가 먹고 하나는 그애한테 내민다. 아이는 고개를 좌우로 흔들면서 안 먹겠다고 의사를 표한다. 그랬더니 사온 아이가 "왜 왜?"라면서 아이스크림을 털모자 쪽으로 더욱 내민다. 털모자는 제 앞으로 들이밀어진 아이스크림을 보면서 싱긋 웃고 있다.

김윤자는 이 모자를 쓴 남자애가 어떻게 할지를 지켜본다. 그랬더니 아이가 환하게 웃으며 손을 내미는 게 아닌가.

이 아이에게 호기심을 가지지 않을 수 없었다.

친구가 재차 권유해서 어쩔 수 없이 아이스크림을 받은 게 아니라 한 번 거절한 다음 받아야 자기의 인기나 입지가 더 올라간다는 걸 알고 그렇게 행동하고 있는 것 같다.

더 재미있는 건 그다음이었다.

아이가 아이스크림을 받아들자마자 다른 아이에게 줘버리는 게 아닌가. 아이스크림을 준 아이는 당연히 표정이 좋지 않다. 그런데도 아무런 말도 하지 않는다. 아무 말도 하지 못한다. 얼굴이 붉어졌는데도.

아이스크림을 받은 아이가 먹기 시작한다. 털모자에게 아이스크림을 줬던 아이는, 빨개진 얼굴로 아이스크림을 먹는 아이를 쳐다보고 있다. 그리고 이 작은 소동을 만든 털모자 아이는 아무렇지도 않다는 듯 감자튀김을 먹고 있다.

김윤자는 감탄했다. 털모자 아이에게. 이 털모자를 중심으로 아이들의 세계가 움직이고 있었다. 얘가 주로 질문을 하고 애들을 채근하고 있다.

그녀가 스스로 다른 아이들과 다르다고 생각하며 행동하던 때에도 저 털모자 아이 같았던 적은 없었다.

저 아이는 벌써 인간관계의 속성을 파악했다. 그리고 저 아이는 착한 사람이 되겠다는 생각은 한 번도 해본 적이 없는 것 같다. 저 아이는 어떤 사람이 되고 싶은 걸까? 힘있는 사람? 그래서? 그다음엔?

김윤자는 표 나지 않게 애들을 보려고 한다. 아마도 그녀가 나온 재동에 있는 초등학교를 다니는 애들일 게다. 여기 맥도날드를 온 것을 보니 그렇다. 애들 몇도 그녀를 관심 있게 보는 게 느껴진다. 착각이려나?

애들의 대화는 일관성이라는 게 없다. 갑자기 다시는 먹고 싶지 않은 음식을 묻는다. 귀를 기울였는데 뭐라고 하는지 잘 들리지 않는다. 그러더니 먹고 싶은 음식을 서로 묻고 답한다.

"난 푸아그라."

"너 그거 먹어봤어?"

"아니, 우리 아빠는 먹어봤대. 난 이거."

"바보. 무슨 맛인지도 모르면서 먹고 싶다고 한 거?"

그녀도 그 대화에 끼고 싶다고 생각한다. 먹고 싶은 걸 대라면 하루종일 지치지 않고 얘기할 수도 있을 것 같다.

먼저 갓 도정한 햅쌀로 지은 밥. 바로 도정한 게 좋아서 김윤자는 쌀을 이 킬로그램씩 사서 먹곤 했다. 고시히카리나 히토메보레처럼 고슬고슬하게 밥이 되는 품종으로 지어야 할 것이다. 완두콩을 올리면 좋겠지만, 아직은 완두콩이 나올 때가 아니고…… 아직 추우니까 서리태나 동부 몇 알을 올린 것도 좋다. 아님 팥과 녹두를 섞어 지은 밥이나 수수와 율무를 섞은 오분도미 밥. 전기밥솥은 안 된다. 찰기가 생겨서 끈덕끈덕하게 되는 압력밥솥도 별로다. 무쇠솥에 지어야 제맛이 난다.

여기에, 달래와 쪽파를 잘게 썰어 넣은 맛간장과 돌김. 이 돌김에 밥을 올리고 맛간장을 얹어 먹었으면 좋겠다.

오래 곰삭아 갈색으로 변하다못해 형체가 거의 없어진 어리굴젓과 한 면은 바삭하게 한 면은 촉촉하게 구운 알이 가득찬 가자미, 갓김치와 쪽파 김치, 조기를 숭덩숭덩 크게 썰어 넣은 조기 식해도 그렇다.

고사리와 무를 넣고 조리다 마지막에 대파의 흰 부분만을 가늘게 썰어 올린 병어 조림이나, 아님 보리굴비를 찌고 또 무쇠 팬에 구워서 녹찻물에 만 밥 위에 얹어 먹고 싶기도 하다.

늙은 호박을 넣고 끓인 김치찌개와, 부추와 애호박을 잔뜩 넣고 만든 여름 만두, 빨간 고추를 한 점씩 고명으로 올린 호박전, 가지 속에 양념한 쇠고기를 박아 쩌낸 가지선과 쪽파를 데쳐서 만든 강회와……

이런 밥은 어디 가서 사 먹을 수가 없다. 자기 기호에 딱 맞는 밥을 해 먹으려면 직접 하는 수밖에 없다.

이렇게……

먹는 얘기를 누군가와 하고 싶었다. 먹는 얘기가 아니더라도, 아무 말이라도 나누고 싶었다. 날씨나 열대어 키우기나 고교 야구 순위나 서울시의 화단 조경이나 공공미술에 대한 이야기를.

그래서 보름 전쯤 정동 맥도날드에서 신중호에게 말을 걸었던 거다. 김윤자는 누군가와 말을 해본 지가 너무 오래되었다. 말다운 말을 하고 싶었다.

커피

김윤자는 그날에 대해 생각하고 있다. 벌써 한참 지나 기억이 희미해지기 시작했지만 말이다. 신중호는 그녀를 지켜보고 싶다며 허락을 구했다. 그걸로 모든 게 시작되었다.

피디라는 젊은 남자와 카메라를 든 남자가 1박 2일 동안 따라다녔다. 아마 그게 방송됐을지도 모른다. 그들과 만나서 촬영한 지 벌써 열흘쯤 되었으니까.

그 생각을 하느라 멍하니 있다가 고개를 들었더니 초등학생 무리가 있다. 며칠 전 보았던 아이들이다.

김윤자는 이 초등학생들이 자기를 알아보는 것 같다. 아이들이 같은 테이블에 앉아 있다가 일제히 그녀를 보았다. 그녀는 아이들의 얼굴을 보고 있지 않아 확실하지는 않지만 그런 느낌이 들었다.

오후 두시의 맥도날드다. 자리를 떠나면 자신에 대해 이야기할 지도 모른다. "저 할머니, 길에서 사는 할머니래." "나도 봤어, 맥도날드에 계속 죽치고 있잖아. 아무것도 안 시키고." "그래도 되나?"라고 말이다.

며칠 전처럼 와인색 털모자를 쓴 아이가 김윤자를 보며 은근히 웃는 것도 같다. 그 아이를 따라 다른 아이들도 김윤자의 여기저기를 살피는 것 같다. 김윤자는 그렇게 느꼈다.

김윤자는 짐을 챙겨 맥도날드를 나가야겠다고 생각한다. 하지만 그녀가 먼저 나간다면…… 아이들의 호기심어린 시선이 그녀의 등에 꽂힐 것이다. 킬킬거리고 웃을지도 모른다. 또, 아이들은 김윤자를 두고 온갖 말을 할 게 분명했다. 김윤자는 자기가 앉았던 바로 이 테이블에서 방금 사라진 그녀에 대해 아이들이 하게 될 말을 생각하면 고통스러웠다.

왜냐하면 그녀는 이 자리에 앉기 위해 안국 맥도날드에 오는 것이기 때문이었다. 이 자리의 순수성이 훼손되게 만들 수 없었다. 아이들이 거리로 나가 그녀에 대해 뭐라고 하든 상관없었다. 하지만 그녀가 매일같이 와야 하는 맥도날드에서 김윤자를 흘깃거리면서 그녀에 대해 이야기하는 건 싫었다. 그래서 그녀는 아이들보다 먼저 나갈 수 없었다.

김윤자는 아이들이 맥도날드를 나갈 때까지 먼저 떠나지 않기로 마음먹는다. 그녀는 구부러지려고 하는 등을 펴면서, 아무렇지도 않은 척 창밖을 보며 생각에 잠겨 있는 척을 한다.

김윤자의 눈은 일본 문화원 쪽을 보고 있다.

또 종로서를 보고 있다. 왼쪽으로는 민원봉사실이 붙어 있다. 파란 지붕과 파란 현판이 눈에 띈다.

예전에는 어떤 색이었지? 기억나지 않는다.

'민원봉사실'이라는 글자와 무궁화와 참수리가 합쳐진 경찰 엠블럼 모두 금빛이다. 종로서에서 왼쪽으로 조금 더 가면 일본 문화원이다. 민트색 건물.

여기에 오면 그녀가 직장에 다닐 때 매일같이 걷던 거리를 볼수 있었다. 그래서 김윤자는 이곳에 왔다.

이층 창가 자리에 앉기도 했고 나란히 놓인 세 개의 공용 테이블 중 가장 안쪽 자리에 앉기도 했다. 밖이 가장 잘 보이는 자리가 거기였다.

그 해가 잘 드는 자리에서 마시고 싶어서 김윤자는 커피를 시켰다. 그러니까 맥도날드에서 말이다. '아메리카노 1500원'.

그녀가 맥도날드에서 커피를 마시는 건 이례적인 일이었다. 돈이 없어서는 아니었다. 돈이 얼마 없기는 하지만 하루에 커피 한잔을 마실 돈은 있었다. 다만, 맥도날드에서는 커피를 마시지 않았다. 그녀의 원칙이 그랬다.

최상의 커피를 마시지 못한다면 마시지 않는다.

이게 김윤자의 원칙이었다.

'최상의 커피'라는 것의 기준이 낮아지기는 했지만, 아직 맥도날드의 커피를 '최상의 커피'라고 할 뻔뻔함을 그녀는 습득하지 못했다.

오늘 김윤자는 자신의 원칙을 고수하기에는 지쳤던 거다.

지금 그녀는 커피를 바라보고 있다. 냄새를 맡는 것 같지는 않다. 뭔가 기분이 좋지 않은 표정이다.

마음이 상했다. 커피를 엄청나게 큰 갈색 플라스틱 쟁반에 내줬다는 것(비율이 맞지 않는다), 쟁반이 충분히 마르지 않았다는 것(비위생적이다), 물기를 통해 양상추에 묻었던 마요네즈와 케첩 냄새가 전해진다는 것(비위가 상한다),

또 그 위에 광고지를 깔았다는 것 때문에……

광고지에는 물방울이 맺힌 토마토 사진이 실려 있는데 쟁반의 물기 때문에 인쇄된 토마토는 시든 것처럼 보인다. 김윤자는 얼룩진 광고지에 쓰인 글씨를 읽는다.

탱글탱글 잘 익은 토마토와 매콤한 양파에 깨끗이 살균·세척되어 배송되는 아삭한 양상추, 그리고 소금, 후추 외에 아무것도 넣지 않은 청정 호주·뉴질랜드산 100% 순 쇠고기 패티와 100% 통닭가슴살 치킨 패티……

김윤자는 기분이 상한 이유를 알았다. 커피를 주면서 햄버거 광고가 인쇄된 종이를 깔아주는 게 마음에 들지 않았던 거다. 아무리 천오백원짜리 커피를 마시는 손님이라고 해도 손님은 손님인데……

수첩을 펴 2016년 3월 25일이라고 날짜를 적고, "탱글탱글 잘 익은 토마토와"부터 옮겨 적기 시작한다. 지금 이 순간의 감정을 기억하고 싶기 때문이다. 그녀에게 핸드폰이 있었더라면 이렇게 적지 않고 사진을 찍었겠지만 김윤자에게는 핸드폰이 없었다.

좀더 섬세할 수는 없을까? 아이스크림이나 커피를 주문한 사람한테는 햄버거가 아니라 커피나 아이스크림이 인쇄된 종이를 깔아주면 안 되나?

이런 생각을 하다가 자기가 너무 많은 걸 바란다고 자각한다. 맥도날드에서 말이다. 천오백원짜리 커피를 마시면서 말이다.

안 그래도 사는 내내 '피곤한 사람'이라는 말을 많이 들어왔다. 김윤자는 스스로를 반성한다. 천오백원짜리 커피를 마실 수밖에 없는 능력을 가졌음에도 많은 걸 바라는 자신을 반성한다.

그러고 있는데 걸레가 김윤자가 앉은 테이블을 훑고 지나간다.

분명히 걸레였다. 행주가 아니라. 그리고 락스 냄새가 훅 끼쳤다.

모욕당한 느낌이 들었다.

김윤자는 이런 일이 있을 때마다 삶의 의욕을 조금씩 잃었다. 이런 일은 하루에도 몇 번씩 있었고 그녀는 '살 수가 없어'라고 자주 혼잣말을 했다.

하지만 그녀가 가장 좋아하는 동네가 안국동이었다. 직장에 다닐 때는 걸어서 오 분 거리에 일본 문화원이 있다는 게 마음에 들었다. 운현궁 담벼락 옆에 있어서 고즈넉한 기분이 든다는 것도.

문화원은 처음에는 걸스카우트 건물에 있었다. 1970년대 초반이다. 그녀가 직장생활을 본격적으로 시작했을 무렵. 김윤자는 1960년대에 있었던 일은 의식적으로 무시하고 배제했다. 기회가 있을 때에는 1970년대 이후의 자신에 대해서 주로 이야기했다.

1960년대에 했던 일에 대해서 이야기하지 않다보니 그때의 일들은 희미해졌고 이제는 그런 일이 있었다는 것도 잘 기억하지 못했다. 그때 알고 지냈던 동료들도 그녀에게는 없는 사람이나 마찬가지였다.

김윤자는 상상력이 풍부한 만큼 기억력도 좋은 편이었지만 단지 그녀가 관심을 두는 사항에 대해서만 그랬다.

숨겨야 하는 필사적인 이유가 있었던 건 아니다.

문서를 옮겨 적고 가끔은 커피를 타기도 하고 기껏해야 영문 타자를 치는 일 같은 걸, 고졸 여사원과 구분될 만큼 특별하게 전문적이라고 할 수도 없는 그런 일을 하는 걸, 남자보다 일찍 나와 남자들의 책상을 닦기를 강요받았던 그때의 일을, 직업이랍시고 말하고 싶지 않았던 거다.

김윤자는 그 일을 하는 자신이 너무도 한심해서 출근하는 아침이면 어딘가에 머리를 콕 박아버리고 싶은 생각이 들고는 했다.

그래서 그 시절의 기억을 지워버렸다. 하지만 지워버리기로 했다는 것은 그런 기억이 있음을 인정하는 것이기도 했다. 김윤자는 최선을 다해 그 시절을 무시했고, 그 시절에 대해서는 없는 시간처럼 말했다.

밖에서 보면 그럴듯해 보일 수도 있는 그런 직장이었다.

밖의 기준일 뿐이었다. 김윤자의 기준은 달랐다. 그리고 엄연히 다른 기준을 갖고 있으면서 자신의 일을 합리화하거나 미화할 때는 밖의 기준을 적용하기도 하는 합리성 같은 게 김윤자에게는 없었다.

고등교육씩이나 받고서 이런 걸 하고 있는 자신이 한심하고 견딜 수 없었던 것이다. 무엇보다 견딜 수 없었던 건 '미스 김'이라고 불렸다는 것. '미스 김'은 흔하기도 해서 그녀를 부르는 게 아닐 때도 자꾸만 돌아보게 됐었다.

성도 그렇지만, 이름도 그랬다.

흔하디흔한 이름. 30, 40년대에 태어난 전형적인 조선인 여자의 이름이었다. 다른 어머니들과는 달리 딸에 대해, 딸의 미래에 대해 다른 포부를 갖고 있었으면서 그런 이름을 용납한 어머니가 의아했다.

원망 같은 건 하지 않았다. 어머니는 그녀에게 무한한 사랑의 대상이었으니까.

방세에 쪼들리고 쌀 팔 돈이 부족하면서도 그녀의 등록금을 내는 건 한 번도 늦은 적이 없었다. 그녀를 위한 돈이라면 어머니는 어떻게든 융통했다.

김윤자는 모른 척했다. 마음을 쓰다가 혹시라도 듣고 싶지 않은 말을 듣게 될까봐 그랬다. 그녀의 대학 동기 중에는 입주 가정교사를 하며 학교에 다니는 여자들도 있었다. 그런 걸 하고 싶지는 않았다. 그건 뭐랄까……

소문이 난다면 곤란했다. 김윤자는 유복한 집의 딸이라고는 하지 않았지만 은연중에 그런 분위기를 풍기며 학교에 다니고 있었고, 동기들은 그녀가 설정해놓은 이상적인 이미지대로 김윤자를 인정해주고 있었다.

그러니 그녀는 대수롭지 않은 일을 하고 있는 자신을 용인할 수 없었던 거다.

그곳으로부터 가까스로 탈출했을 때 일본 문화원을 만났다. 정확히는 일본국 대사관 광보관실이라고 불리던 그곳을. 그후 광보문화원이라고 불리기도 했다가 공보문화원이라는 현재 명칭에 이르렀다. 건물도 옮겼다. 걸스카우트 건물의 대각선 맞은편 거리로 옮기고는 건물을 민트색으로 칠했다.

김윤자는 퇴근 후 저녁 약속까지 시간이 어정쩡하게 남으면 그곳의 일층 로비에서 책을 보면서 시간을 보냈다. 그곳에서 시간을 보내는 건 늘 좋았다. 돈을 들이지 않으면서 여유롭게 지낼 수 있었다.

이건 매우 중요한 일이었다. 그녀가 즐겨 가는 카페는 꽤 많은 돈을 지불해야 했으므로 매일같이 갈 수는 없었다.

돈을 아끼자고 아무데나 갈 수는 없는 일이었다. 그런 데는 뭔가가 마음을 불편하게 했고, 그렇게 쓰고 나온 돈이 아까워서 견딜 수가 없었다. 나오는 음악, 커피의 맛, 커피잔, 종업원의 접객 태도, 가게의 분위기, 그러니까 사장의 취향 같은 게 마음에 들어야 했다. 무엇보다도 손님. 어떤 사람들이 오는 데인지가 가장 중요했다.

일본 문화원도 그래서 마음에 들었다. 당시만 해도 그곳은 한마디로 물이 좋았다.

김윤자는 오늘도 일본 문화원에 다녀왔다. 하라 세쓰코가 나오는 영화를 보러.

거기서 오는 길이다. 영화는 보지 못했다. 날짜를 잘못 알았다. 〈가을 햇살〉은 오늘이 아니라 지난주였다. 다시 회차가 돌아오려면 삼 주가 더 있어야 했다. 시간은 늘 오후 두시로 같았다. 김윤자는 캘린더에 〈가을 햇살〉이 상영되는 날짜를 표시했다.

캘린더는 직접 그린 것이었다. 여전히 자를 대고 그린 것처럼 반듯한 선을 그을 수 있었다.

시청자 게시판

"대박이다."

황피디가 신중호의 어깨를 툭 치며 종이 한 장을 던지고 간다.

분당 시청률을 막대그래프로 표시한 시청률 표다. 제일 높이 솟아 있는 막대에 빨간색으로 동그라미를 쳐놨다. 그리고 마구 휘갈긴 느낌표.

그녀식의 칭찬이다. 몇 시간 후 있을 기획 회의에서 후속편을 제작하라고 할 거다.

신중호는 종이에 써진 숫자를 보고 있다. 전 국민의 공분을 사는 일. 그러니까 미궁에 빠진 살인사건이나 유아 학대 같은 게 아닌 다음에야 이 정도로 시청률이 나오는 건 아주 드물다.

머리가 아프다. 레이디는 딱 한 번만이라고 했다. 신선생의 성의를 봐서 딱 한 번만 카메라가 자신을 찍는 걸 허락하겠다고 했다. 이게 마지막이라고 했다. 그랬는데 이렇게 일이 커져버렸다.

방송에 나오는 걸 불편해하는 레이디를 어떻게 또 설득해야 하나. 말을 하려고 하지 않는 사람을 또 어떤 식으로 납득시켜야 하나. 황에게는 할 수 없는 말이다.

이 모든 것은 시청자 게시판에서 시작되었다. 신중호가 만들어 납품하는 프로그램의 홈페이지로 들어가면 '시청자 참여'라는 카테고리가 있다. 이 안에는 두 개의 항목이 있는데 하나가 '시청자 게시판'이고 또 하나가 '제보하기'다.

누가 이런 걸 자발적으로 할까 싶지만 참여자가 상당히 많다. 궁금한 게 있는 사람들, 자랑할 게 있는 사람들, 간혹가다 고발할 게 있는 사람들도 있고……

다 뭔가 말할 게 있는 사람들이다. 그 사람들은 말하길 원한다. 말하길 정말 좋아하는 사람이나 나이든 시청자는 전화를 걸어오기도 한다.

업무방해는 아니다. 홈페이지에 제보 전담 전화번호가 고지되어 있다. 사연을 받는 입장에서는 전화보다는 글을 선호하지만, 이 일이라는 게 선호하는 방식대로만 할 수 없다. 모두 다 그런 것은 아니지만 제보 전화를 받게 될 경우에는 한두 시간쯤은 붙들려 있을 각오를 해야 한다. 방송국에 전화를 하는 일을 동사무소나 시청에 민원을 넣는 일과 구분하지 못하는 사람도 있다. 아니면

콜센터라고 생각하는지도 모른다. 방송에 대한 이야기를 하는 게 아니라 자기가 하고 싶었던 이야기와 본인의 괴로움과 짜증에 대해 이야기한다.

귀찮은 일이다. 사람을 대하는 일이고 감정을 써야 한다. 몸도 써야 한다.

맥 레이디의 경우도 제보를 받아 취재하게 됐다. 세 사람 정도가 비슷한 시기에 글을 올렸다. 두 사람은 중년 남자인 것 같았고 한 사람은 이십대 여자였다.

남자 중 한 명은 '광화문에서 자주 보는 할머니가 있다. 뭐하는 할머니인지 정체를 밝혀내봐라'라며 궁금하다는 투로 글을 썼다. 또다른 남자는 '이 할머니가 정동 맥도날드에 계속 앉아 있는데 영업 방해 아닌가? 아무것도 시키지 않고 그러고 있다. 무전취식을 하려는 건 아닌가? 세상에 염치없는 사람이 너무 많다'는 식으로 어딘지 격앙된 어조였다. 할머니의 잘못된 행동을 바로잡아달라는 뉘앙스를 풍겼지만 그저 본인의 기분이 좋지 않은 것 같기도 했다. 이십대 여자라고 밝힌 사람은 '보는 게 괴롭다. 남 일 같지 않다. 내 미래가 저럴 거 같아 두렵다'는 이야기를 길게도 써서 보냈다. 제보 글의 후반은 맥 레이디에 관한 이야기가 아니라 본인의 미래에 대한 걱정과 불안으로 채워져 있었다.

여기에서부터 신중호의 일이 시작된다.

자료 조사라는 명목으로 인터넷을 뒤진다. 나올 게 그다지 많지 않아도 일단 한다. 그러다 더 찾을 게 없을 때 자리에서 일어난다. 그러고는 본격적으로 일을 시작한다.

누군가를 몰래 따라다니고 접근해서 뒤를 캐는 것 말이다. 그러니 레이디가 신중호를 심부름센터 직원이라고 착각한 것도 이상하지 않다.

명백히 사생활 침해고 인권침해의 소지도 있다. 신중호만 해도 누군가가 자신이 하는 것처럼 접근해 카메라를 들이댄다면 그런 말을 할지도 몰랐다. 모르는 누군가가 다가와 자신의 삶에 대해 묻는 것도 싫었다.

방송에 그런 식으로 나가게 된다면 유명해지긴 하겠지만, 그런 종류의 유명세에 어떤 장점이 있는지 알지 못했다. 그러면서도 그는 사람들에게 접근해서 카메라를 들이대고 있는 거다.

처음에 이 일을 시작했을 때는 시청자 게시판에 글이 올라오는지 하루에도 몇 번씩 확인했다. 지금은 그러지 않는다.

'맥도날드 레이디' 편이 방영되고 나서는 달랐다. 조짐이 있었다.

뭔가가 쏟아질 것 같은 기분. 잘한 것 같기도 하고, 못한 것 같기도 해서 찜찜한 기분. 이런 복잡한 마음으로 계속해서 게시판의 새로고침 버튼을 눌렀다.

역시나 실시간으로 새 글이 올라왔다. 의견이 다른 사람들이 서로를 공격하기도 하고 자기 나름의 감상을 펼쳐놓기도 했다. 제작진을 비난하는 의견도 꽤 있었다. 이런 식으로 누군가의 사생활을

까발려도 되는 거냐고. 여기까지는 그래도 괜찮았다.

'불행 포르노라고 아시나요?'라는 제목의 글을 클릭하지 말았어야 했다.

'불행 포르노란 남의 불행한 일상을 보면서 나는 그래도 살 만하다고 생각하게 하면서 그와 동시에 은밀한 기쁨을 느끼게 만들어진 선정적인 콘텐츠를 일컫는다'는 문장이 있었다. 그게 다였다. 이 문장 말고는 아무것도 없었다.

언제부턴가 시청자 게시판을 보지 않게 되었고, 본다고 하더라도 웬만해서는 화가 나지 않는 신중호였지만 이번에는 달랐다. 글쓴이가 예의를 갖추는 척하면서 비열하게 자신을 공격해서 더 그랬다.

비열한 것은 아니었다. 뭐랄까? 비열하지 않아서 더 비열했다. 그래서 더 기분이 좋지 않았다. 그 글은 아무런 문제도 없는 것처럼 보여서 문제였다. 욕설도 없었고, 저속한 표현도 없었으니 글쓴이에게 사전 통보 없이 삭제할 수 있는 게시판 관리 규정에 들어맞지도 않았다.

하지만…… 불행 포르노라고? 감상적이고 선정적이라고? 신중호가 가장 견딜 수 없는 게 바로 이 둘, 감상주의와 선정성이었다. 감상주의와 선정성이라면 치가 떨렸다.

지금 나는 남의 인생을 팔아먹고 있는 건가? 거의 거리에서 살다시피 하면서? 이 얼마 안 되는 돈을 받으면서 남의 치부를 들쑤시는 게 내 일이라는 건가? 라고 종종 생각하기도 했기 때문에 마음이 복잡해졌다.

하지 말아야 할 일, 하면 안 될 것 같은 일은 점점 많아진다. 방송할 소재를 찾는 것도 쉽지 않지만 자기 검열이 또 발목을 잡는다. 맞는 일일까? 이걸 하는 게 공공의 이익에 부합하나? 공공의 이익은 뭐지? 공공은 누구지? 생각이 계속되다가 결국은 하지 못한 일도 많았다.

병든 사람들을 만나느라 나도 병들어버린 건지도 모르겠다고 생각하기도 했다. 그가 만나고 다니는 소위 이상한 사람들, 그 사람들과 이야기하다보면 설득이 되기도 했고, 그들을 비난하거나 안타까워해야 할 이유는 찾기 어려웠다. 어떤 면에서는 자기보다 훨씬 상식적이라는 생각이 들기도 했다.

선정적으로는 하고 싶지 않았다. 그건 그들에 대한 예의가 아니었다. 시사 프로그램을 만드는 입장에서 자신이 만드는 프로를 많은 사람들이 봤으면 좋겠다고 생각하기는 했지만 말이다. 화사하고 즐거운 프로가 아닌 칙칙하고 어두울 수 있는 이 프로를 구태여 찾아 보는 사람들한테 어떤 영향을 끼쳤으면 좋겠다고 생각해왔다.

내가 긍정적이고 선한 사람이 아닌데 그런 프로그램을 만들 수 있나? 회의하기도 하지만 어쨌거나 일을 해나가고 있다. 모두의 삶이 다 고되지만 더 고되게 사는 사람들이 있다고, 그러니 모두들 좀더 견뎌주기를 원한다고, 그런 자신의 마음이 전해졌으면 한다. 우리 모두 태어난 이상 풍파를 피할 수 없다는 걸 알아주었으면 한다.

풍파.

말 그대로 세찬 바람과 험한 물결은 누구도 피할 수 없다. 잘난 사람이나 못난 사람이나 배운 사람이나 못 배운 사람이나, 다 그렇다. 불행 앞에서, 인생 앞에서 공평하다. 운이 아주 좋은 사람들이라면 예외일지 모르겠지만.

하지만 신중호는 그런 사람을 만난 적이 없었다.

신중호가 만나는 사람들은 대개 불행한 사람들, 불운한 사람들, 뭔가를 인생으로부터 박탈당한 사람들이다.

누가 왜 어떻게 뭐 때문에 그것을 박탈했는지는 중요하지 않다.

그 사람이 현재를 살아가는 모습만을 담았다. 현재에는 그 사람의 과거가 녹아들기 마련이지만 집요하게 과거를 추적하거나 원인을 따져보지는 않으려고 했다. 그건 너무 잔인하니까.

그런데 불행 포르노라니…… 이걸 만약에 레이디가 알게 된다면 얼마나 수치스러워할 것인지 생각하자 신중호는 어떤 생각도 이어나갈 수 없었다. 이게 불행 포르노라고? 나는 그런 포르노를 찍어서 배를 불리는 업자라고?

신중호는 전에는 한 번도 깊게 관심을 가지지 않았던 게시물 삭제 기준 공지를 클릭했다.

광고, 도배, 부적절한 언어, 모욕·비방·비난·비하, 음란, 공포·혐오 조성, 반사회·반인륜·범죄·사기, 타 사용자에 대한 공격, 개인의 권리 침해…… 모두 딱히 해당된다고 할 수 없었다. 그나마 가까운 게 '업무방해'나 '허위 사실'이라고 할 수 있었지만, 그건 신중호와 신중호가 속한 제작사의 입장에서나 그랬다.

억울했다. 그런 말을 듣지 않으려고 나름대로 조심했는데 결국 듣고 말았다.

게시판을 보고 있으면, 이 사람들은 방송 만드는 사람은 인격이 없다고 생각하는 것 같다. 방송인들에게도 감정이 있고, 그래서 상처받기도 한다는 걸 모르는 것 같다. 아니면 이런 걸 읽지 않을 거라고 생각하는 건가?

욕을 먹는 일에는 익숙해져 있다. 어쩌면 욕을 먹지 않는 것보다 욕을 먹는 게 나을 수도 있다. 어쨌거나 관심을 받고 있다는 거니까. 방송이 나갔는데 시청자 게시판이 조용한 것은 더 끔찍하다.

이런저런 목격담이 추가로 올라왔다. 맥 레이디를 알고 있는 사람이 생각보다 꽤 되는 것 같았다. 강북에만 머문 줄 알았는데 강남권에 상주했던 시절도 있다고 했다. 그렇게 적고 있는 사람이 네다섯 명이 되었다.

강남에서 맥 레이디를 봤다고 하는 사람이 기억하는 시기는 무려 오 년 전이었다. 그 사람 말이 맞다면, 맥 레이디가 거리에서 산 기간이 오 년이 넘는다는 건데…… 그 정신력이 놀랍기만 하다.

거리를 오 년 넘게 떠돌아다니는 일에 대해 생각한다.

그때도 집이 없었을까? 언제부터 집이 없었을까? 사람이 누워서 자지 않고 오 년 넘게 지내는 일이 가능한가? 강남에서 강북으로 건너오게 된 계기는 뭘까?

강남 포스코 사옥 지하의 버거킹, 안국 서머셋 팰리스 스타벅스, 광화문 세종문화회관 옆 스타벅스, 안국 맥도날드, 정동 맥도날드…… 이런 곳에서 레이디를 목격했다는 경험담을 읽는다.

서머셋 팰리스 스타벅스. 이제는 없어진 곳이다.

'서머셋 팰리스 스타벅스'라고 검색해 블로그 리뷰들을 살펴본다. 이곳을 좋아했던 사람들이 이런저런 글을 올려놨다. 레이디의 흔적을 발견할 수 있을지도 모른다는 바람도 조금은 있다.

이곳을 한때 신중호도 자주 갔다. 당시 다녔던 외주 제작사가 경운동에 있었다. 카페는 셀 수 없이 많았지만 서머셋 팰리스에 있던 스타벅스에 가장 자주 갔다. 인사동에 있는 스타벅스는 사람이 늘 많았고 허리우드극장 앞 커피빈에는 업계 사람이 많았다.

신중호는 사무실에서 오 분 정도 걸어서 그곳으로 가곤 했다. 조계사 경내를 가로질러 뒷문으로 나와서 서머셋 팰리스로 가는 길을 좋아했다. 머리가 답답할 때 이런저런 생각을 하기 좋았으니까. 일주문을 지나고 향냄새를 맡으며 불교용품점을 지나고 진신사리탑을 지나 뒷문으로 나왔다. 그 길을 통과하면 스타벅스가 나왔다.

정원이라고 하기에는 좀 그런 작은 뜰의 나무 사이로 스타벅스의 동그란 간판이 보였다. 옛날 영화에 나오는 기차역의 공중에 매달린 원형 시계처럼 고풍스러운 느낌이 있었다. 주의깊게 보지 않는다면 지나칠 만큼 눈에 띄지 않는 작은 조형물이었다. 바로 그 점이 마음에 들었다. 사람들이 주의깊게 보지 않으리라는 점, 그래서 한적하리라는 점, 또 쾌적하리라는 점.

그의 예측이 맞았다. 인구밀도가 현저히 낮은 곳이었다. 둘이 온 사람보다 혼자 온 사람이 많았고, 작업이나 업무를 한다기보다는 시간을 흘려보내고 있는 것처럼 보이는 사람들이 꽤 있었다.

그곳에 있던 얼마 되지 않는 사람들은 신중호와 같은 기대감에 그곳을 찾았고, 자신들의 예측이 들어맞자 그곳을 좋아하게 되었다.

그 얼마 되지 않는 사람 중에 레이디도 있었던 것이다.

신중호는 커피를 테이크아웃해서 그 작은 뜰에 앉아 마시는 걸 좋아했다. 그 뜰을 통해 베어린이라는 소시지를 파는 맥줏집으로 들어갈 수 있었는데, 맥주 한 잔 마셨을 뿐인데 금액이 너무 높게 나와서 놀랐던 기억도 있다.

거기서 레이디를 본 기억은 없다. 그런데 목격담에서 레이디를 봤다고 하는 시기와 신중호가 그곳을 드나들었던 시기가 겹쳤다.

레이디에게는 시간관념이 있을까? 날짜를 정확히 알고 있는 것 같기는 한데 연도를 구분하며 시간을 보내고 있는지 모르겠다.

왜 맥도날드에서 밤 내내 머무느냐고 물었을 때 그녀는 이렇게 답했다.

"마이 시크릿."

그때 신중호는 할말을 잃고 말았다. 편집된 영상 속의 그는 바로 다른 질문을 하지만 실제로는 그러지 못했다. 커피를 마시고, 물을 마시고, 딴 데를 보고, 레이디를 보고 괜히 웃고, 다시 한번 물었다.

마치 그녀의 그런 말을 듣지 못했던 것처럼.

"마이 시크릿."

그녀도 신중호처럼 행동했다. 처음 듣는 질문에 반응하는 것처럼 시치미를 뗐다. 그러고는 한마디를 보탰다.

"함부로 이야기하고 싶지 않아. 나는 그렇게 떠벌리고 그러는 사람이 아니야. 그런 건 나한테 기대하면 안 돼요."

신중호는 어떻게 해야 할지 모르겠어서 괜히 야구 모자를 벗었다 다시 썼다.

"함부로 이야기하고 싶지 않아요. 알겠어요?"

그녀가 다시 말했다.

"죄송합니다."

이 말 말고는 할 수 있는 게 없었다. 그는 이 말을 다시 해야 한다.

기도

처음 만나고 나서 첫 촬영을 하기까지 그렇게나 오래 걸린 사람
은 많지 않았다.

"어쩔 수 없겠네요."

빙빙 돌리다 마침내 어렵게 이야기를 꺼냈을 때 레이디는 그렇
게 말했다. 바로 대답한 것도 아니었다. 그러고는 자기를 지켜봐
도 좋다고 했다. 촬영을 하고 싶다며 그가 간신히 말을 고르고 또
골라서 청한 후였다.

"지켜보는 것만이 아니라 제가 드릴 말씀은요⋯⋯"라며 당신
을 카메라로 찍어도 되겠느냐고 묻자 그녀는 이렇게 말했다.

"기꺼이." 그러고는 이렇게 덧붙였다. "당신 일이 그거잖아요.
나를 찍는 거. 나도 그 정도는 이해하고 있어요. 그게 당신 일이

죠. 여기 이렇게 앉아 있는 건 내 일이고."

"맞습니다."

"그런 생각이 들었어요. 나의 일을 당신에게 말해줘도 나쁘지 않겠다고요. 나의 일에 대해 듣는 게 당신의 일이라면 말이에요."

그는 일단은 지켜보고 싶다고 말했다. 카메라로 그녀를 찍으면서 충분히 지켜보다가 그다음에 묻겠다고 말이다. 그렇게 신중호는 정동 맥도날드에서의 김윤자, 그러니까 맥 레이디를 지켜볼 수 있었다. 카메라맨 박과 함께.

그랬는데, 다시 두번째 촬영을 하자고 나는 말할 수 있을까?

처음에도 그랬던 것처럼 가만히 지켜보기로 한다. 정동 맥도날드에서 밤을 보내는 그녀를. 그녀를 보면서 놓친 부분은 없는지, 또 의아한 부분은 없는지 봐야 한다. 그게 그의 일이니까.

멀리서 보면 레이디는 움직이지 않는 것 같다. 그런데 좀 지켜보고 있으면 계속해서 무엇인가를 하고 있는 게 보인다. 쇼핑백에서 신문이나 영화 리플릿 같은 것들을 꺼내 보기도 하고 뭔가를 수첩에 옮겨 적기도 한다. 그러다가 책을 읽기 시작했는데 줌을 당겨보니 성경이다. 그녀가 보던 검정색 가죽 장정을 한 책은 성경이 맞았다. 성경 두 권을 펼친 채로 레이디는 왼쪽 성경과 오른쪽 성경을 비교하면서 보는 것 같았다. 왜 두 권을 보고 있는 것일까?

바로 질문을 할 수 있는 상황이라면 그는 이런 걸 묻고 싶다.

성경을 왜 보세요?

어떤 부분을 좋아하세요?

특별히 좋아하는 인물이 있으세요?

지켜보고 있다는 걸 의식하지 말아달라고 당부하긴 했지만 레이디는 어쩌면 저럴까 싶을 정도로 자연스럽다. 이전과 다른 게 없었다. 평소처럼 동요가 없었고, 하던 일들을 했다.

그렇다. 그들은 '지켜본다'고 했지만 이미 레이디를 찍고 있다. 아직 레이디에게 허락을 받지 못해서 찜찜하지만, 어쩔 수 없다. 그녀를 보면서 어떤 부분을 찍을지 '스케치'를 하고 나서 레이디에게 허락을 구해야 하기 때문이다. 레이디는 아마 허락해줄 것이다. 신중호가 조건을 잘 지켜준다면.

레이디는 졸기 시작한다. 한 손은 성경으로 덮고, 다른 한 손은 성경에 올린 채. 처음에는 꼿꼿한 자세였으나 곧 옆으로 쓰러지기 시작한다. 전철에서 옆으로 쓰러지며 조는 사람들처럼 말이다. 규칙적이면서도 또 불규칙적으로 쓰러진다. 신중호는 꾸벅꾸벅 조는 레이디를 보면서 새삼 깨닫는다. 조는 사람은 한 방향으로만 쓰러진다는 걸.

그녀가 갑자기 소스라치게 놀라며 깨어난다. 눈을 비비고 다시 성경을 보려고 한다. 아까 보던 페이지를 계속해서 보던 레이디는 오 분을 버티지 못하고 다시 졸기 시작한다. 잠을 깨려고 고개를 흔들어보기도 하고, 팔뚝을 주무르기도 하고, 마른세수를 하기도 한다.

잠시 멍하게 있다가 이번에는 테이블에 양팔을 포개고 그 위에 얼굴을 올린다. 그러고는 다시 잔다.

시간이 흐른다. 한 이십 분쯤 지났을까.

레이디가 다시 소스라치게 놀라며 깨어난다. 그러고는 스트레칭을 한다. 목을 좌로 한 번, 우로 한 번씩 길게 늘인다. 고개를 기울여 꽤 오래 머문다. 한 일 분 정도 되는 듯싶다.

양손을 깍지 껴 뒤집으면서 앞으로 쭉 내민다. 그 상태를 유지하며 팔을 위로 올렸다 아래로 내렸다 하면서 또 한참씩을 머문다.

그러다 손목의 시계를 본다. 신중호도 핸드폰으로 시간을 확인한다. 새벽 세시가 훌쩍 지나 있다.

옷매무새를 가다듬기 시작한다. 트렌치코트를 벗고, 안에 입은 셔츠를 다시 매만진다. 분홍색이다. 엷은 분홍색의 빳빳한 셔츠. 그녀를 처음 지켜본 날과 첫 촬영 날에도 봤던 바로 그 옷들이다. 다리 사이로 길게 늘어진 어떤 동물의 것과도 닮지 않은 꼬리 같은 머리도 여전하다. 흰 뱀처럼도 보인다. 셔츠의 목과 소매 부분의 단추를 풀었다 다시 채운다. 거울을 대신해 유리에 자신을 비춰서 머리를 만진다. 실핀을 뺐다가 다시 꽂는다. 한쪽에 두 개씩 모두 네 개다.

그러고 나서 길을 나선다. 쇼핑백 하나는 품에 안고 하나는 들고. 어깨에 멘 검정색 가방. 스펀지로 된 굽이 있는 단화를 찌그려

신고 있다. 저런 건 레이디와는 어울리지 않는다고 신중호는 생각하다가 저렇게 눕지도 못하고 하루종일 앉아 있으면 발이 붓기도 할 거라고 생각을 정정한다.

레이디는 역시나 정동에서 광화문 방향으로 이동한다. 첫날과 같은 패턴이다. 그때는 이렇게 따라가지도 찍지도 못했지만.

얼마 지나지 않아 레이디가 도착한 곳은 교회다. 새문안교회.

문이 닫혀 있는 것 같아 보였지만 레이디가 살짝 밀자 스르르 열린다.

그날도 여기에 간 걸까?

새벽 네시가 좀 넘은 교회에는 아무도 없다. 소리도 없다. 벽을 따라 설치된 미등만이 켜져 있다.

레이디는 기도에 집중한다. 집중하는 것처럼 보인다.

눈을 감고 양손을 모으고 입술을 달싹거린다. 신중호는 레이디의 소원이 무엇일지 궁금하다. 레이디는 무엇을 빌고 있는 걸까? 기도를 하려고 평소보다 맥도날드에서 한 시간 일찍 나온 걸까? 기도를 하는 요일도 정해져 있을까?

손을 모은 채 움직이지 않고 있는 그녀는 마치 정지 화면 같다. 그렇게 생각하는 순간 레이디가 한 방향으로 쓰러지기 시작한다. 방향은 규칙적이고, 빠르기와 각도는 불규칙적이다.

레이디는 졸고 있다. 그녀 옆으로 다가가 어깨를 대주고 싶지만 그럴 수 없다. 이렇게 지켜볼 수밖에 없다. 그녀는 격렬하게 쓰러지면서 머리를 아래로 떨군다. 그러기를 반복하다가 깨어나서 얼굴을 매만진다. 얼마 지나지 않아 다시 쓰러진다. 옆으로, 계속 옆으로.

레이디는 졸면서도 계속 기도를 할까? 왜 엎드려 자지 않는 걸까? 저렇게 기도를 하지 못할 정도로 졸린데 왜 그러는 걸까?

다섯시가 되자 신도들이 하나씩 들어오기 시작한다. 졸던 그녀는 다시 정신을 차리고 기도에 집중한다. 마치 아무 일도 없던 사람처럼, 계속해서 거기 앉아 기도하던 사람처럼 전환이 자연스러웠다.

신중호는 그녀가 서둘러 네시에 나온 이유를 그제야 알 것 같다.

아무도 없는 교회에서 기도하고 싶었던 거다. 그 마음이 어떤 건지 대충은 알고 있다. 신중호도 그런 적이 있었다.

그의 세례명은 요셉이었다. 고등학생 때까지 성당에 다녔다. 한 삼 개월 동안 새벽에 일어나서 성당으로 달려간 적이 있었다. 마리아 상 앞에서 기도를 하러 갔던 것이었다. 좋아하던 여자애의 엄마가 중병에 걸려서 매일같이 빌었다. 레지나의 엄마 아그네스의 병을 낫게 해주시면 신부가 되겠다고.

집에서 빌 수도 있었다. 집에도 묵주가 감긴 작은 마리아 상이 있었다. 새벽에 빌지 않고 다른 때 기도해도 됐다. 그런데도 신중호는 새벽에 일어나서 성당에 갔다. 꼭 새벽이어야 했고, 성당의 마리아 상 앞에서라야 했다. 그렇게 해야 아그네스의 병이 낫는 게 아닌데 꼭 그렇게 해야 할 것 같았다.

아무도 없는 데서 기도하고 싶었다. 방해받고 싶지 않은 마음도 있었지만 내가 이렇게 성의를 보이고 있는 걸 좀 알아달라는 무언의 시위이기도 했다. 간절했으니까.

아그네스는 죽었고, 신중호는 성당에 나가는 것을 그만뒀다. 더 이상 보고 싶지 않았다. 그의 기도가 보답받지 못했다는 사실조차 여자애는 알 리 없었지만 요셉은 레지나를 마음에서 지웠다. 이제 그에게 레지나는 없었다.

기도를 더 열심히 하지 않아 여자애의 엄마가 그렇게 된 것 같은 죄책감이 들었기 때문이다. 또 한편으로는 배신감이 들었다. 마리아에게도, 여자애에게도, 여자애의 엄마에게도, 다른 누군가에게도 배신당한 기분이 들었다. 그때는 그 분노의 정체를 설명할 수 없었지만 지금 생각해보면 그 감정은 배신감이었다.

레이디는 무슨 기도를 한 걸까?

레이디에게는 어떤 소원이 있는 걸까?

무엇을 위해 비는 걸까?

사람들이 많아졌다 줄어들었다 다시 많아졌다 하는 예배실에 그녀는 가만히 앉아 있다. 졸기도 했다가 깨어나서 기도를 하고 성경을 보기도 하면서. 그러면서 시간을 보내는 레이디는 식물 같다.

어떤 인간은 식물과 닮았다.

식물은 시간을 확인하더니 일어난다. 시계를 보니 여덟시 반이다.

두번째 촬영은 새벽의 산책길을 담게 될 것이다. 산책이라는 말이 지금의 그녀와는 어울리지 않지만 황이라면 그렇게 제목을 뽑을 거라는 걸 알고 있다. 아마 빨라도 서너 달 후에야 두번째 방송분을 찍을 수 있겠지만 신중호의 머릿속에서는 콘티가 그려지고 있다. 정동 맥도날드를 나온 새벽의 그녀는 어디로 향하는가? 그리고 교회에서의 그녀 모습을 보여주게 될 것이다. 촬영할 때의 레이디는 아마 졸지 않을지도 모른다. 오늘 찍어놓은 레이디가 조는 장면을 쓸 생각은 없는데, 또 모른다. 분량이 나오지 않는다면 이렇게 찍어둔 것을 써야 하는 상황이 생기기도 하니까.

그녀는 새문안교회를 나와 광화문 쪽으로 이동한다. 투썸플레이스를 지나고 텍사스바를 지난다. 신호를 기다려 횡단보도를 건너고, 더플레이스와 CU 편의점을 지나 세종문화회관 방향으로 좌회전한다. 레이디의 왼쪽으로는 올리브영과 고디바가, 오른쪽으로는 대로가 있다. 십차선 대로. 대로의 가운데에는 이순신 동상과 분수가 있고 길 건너편은 교보빌딩이다.

레이디는 한 번도 멈추지 않고 계속해서 걷는다. 그녀는 스타벅스로 들어간다. 시간을 보니 여덟시 사십분이다.

광화문 스타벅스

레이디는 이층으로 올라가다 뒤돌아 그에게 말한다. "꼭 이때 와야 돼요. 여덟시 사십분에. 삼십구분까지만 해도 엄청나게 와글 대고 정신이 하나도 없거든."

그녀의 말대로 이 시간의 스타벅스는 한적하다. 스타벅스에 사람이 없는 시간이 있을 수도 있나 싶어 신기할 정도다. 레이디는 자기의 말이 맞지 않았냐는 얼굴로 그를 보고 씩 웃더니 창가를 보고 앉게 만들어진 바 형태의 자리에 앉는다. 그러고는 눈을 감고 가만히 있는다. 자는 것 같지는 않다.

처음에 신중호는 그녀의 의도를 알아채지 못한다. 좀 지나자 왜 그러는지 알 것 같다.

레이디는 햇볕을 쬐고 있다. 아침 햇볕을. 해를 온전히 얼굴로 받아내기 위해 눈을 감고 있는 것으로 보였다. 그랬는데, 보고 있으니 그 이상이라는 생각이 들었다. 마치 태양을 숭배했던 고대 문명인들처럼 그것의 밝음과 열기, 절대적이고 긍정적인 가치 모두를 흡수하려 하는 것 같다. 해를 섭취하는 모습이라고 해야 할까.

한 이십 분쯤을 그러고 있었으려나. 레이디가 일어나서 카운터로 걸어간다. 오늘의 커피를 숏 사이즈로 주문한다. "종이컵 말고 머그잔에 주세요"라고 한다. 그리고 이렇게 덧붙인다. "이지니 버터도 하나 주세요."

여전히 아침해를 쬐며 레이디는 오늘의 커피를 바라보고 있다. 양손으로 잔을 감싼 채로. 그러고는 커피를 마신다. 레이디의 첫 끼다.

한 모금 마시고 난 후 버터를 커피에 넣는다. 레이디는 잔의 테두리를 잡고 몇 번 빙글빙글 돌리더니 티스푼으로 작아진 노란 덩어리를 건져올린다. 노란 덩어리를 입에 넣은 레이디는 잠시 눈을 감고 있는다. 그러고는 커피를 마신다. 버터가 녹아서 지방이 풍부해진 오늘의 커피를.

신중호와 박도 커피를 마시며 레이디를 본다. 박이 신중호를 보면서 '맛있을까요?'라고 입 모양으로 말한다. 커피를 마시던 레이디가 눈살을 찌푸리다 갑자기 벌떡 일어나 블라인드를 내린다. 햇빛이 너무 강렬했던 것이다. 두 개의 블라인드의 길이를 같게 하기 위해 양쪽을 올렸다 내렸다 하며 조정하더니 만족스럽게 웃는

다. 자리로 돌아와 신문을 펼치는 레이디의 머리 위까지 블라인드
가 내려와 있다.

"이게 그리드가 안 맞으면 불안해서…… 양쪽이 딱 선이 맞아
야 해"라고 말하더니 그를 보며 싱긋 웃는다.

신중호와 박은 신문을 보며 커피를 마시는 레이디를 본다.

그러던 레이디가 갑자기 일어나더니 수신호 같은 걸 한다. 팔을
한쪽씩 천장을 향해 들어올렸다가 다시 내리고 빙빙 돌린다. 스트
레칭이라고 하기에는 좀 요란하다.

신중호는 레이디를 보고 박은 그녀를 찍고 있다.

이제 질문을 할 시간이다. 두렵기도 하고 두려운 만큼 궁금하기
도 한. 레이디에게 다가간다.

"커피 좀 마셨어요?"

그녀는 이렇게 말하며 의자에 올려져 있던 쇼핑백을 바닥으로
내려놓고 자리를 내준다.

신중호는 이제 그녀의 인생을 들을 준비를 한다.

레이디는 그것에 대해서만은 이야기하려고 하지 않겠지만.

"그런데 버터는 왜……?"

"아, 커피가 고소해져요. 그리고 내 에너지. 버터를 먹으면 얼
마나 기운이 나는지 몰라요."

레이디가 커피를 다시 한 모금 마시고서 이렇게 묻는다.

"방탄 커피라고 알아요?"

신중호는 고개를 젓는다. 레이디가 갑자기 까르르 소리를 내면서 웃기 시작해서 그는 웃음이 그칠 때까지 기다린다.

"나는 그 말을 정말 싫어하는데 사람들은 방탄 커피라고 하더라고. 방탄 커피? 그게 뭐야, 느낌이 하나도 없잖아. 그렇지 않아요? 커피에서 화약 맛 나는 것 같고."

"무슨 말씀이신지……"

"아, 이렇게 먹으면 지방을 많이 섭취해서 탄수화물을 덜 먹을 수 있게 해준다나? 다이어트에 도움이 된대요, 버터를 넣어서 먹으면. 총알도 못 뚫는 에너지를 준다나? 그래서 방탄 커피래요. 버터 넣은 커피가 방탄복인 거지. 그런데 방탄이라는 말이랑 커피가 어울려? 정말 난센스야. 화약 냄새가 막 진동하는 것 같고."

신중호는 무슨 말인지 알 듯 모를 듯 하지만 습관적으로 고개를 끄덕인다.

"매일 드세요?"

"스타벅스에 매일 오니까 매일 먹죠."

이렇게 말할 수 있는 자신에게 김윤자는 좀 놀란다.

"버터도 매일 드세요?"

"커피 마실 때는 버터를 넣어서 마셔요. 언제부터 그랬는지 모르겠지만, 버터 먹으면 몸도 좀 따뜻해지는 것 같고. 알죠? 체온이 올라가야 면역력이 올라가거든요. 내가 그래서 버터를 매일 먹으려고 해. 질리면 어쩌지 고민했는데 이렇게 커피에 넣어서 마시니까 몇 년을 마셔도 아무렇지도 않아요. 아주 좋아. 이게 제 행복의 비결이라지요."

커피와 버터가 행복의 비결이라고 지금 레이디는 말하고 있다. 행복이라? 그녀가 발음하는 행복이라는 단어는 아주 이질적으로 들린다고 신중호는 생각한다.

"행복의 비결이라고요?"

그래서 이렇게 묻고 만다.

"행복이 별거 있나요? 가지지 못한 거는 어쩔 수 없고 가진 거에 감사하며 살아갈 수밖에 없죠. 그러지 않으면 어떻게 살아가겠어요. 신선생은 행복의 비결이 뭐예요?"

"행복……요?"

라고 말한 후 그는 말끝을 흐린다. 행복이 뭔지에 대해 생각해본 적이 없는 것은 아니지만 지금 그에게 행복이라는 추상명사보다 더 낯선 단어는 없는 것 같다.

"맥도날드에선 커피를 안 드시지 않으셨어요?"

레이디가 고개를 끄덕이고 말한다.

"응. 미안한 이야기지만 거기 커피는 못 먹겠어. 밍밍해요, 너무. 또 버터도 마음에 안 들고. 맥도날드는 오뚜기 버터를 쓰거든요. 오뚜기가 나쁜 게 아니라 국산 버터는 그저 그래. 이지니 정도면 커피에 넣을 수 있단 말이죠. 에시레 버터가 있으면 좋겠지만 이지니도 괜찮거든요. 여기 커피도 마음에 드는 건 아냐. 하지만 커피를 먹고 싶어지는 분위기라는 게 있거든? 최소한의 분위기 말이에요."

"분……위기요?"

"응. 음악도 아주 좋다고는 할 수 없지만 나쁘다고도 할 수 없고. 아주 마음에 드는 건 아니지만, 지금 나로서는 이만하면 괜찮다는 생각이야."

이렇게 말하고 있는 레이디의 얼굴에 활기가 돈다. 버터와 분위기에 대해서 이야기할 때는 웃음이 얼굴 밖으로까지 퍼진다.

"스타벅스를 좋아하시나봐요?"

"좋아한다기보다는 뭐랄까…… 거슬리는 게 그다지 없다고 할까요. 직접조명이 없는 것도 마음에 들고, 블라인드 내려서 이렇게 채광을 조절할 수 있는 것도 좋고요. 파트너들도 교육을 잘 받아서 어떤 손님도 함부로 대하지 않고, 합리적이죠. 음악도 요상한 댄스 가요 같은 거 틀지 않고, 정해진 매뉴얼이 있잖아. 미국 본사에서 세팅해서 보내는 규범 있는 리스트라는 게 느껴지잖아요? 그렇지 않아요?"

레이디가 동의를 구하려고 한 것 같지는 않지만 신중호는 고개를 끄덕인다. 그녀가 이어서 말한다.

"계절을 느낄 수 있어. 연말에는 캐럴을 틀어주고 그런 거 말이에요. 이렇게 잡지도 있고, 신문도 볼 수 있고. 나처럼 생활이 단조로운 사람들은 너무 지루하면 또 못 살거든요. 그런데 여기 오면 숨이라도 쉴 수 있어. 젊은 사람들이 차려입고 다니는 거 보면 얼마나 기운이 나는지 몰라. 새 옷 냄새, 바로 빨아서 입은 냄새, 향수 냄새 같은 게 나. 매일매일 자기를 아끼면서 살아가려는 의욕의 냄새가 나거든. 나는 그런 걸 맡으면 기분이 아주 좋아져요. 아주, 아주요."

여기까지 말한 뒤 레이디는 잠시 말을 멈췄다가 다시 한번 덧붙인다. "나는 그런 걸 아주 좋아해요"라고. 그러고서 커피를 한 모금 마신 후 말한다.

"내가 매일 커피를 마시잖아요. 사람들은 커피를 마시면서 이야기를 해. 나도 이야기를 하고 싶은데 혼자 할 수는 없잖아. 나는 미친 사람은 아니니까. 그렇게 이야기할 사람이 있으면 좋겠어. 신문 보다가도 이런 생각 하고 그랬어요. 안 그런 척하면서 사람들이 무슨 이야기 하는지 들어보기도 하고."

"무슨 얘길 하던가요?"

"뭐 다른 건 잘 모르겠고요. 저기 씨네큐브서 영화 보고 나와서 영화 이야기 하는데 부러웠어요."

쑥스러워서 제대로 표현하기 힘들었지만, 김윤자는 새로운 친구를 만들고 싶다고 말하고 있었다. 감정을 나누고, 오늘의 날씨나 하라 세쓰코 영화에 대해 이야기할 친구. 그리고 그녀가 죽게 되었을 때 그녀가 죽었다는 걸, 이제는 다시 그녀와 대화할 수 없다는 사실을 떠올려줄 사람을 말이다. 신중호가 그럴 사람이 되어

줄 수 있는지는 모르겠지만 김윤자는 그와 이야기하는 게 나쁘지 않았다. 아주 훌륭하지는 않아도 나쁘지 않은 대화 상대였다.

그녀에게 아직 핸드폰이 있었을 때, 그러니까 아직 거리가 아닌 집에서 살았을 때 그녀는 대출을 권유하거나 땅을 사라는 전화를 더이상 끊지 않았다. 김윤자는 외로웠다.

'도를 아십니까'라며 수상한 2인조가 접근하면 따라가보려고도 했지만, 그녀가 그런 마음을 먹은 이후로 그런 접근은 없었다. 뜯어낼 만한 게 없는 사람에게는 접근하지 않는 건가 싶었고, 내가 이제는 그렇게 있는 그대로 보이나 싶어서 또 씁쓸해졌다. 보이스피싱 전화는 무서워서 끊었지만 말이다. 더이상 잃을 것이 없다고 생각하면서도 보이스피싱은 무서웠다.

네에, 그렇군요.

광고 전화를 걸어온 사람들의 목소리를 들으면서 김윤자는 이 말을 반복하곤 했다. 그녀가 대출을 받을 의향도 땅을 살 욕망도 없다는 걸 알아차린 그들이 전화를 끊을 때까지 말이다.

그런데 신중호는 인터뷰를 하자고 했다. 처음 만난 날, 그녀가 왜 그런 걸 해야 하느냐고 물었을 때 그는 이렇게 대답했다. 모두가 궁금해할 겁니다.

모두? 모두가 누구죠?

이렇게는 되묻지 않았다. 이렇게 따져 묻는다면 신중호가 도망갈지도 몰랐다. 그렇다고 그녀는 생각했던 거다.

김윤자가 잘못 생각한 것이었다. 신중호는 도망가지 않았을 것이라는 걸 털모자 아이를 보고 깨달았다. 그 아이가 아이스크림을 거절하자 아이스크림을 준 아이가 어떻게 했는지 김윤자는 보았던 것이다.

자신감이 없었고, 여유가 없었다.

심심했고, 아니 심심하기보다는 외로웠고, 이 외로움은 외로움이지 고독이 될 수 없다고 생각했기 때문에 더 외로웠다. 외로움과 고독의 차이를 똑똑히 구별할 수는 없었지만 자기의 그것이 외로움이라는 것은 알았다.

그녀를 구경거리나 되는 듯이 관찰하는 사람들한테는 냉랭하게 굴었지만, 말을 거는 사람한테는 응답했다. 말을 걸고 싶어하는 사람에게 먼저 다가간 적도 있었다. 자신의 인상이 먼저 말을 걸기에는 어려운 유형이라는 걸 알고 있었기 때문이다.

신중호에게 먼저 말을 건 것도 그래서였다. 젊은 남자가 딱해 보였다. 안색이 좋지 않은 게 과로로 고생하는 것 같았다. 스트레스를 견디지 못하고 매일같이 술을 마시는 일종의 알코올중독으로 보였다. 김윤자는 그런 사람을 하나 알았다. 막내 오빠가 그랬다. 어머니가 돌아가시고 나서도 오빠는 김윤자를 보살펴줬다. 오빠가 술을 좋아한다는 건 알았지만 그 정도로 의존하는 줄은 몰랐다. 그래서 오빠가 죽었다고 연락을 받았을 때 어리둥절했다. 오빠는 직장에서 임원이 되고 나서 얼마 안 돼 그렇게 됐다.

그는 피디라며 자신을 소개했다. 조그만 제작사에 소속되어 있다고, 사람들이 궁금해할 만할 화제의 인물을 만나서 그 사람의 이야기를 담는 게 자기의 일이라고 했다. 그러고는 김윤자를 인터뷰하기 시작했다.

일단 집이 어디냐고 물었다.

"아, 거처! 뭐…… 어디라고 해야 하나? 광화문 일대…… 여기 잘 알아요?"

김윤자는 이렇게 대답했다. 가장 답하기 싫은 질문이 왜 먼저 나오는지 불쾌했다.

"광화문요? 아니면 이 근처요?"

"종로구."

"집이 있으신 거예요?"

"네."

그녀는 더이상 대답하고 싶지 않았다.

하지만 계속해야 한다는 걸 알고 있었다. 신중호는 계속 질문을 할 거니까.

그리고 그 질문이 자신을 불편하고 아프게 할 거라는 것도 알고 있었다.

신중호는 이렇게 물을 수도 있었다.

집이 있는데, 종로구에 집이 있는데, 왜 계속해서 여기에 오느냐고, 그다지 안락하지도 않은 맥도날드에 오느냐고, 그래서 밤부터 새벽까지 머무느냐고. 그렇게 묻고 싶을 거라는 걸 알았다.

하지만 그렇게 말하지 않을 거라는 것도 알았다. 그는 그럴 사람으로는 보이지 않았다.

차라리 그렇게 물어주었으면 좋겠다는 마음도 들었다. 계속 두루뭉술하게 둘러대는 것도 편안하지가 않았다.

그런데 과연 그가 그렇게 묻는다면…… 나는 정말 솔직하게 말할 수 있을까?

"여기에 밤에 오시는 이유는요?"

그때 신중호가 이렇게 물었다.

밤에 오는 이유라…… 그렇다면 사람들이 이런 데 낮에 오는 이유는 뭘까? 내가 오는 이유와 다르다는 건가? 레이디는 그 말이 매우 불쾌했다. 그리고 그녀가 불쾌함을 숨길 수 있는 사람이 아니라는 걸 신중호가 알아주기를 바랐다. 그녀는 말했다.

"이것 보세요. 밤에 오는 이유 같은 걸 딱 잘라서 말할 수 있겠어요? 선생은 지금 하는 일의 이유를 딱 잘라서 말할 수 있어요?"

신중호가 손으로 목덜미를 만졌다. 어떤 말을 해야 할지 몰라 어색한 듯 보였다. 처음 만났을 때 그들은 그랬었다.

그런데 신중호는 다시 그런 대화를 시도하고 있는 것이다. 장소가 맥도날드에서 스타벅스로 바뀌고, 레이디를 만난 지 벌써 한 달이 넘었는데 질문 내용은 바뀐 게 없다. 마치 그들 사이에 그런 말이 오간 적이 없다는 투다. 나 역시 그런 말은 한 적이 없다는 식으로 대답해야 하는 건가? 아니면 내가 지금은 다른 대답을 해줄 거라고 생각해서 이러는 건가? 김윤자는 그의 의도를 알 수 없다. 그래서 아무 말도 하지 못하고 그의 얼굴을 들여다본다.

나는 어떻게 대답해야 할까?

"그냥 나는 이야기를 편하게 하면서…… 있으면 좋겠어. 대화 말이에요. 그렇게 취조하는 것처럼 나를 몰아붙이지 말고. 그러는 건 너무 무서워. 나는 여기를 참 좋아하거든요. 여기, 광화문 스타벅스 말이에요."

그는 이전과 같았지만 그녀는 달랐다. 처음처럼 뾰족하게 답할 수가 없다. 그는 이제 나의 친구니까. 신중호가 그녀를 어떻게 생각하는지 모르지만 아무래도 상관없었다. 김윤자는 자신의 감정이 중요했다. 그리고 친구라는 단어가 주는 풍만함과 온기를 마음에 품고 싶었다.

"여기 오는 특별한 이유라도 있으세요?"

"그렇게 물어봐줘서 고마워요. 내가 여기서 친구를 만났거든."

김윤자는 친구 이야기를 하기 시작한다. 지금 막 친구가 된 한 남자에게.

블루베리 치즈 케이크

블루베리 치즈 케이크를 먹었어요, 우리는.

친구들끼리는 그런 걸 하는 거예요. 여자 친구들끼리는요. 나는요, 신선생이랑 밥을 먹고 싶다고, 내가 그런 걸 원한다고 말하긴 했지만요. 선생이랑 둘이서 케이크를 먹을 생각은 없어요. 케이크는 여자 친구랑 둘이서 먹어야 하는 음식이에요. 아니면 혼자서 먹거나.

혼자 먹는 것도 좋지만 둘이 먹는 것과는 비교가 안 돼요.

밥은 혼자서 먹을 수도 있지만 케이크는 좀 달라요.

여기까지 김윤자가 말했을 때 신중호는 좀 놀랐다. 그녀가 뭔가에 대해서 이렇게나 의욕적으로 말하는 것을 본 적이 없었기 때문이다. 어른들도 단것을 좋아한다는 사실을 알고 깜짝 놀랐던 어린 시절의 그처럼 신중호는 레이디를 보고 있었다.

프라이버시와 밥, 이 두 가지 말고 김윤자가 신중호에게 말한 다른 하나의 조건은 친구였다. 친구를 갖고 싶다고. 그런 그녀가 지금 스타벅스에서 친구를 사귀었다고 말하고 있었다. 친구와 블루베리 치즈 케이크를 나누어 먹었다고.

처음에 그녀가 "내가 여기서 친구를 만났거든"이라고 말했을 때 그는 "저……를 말씀하시는 거예요?"라고 말하며 손을 가슴에 갖다댔다.

"낫 옛. 우리가 아직 친구는 아니죠." 그러고는 김윤자는 "음, 내 친구를요"라고 말했다. 입가에 미소를 지으면서, 광화문 스타벅스에서 누군가와 만나게 된 이야기를 하기 시작했다.

"그분이 제게 다가왔어요."

"왜……?"

"저한테 도움을 받고 싶어했거든요."

그렇게 말하며 김윤자가 흡족하다는 듯이 웃자 신중호가 물었다.

"어떤 게 좋으셨어요?"

"나한테 친절했어요. 관심을 기울여주시고, 아주 좋았어."

김윤자가 말하는 친구라는 사람은 민수경이었다.

"같이 블루베리 치즈 케이크를 먹었어요."

김윤자는 그에게 민수경이 설문조사원이라는 이야기를 할 수 없었다. 설문조사원이 친구라고 하면 그녀를 친구가 뭔지 모르는 사람으로, 정말 고독한 사람으로 여길 수도 있었기 때문이다. 김윤자가 외롭기는 했지만 그 정도로 고독한 것은 아니었다. 그녀를 아무하고나 말을 섞기만을 바라는 사람으로 볼까봐, 또 그녀가 신중호에게 보이고 있는 최소한의 호의까지 매도당할까봐 그럴 수 없었다. 그런 건 싫었다.

대신 이렇게 이야기했다. 서류를 쌓아놓고 일하던 젊은 여자를 도와줬다고. 또 일상에 대한 이야기를 나누었다고도 했다.

"영화 본 이야기도 하셨어요?"

"그 이야기를 할 시간까지는 없었어요."

김윤자는 민수경이 부러웠다. 그녀도 민수경처럼 서류를 쌓아놓고 일하던 시절이 있었다. 김윤자는 그때를 떠올렸고, 일하고 있는 민수경이 부러웠고, 그 일이 무엇인지 궁금해졌다. 그래서 민수경이 잠시 멈추기를, 그래서 말을 걸 수 있게 되기를 바라고 있었다.

드디어 민수경이 고개를 들었다. 김윤자와 눈이 마주치자 민수경은 살짝 웃었다. 무슨 일인지 얘기해보라는 듯한 호의적인 웃음이었다. 김윤자는 물었다. 무슨 일을 그렇게 열심히 하느냐고, 자신도 젊었을 때 그렇게 일을 했었다고.

"내가 좀 도와줄까요?"라고 김윤자가 말하자 민수경은 웃었다. 김윤자는 "삶의 질 만족도 조사가 뭔가요?"라고 또 물었다. 민수경이 보고 있는 서류들에 하나같이 그렇게 쓰여 있었던 것이다.

김윤자는 물었다.

"참여하면 뭐가 달라지는 게 있어요?"

민수경은 말했다. 삶의 질과 행복을 높이는 데 쓰일 거다, 정부가 국민의 행복을 위해서 무엇이 필요한지, 무엇이 부족한지 알기 위해 하는 거다, 그러려면 국민의 의견을 청취해야 하고, 선생님은 지금 국민 대표로서 의견을 주고 계시는 거다, 이렇게. 김윤자는 고개를 끄덕거렸다.

설문을 읽다가 질문이 재밌어서 김윤자는 설문지를 갖고 싶어졌다. 그래서 그러면 안 되는 거 알지만 새 설문지를 한 장 줄 수 있겠느냐고 민수경에게 말해보고 싶었다. 하지만 부적절한 일이라는 생각이 들었다. 그래서 김윤자는 설문을 빨리 마치고 마음에 드는 질문들을 수첩에 옮겨 적었다.

귀하는 평소 자신의 처지나 상황을 다른 사람들과 얼마나 비교하십니까?

귀하는 자신의 삶을 얼마나 자신의 뜻대로 할 수 있다고 생각하십니까?

귀하는 SNS에 드러난 다른 사람들의 일상을 하루에 얼마나 자주 접하십니까?

귀하는 다른 사람들에 비해 어느 정도의 사회적 지위를 지닌다고 생각하십니까?

귀하는 자신의 건강 상태가 어떠하다고 생각하십니까?

귀하는 평소 하루에 몇 시간 정도 주무십니까?

귀하는 초월적 존재나 신에 대해 얼마나 자주 생각하십니까?

"다 된 것 같아요."

김윤자가 민수경에게 다가가서 설문지를 내밀었다. 시계를 보니 사십 분이 더 지나 있었다.

"가장 신뢰하는 존재가 누구예요?"

김윤자가 민수경에 물었다.

"응답자 선생님들 중에서요?"

김윤자가 고개를 저었다.

"아니, 이런 질문이 있었잖아요. '다음 중 귀하가 가장 신뢰하는 존재는 누구입니까?' 이 질문이 너무 재미있었어요. 내가 누굴 제일 신뢰한다고 썼게요?"

"친구요?"

라고 민수경은 물었다. 자신은 가족보다 친구를 좋아한다면서.

"그런데 말이에요, '신뢰한다'와 '좋아한다'는 다른 게 아닐까요?"

민수경은 김윤자에게 묻고 싶었다. 그렇다면 선생님은 누구를 제일 신뢰하느냐고. 면접원이 응답자에게 직접 설문하는 것은 금지되어 있었다. 응답 내용에 대한 비밀 보장 각서를 쓰기도 하고,

면접원과 응답자는 개인적인 이야기를 나누지 않아야 했다. 하지만 애초에 김윤자가 먼저 질문했기 때문에 민수경은 그 정도는 물어도 되지 않을까 고민했다. 민수경이 망설이고 있는데 김윤자가 말했다.

"저는요, 가족도 친구도 신뢰하지 않아요. 가족은 없고…… 친구는 뭐…… 처음 만나는 사람을 신뢰해요."

"처음 만나는 사람요?"

김윤자가 고개를 끄덕거리더니 카운터로 가서 케이크를 주문했다. 들고 온 케이크를 민수경에게 내밀었다. 그냥 사주고 싶었다면서. 블루베리 치즈 케이크였다.

랍스터

　김윤자는 여름에도 금요일이면 영화를 보러 뉴센추리홀에 가 있었다. 두시에 영화가 시작됐는데 소리가 나오지 않았다. 화면은 돌아가고 있는데…… 대나무가 바람에 흔들리는 것만 실컷 봤다. 바람에 흔들리는 대나무 소리를 제거한 게 감독의 의도인가보다 하고 보고 있었다. 바람이 불면 좋겠다고 생각하면서.

　좀 지나 소리가 나오기 시작하고서야 알았다. 그동안 자막도 나오지 않고 있었다는 것을. 인물들의 입술이 움직이는 걸로 보아 말을 하는 것 같았는데 자막으로 번역되지 않았던 것이었다.

　그래서 하라와 친밀해 보이는 남자가 그녀와 함께 골목을 걸어가는 걸 보면서도 어떤 사이인지 알 수 없었다. 연인이나 남편은 아닌 것 같고 친한 남자 어른 같기는 한데…… 아버지인가? 아님 친척 어른인가?

사람들이 웅성거리기 시작했다. 어이가 없다는 듯 웃는 사람도 있었고 성을 내는 사람도 있었다.

영화가 시작되면 소등하는 천장의 조명도 꺼지지 않았다. 여러 가지가 제대로 작동하지 않고 있다는 말이었다. 〈늦봄〉과 〈백치〉를 볼 때에는 이러지 않았다. 에어컨도, 틀었다는 것을 알리기 위해 튼 게 아닐까 하고 생각될 만큼 냉방이 제대로 되지 않고 있었다. 더위를 타지 않는 편인 김윤자도 덥다고 느낄 정도였다.

뉴센추리홀에서는 두시면 어김없이 영화를 틀었고, 홀에 켜두었던 보조등을 껐다. 그런데 지금은 여전히 환해서 영화가 시작됐다는 느낌이 들지 않는다. 자막이 없으니 시작됐다고도 할 수 없겠지만. 김윤자는 이런 상황이 기가 막혔다. 답답한 마음에 이곳이 더 덥게 느껴졌다.

마음에 들지 않는 것이 또 있었다.

영화가 시작되기 삼십 분 전부터는 일본 관광청에서 만든 영상을 틀어둔다. 일본의 사계를 주제로 만들어진 영상으로, 계절에 맞춰 제철 음식을 먹고 일상과 축제를 즐기는 일본인들이 잔뜩 나온다.

일본 하면 쉽게 연상할 법한 유의 그런 영상이 나오는데……자막 처리가 되어 있지 않다. 한국말로 더빙이 되어 있는 것도 아니고, 알아서 알아들으라는 거다. 김윤자는 의아했다. 한국에 있는 일본 문화원에서 틀 홍보 영상을 저렇게 만들다니. 이럴 거면 왜 만들었는지 모르겠다는 생각이 들었다. 자국민용인가? 한국에 사는 일본인들만을 위한 곳이 일본 문화원인 건가?

아무리 거만하다고 해도 다른 나라 사람들을 일본으로 오게 하려는 생각이 약간은 있을 텐데 말이다. 말이 안 통하게 해놓으면 무슨 소용인가라고 생각할 수밖에 없었다.

그랬는데…… 오늘 〈산울림〉의 자막이 나오지 않는 걸 보면서 김윤자는 다시 생각했다.

철저히 자기 본위라고. 일본 문화원에서 내보이는 이런 무성의한 태도들이 한국인 입장에서 어떻게 받아들여질지 생각해보려고도 하지 않는 것처럼 보였다.

화장실도 그렇다. 방문객용은 일층에 남자 화장실과 여자 화장실이 나란히 있다. 보려고 한다면 서로의 화장실을 쉽게 볼 수 있는 구조여서 김윤자는 화장실에 갈 때마다 신경이 쓰였다.

그런데 계단을 올라가다보면 이층에 여자 화장실이 하나 더 있는 게 보인다. '직원용'이라고 쓰여 있다. 그리고 이 화장실은 일층에 있는 방문객 화장실과는 달리 밖에서 볼 수 없는 구조로 되어 있다. 직원용 여자 화장실 옆에는 직원용 남자 화장실을 두지 않았다. 직원용 남자 화장실은 다른 곳에 있다는 말이었다. 이 하나만 봐도 일본 문화원을 운영하는 사람들의 마음가짐을 알 수 있었다. 일본 문화원 직원들이 일하는 곳이기 이전에 일본이라는 나라에 호감을 갖도록 하기 위해 만들어진 곳인데 이런 무신경은 대체 뭐란 말인가.

김윤자는 일본에 호감이 있는 편이었지만 화장실 문제라든지 뉴센추리홀에서의 무성의들을 겪고 나니 마음이 식는 걸 느꼈다. 외국에 있는 한국 문화원은 어떨지 궁금했다. 김윤자가 한창 일할 때는 생각해보지 않은 문제였다. 그녀가 문화원 관련 업무를 했던 것은 아니지만 그녀 역시 이들과 다르지 않았을 것이라는 생각이 들었다. 행정 하는 사람 중심으로 일했으니까.

결국 누군가가 나섰다. 나가는 폼이 항의하러 가는 길이라는 걸 알 수 있었다.

영화가 시작된 지 십 분 정도 지났을 때였을 것이다. 김윤자를 포함한 뉴센추리홀의 사람들은 그대로 앉아서 자신을 대신해 누군가 그 일을 해주기를 바랐다.

내가 나간다면 귀찮은 일이 생길 수도 있으니까. 나름대로 골라서 잡은 자리를 염치없는 누군가한테 뺏길 수도 있으니까. 자리를 뺏기면 냄새가 나는 사람 옆자리에 앉게 될지도 모르고, 자막을 보는 데 방해가 되는 사람 뒤에 앉게 될 수도 있다. 저번처럼 머리도 큰데 모자까지 쓴 노인 뒤에 말이다.

그러면 하루를 망쳐버리게 되는 거다.

영화가 중단되고, 자막을 조정하기 위한 화면이 나온다. 드디어 한국말이 화면 위에 흐른다. 시끄럽게 불평하던 사람들이 잠잠해진다. 그리고 불도 꺼진다. 에어컨도 제대로 작동하기 시작한다.

누군가 이제 들어와 앉으려다 좌석에 발이 걸려 '어이쿠' 소리를 낸다. 이 문제를 해결한 그 사람인가 싶다. 그 사람 덕분에 영화를 제대로 보게 되었지만 저이가 그 사람이 맞다면 그러는 바람에 앞부분을 여기에 가만히 있던 우리보다 더 놓친 거다.

착한 일을 한다고 보답받지 않는다. 아무도 고마워하지 않는다.

김윤자가 살면서 배운 건 이런 거였다. 다른 사람들이 그녀가 아는 걸 모를 리 없었다. 그러니 아무도 선뜻 나서지 않은 것이다.

그녀는 쓸쓸해졌다. 예전에는 세상이 이렇게까지 나쁘지는 않았던 것 같다. 그래서 옛날 영화를 좋아한다. 옛날 영화를 보러 간다는 건 그런 거다. 이제는 희미해진 그 시기, 그 골목길, 그 냄새, 그 정서, 그 공기를 만날 수 있다.

예전에는 이랬었지. 우리 이렇게 가난했었지. 그래도 그때의 나한테는 미래가 있었지. 오지 않았기 때문에 과신할 수 있었던 미래가 있었지……라고 현재의 김윤자는, 과거의 미래를 제대로 보내지 못했던 김윤자는, 현재였던 과거를 그리워한다.

그녀는 그래서 일본 문화원에서 상영하는 하라 세쓰코의 영화를 챙겨 보고 있었다. 하라의 영화이기도 하지만 이름도 향수어린 뉴센추리홀에서 이런 걸 보고 있으면 직장생활을 하던 때로 돌아간 그녀가 나타나는 것이다.

좋다.

영화를 보는 건 지금의 김윤자가 누릴 수 있는 최대한의 호사였다.

가마쿠라다!

아까 하라와 대나무가 흔들리는 골목을 걷던 남자는 시아버지였다. 며느리 기쿠코를 지극히 아끼는 시아버지.

어느 영화에서도 저런 시아버지를 본 적이 없다. 며느리한테만 좋은 시아버지가 아니라 괜찮은 남자다. 사업을 성공시켰고, 가정을 잘 일구었고, 가마쿠라의 아름다운 저택에 살고, 그런데 뻐기거나 하는 태도가 전혀 없다.

이 집이 얼마나 부자냐면, 일상의 식사에서 랍스터 같은 걸 먹는다. 1950년대의 일본이 배경일 텐데 말이다.

개봉 당시에 관객들이 어떤 반응이었을지 궁금하다. 전후에 랍스터를 먹는 가마쿠라의 부유한 가정을 보면서 말이다.

김윤자가 이십대 때 이 영화를 봤다면, 일단 그게 뭔지 몰랐을 것이다. 본 적도 들은 적도 없었으니까.

알지 못한다고 해서 위화감을 느끼지 못했으리라는 법은 없다. 갯가재보다 훨씬 큰 가재가 집게발을 버둥거리며 끈에 묶여 있는 걸 본 순간 저 음식이 돈을 얼마 이상 내야 먹을 수 있는 것인지 직감했을 테니까.

블루베리도 그렇다. 블루베리라는 단어를 책에서만 봤지, 본 적도, 그런 걸 먹었다는 사람을 만난 적도 없었다. 그래서 한참이 지나서 블루베리라는 걸 먹게 되었을 때 그녀는 새삼 왜 푸른색 열매가 아닌데 블루베리라고 하는지 의아했다. 그녀는 블루베리를 좋아했다. 그래서 요즘도 그달에 쓸 돈이 남으면 블루베리 케이크를 사 먹곤 했다. 생블루베리는 아니지만 케이크 위에 올린 블루베리를 먹고 있으면 그래도 아직은 살 만한 삶이라고 생각할 수 있었다.

1950년대에 한국은 정말이지 가난했다. 그녀의 집도 예외가 아니었는데 쌀 걱정을 할 때는 그래도 나았다. 대개는 쌀을 먹지 못했다. 쌀 비슷한 무언가가 잔뜩 섞인 까슬까슬한 곡류로 밥을 지어서 먹었다. 그때는 흰쌀밥이 최고의 음식이었다.

겨울에는 자고 일어나면 거리에 얼어죽은 사람들이 생겼다. 한두 번이 아니었다. 본 적은 없다. 옆집 여자가 놀러와 그녀의 어머니한테 하는 이야기를 들었다. 또 누가 얼어죽었다고, 아이들 보지 않게 조심시키라고.

그때는 노숙자라는 말이 없었다. 부랑자나 행려자라고 했다. 그런 시대에 랍스터라니, 기쿠코가 얼마나 선택받은 여자의 삶을 살고 있는지를 느낄 수 있다. 그들의 가정에는 전후의 그늘 같은 건 없다. 대신, 여자의 그늘이 있다. 남편한테 사랑받지 못하는 여자들의 그늘이.

기쿠코의 남편은 다른 여자를 두고 있다. 그렇다는 걸 시부모도 알고 그에 관해 대화까지 나눈다. 자기 남편의 일인데 기쿠코가 모를 리가 없지만 내색하지 않는다. 영화가 중반 이상 진행될 때까지.

또 한 명의 사랑받지 못하는 여자는 기쿠코의 시누이.

갓난아이를 업고 여자아이를 하나 걸려서 친정에 자주 온다. 역시 남편의 바람기 때문이다. 이 여자는 기쿠코와 달리 시부모에게도 사랑받고 있지 못한 듯하다.

기쿠코가 비극적이라면 이쪽은 희극적이다. 하는 짓이 우스워서 그런가.

시누이는 성질이 고약한데 자기는 이쁘지 않으니까 이렇게 됐다는 투다. 이쁘지 않으니 사람들이 자기에게 친절하게 대하지 않고, 그러니 자기도 똑같이 사람들에게 친절하게 대하지 않는다는 식이다.

그러면서 자기 아버지에게 투덜거린다. 며느리가 미인이라서 아버지가 친절하게 대해준다는 거다. 기쿠코가 듣는 앞에서. 그러면서 '미인의 삶은 어려울 게 없다'는 식의 말을 한다. 그런 말을 하고 있는 이 딸은 정말이지 밉상스럽다.

기쿠코의 시아버지는 딸에게 말한다. 미인의 삶에도 고충이 있다고. 기쿠코의 얼굴에 그늘이 지나간다.

그 딸이 얼굴을 찡그리는 장면을 보는데 김윤자의 얼굴도 절로 찡그려진다. '니가 그러니 그렇지. 내가 너네 아버지라도 그러겠다'는 말이 속에서 나온다. 원래의 생김도 자기 말대로 못난데

다가 표정까지 구기면서 그런 못난 소리를 하니까 이뻐 보일 리가 없다.

이 여자의 딸은 더 밉다.

기쿠코가 흰 이불 홑청을 빨아 널어둔 데 옆에서 줄넘기를 한다. 흙먼지를 날리면서. 저리 가서 하라고 좋은 말로 해도 듣지 않는다.

밉상이다. 사랑받지 못하는 여자의 딸 역시 사랑받지 못한다. 김윤자는 답답해 속이 터지는 것 같다. 왜 결혼을 해서 저런 일들을 겪는지. 여자가 자기 본위의 인생을 살 수는 없는지.

다른 여자랑 정분이 나서 집에 잘 들어오지 않는 남편 하나로도 모자라서 저런 밉살스런 시누이와 시누이에 딸려온 못난 계집아이라니. 아무리 시아버지의 사랑을 받고 있고 시어머니도 시아버지보다는 못하지만 기쿠코를 지지해주고 있다고 해도.

그러다가 더 속 터지는 일이 생긴다.

기쿠코가 몸이 안 좋다. 코피를 흘리고 비실비실한다. 그런데도 저 밉살스러운 시누이는 자기의 갓난아이를 기쿠코한테 보게 하고 있다. 돌아온 시아버지가 역정을 낸다. 몸도 안 좋은 애한테 저런 걸 시키느냐고. 기쿠코에게 어서 가서 누우라고 한다.

시아버지는 기쿠코가 왜 몸이 안 좋은지 알고 있다. 전날 자기가 기쿠코를 도쿄의 병원에 내려주었는데…… 알고 보니 애를 떼러 갔던 것. 저런 남편이랑 살고 있으니 애를 낳기가 싫었던 거다.

아들을 채근해서 그걸 알아낸 시아버지는 기쿠코가 안쓰럽기만 하다.

그는 자기 아들에게 물은 적이 있다. 대체 기쿠코의 무엇이 불만이냐고.

우리는 물과 불이랄까요. 아들이 이런 얘기를 한다. 섞이지 않는다는 말일 거다. 시아버지는 알아듣고 얼굴이 붉어진다.

기쿠코도, 기쿠코의 시누이도, 여자들의 인생이 그렇게 낭비되고 있는 것을 김윤자는 보고 있기 괴롭다. 그녀가 그토록 피하고 싶던 운명을 이렇게 스크린으로 보려니 고통스럽다.

시아버지만 멋졌다. 그 시대의 영화에서 멋질 수 있는 건 오직 남자였으니.

시아버지의 말 몇 마디가 인상적이었다.

친구와 주고받던 하이쿠라든가—"끝내 후지산에 오르지 못하고 간다",

혼잣말처럼 하던 말도—"평범한 사람의 생애는 아무 일 없으면 성공이다".

정말 맞는 말이다. 시아버지는 평범한 사람은 아닌 것 같긴 하지만.

김윤자는 그 말을 계속해서 되뇐다.

평범한 사람의 생애는 아무 일 없으면 성공이다.

평범한 사람의 생애는 아무 일 없으면 성공이다.

그리고 또 생각한다.

나이가 든다고 현명해지지 않는다. 그런 사람도 있겠지만 그러려면 복을 받은 사람이어야 한다. 운을 쌓은 사람이어야 한다. 이제 센추리홀은 춥게 느껴질 지경이어서 김윤자는 양손으로 소름이 돋은 몸을 감쌌다.

오늘의 수프

이런 분위기, 얼마 만인지 모른다. 이러고 있으니 좋다. 촬영이 아니었으면 더 좋았겠지만 원하는 대로만 다 할 수 없다는 걸 김윤자는 알고 있다. 순수하게 친구와 교제를 하고 싶고, 음식 먹는 일에만 집중하고 싶지만, 세상에 순수라는 게 얼마나 있겠나.

"오늘의 숩은 뭐예요?"

그래도 그렇게 물을 수 있어 좋았다. 나인스 게이트에서 김윤자는 수프를 '숩'으로 발음했다. 신중호는 레이디가 설레하는 표정을 보면서 기분이 이상해졌다. 아무리 가고 싶은 식당에 간다고 해도 촬영을 하는 건데. 레이디는 마치 촬영은 잊은 사람처럼 행동하고 있었다. 그들은 두번째 방송분을 촬영하는 중이었는데 말이다. 그녀에게는 앞에 있는 카메라와 그녀를 찍는 사람이 보이지 않는 것 같았다.

"미즈나를 곁들인 머시룸 포테이토 수프입니다."

미즈나? 처음 들어본 식재료다. 예전의 그녀라면 미즈나가 어떤 건지 바로 물었을 것이다. 하지만, 처지가 이렇다보니 묻기가 좀 그렇다. 당당하지 못하다는 것은 이런 거다. 하고 싶은 말을 다 하지 못하게 한다. 누가 그러라는 것이 아니라 그녀 안의 그녀가 말이다.

"양파 숩 주세요."

미즈나가 궁금하긴 하지만 양파로 시킨다. 처음부터 양파 수프를 시키려고 했다.

나이스 게이트에 오면 늘 양파 수프를 먹었으니까. 그래도 오늘의 수프가 뭔지는 묻지 않을 수 없었다. 그건 그녀의 오랜 습관이었다. 이런 파인 다이닝에서의 의례 같은 것이랄까. 오늘의 수프를 듣고서 생각이 바뀔 가능성은 적었지만 그래도 묻고 넘어가야 했다.

김윤자는 수프를 좋아하기 때문에 셰프 스페셜 같은 방식으로 오늘의 수프를 다루지 않는 게 늘 아쉬웠다. 머시룸이거나 클램 차우더, 잘해봤자 화이트 아스파라거스 정도가 오늘의 수프였다. 하지만 또 모른다. 상상해본 적이 없는, 먹어본 적이 없는 수프를 먹게 될지도 모른다. 그게 오늘이 되지 말라는 법이 없다. 김윤자는 그렇게 생각했었다.

비시수아즈를 먹으면 좋겠지만, 그건 지금 그녀에게는 무리였다. 어떤 식으로든 몸에 부담이 될 수 있는 음식은 조심해야 했다. 비시수아즈의 냉한 기운이 기분을 산뜻하게 하는 게 좋아 날씨가 추울 때면 일부러 찾아 먹곤 했었는데. 지금은 9월이고, 그래서 춥다고 할 수 없는 시기지만 김윤자는 추위를 느꼈다. 에어컨 바람을 피한다고 피했지만 한동안 냉방병을 앓았고, 여전히 그 여파에서 헤어나오지 못하는 중이었다. 남들이 덥다고 할 때 추웠고, 춥다고 하면 더 추웠다.

그녀는 조심하고 있다.

안 그래도 지금 자신이 이곳에 잘 어울리지 않는다는 걸 알고 있으니까. 그래서 신경이 곤두서 있다. 좋게 말하자면, 감각이 예민해져 있다. 모든 소리가 들릴 것만 같고 모든 냄새를 다 맡을 수 있을 것만 같은 기분이다. 몸이 평소보다 안 좋아서인지 모든 게 더 예민하게 다가왔다.

식당에 들어올 때부터 그랬다. 아무리 촬영을 한다고 해도 제지당할지도 모른다고 생각했다. 쇼핑백 두 개를 신중호의 차에 두고 와서 다행이었다. 하지만 더러운 트렌치코트가 아무래도 걸린다.

깨끗하지 않다.

가까이 와서 본다면 누구라도 알 수 있을 정도다. 군데군데 얼룩이 있고 소맷단이 낡았다. 좋지 않은 냄새가 날지도 모른다. 트렌치코트 한쪽 팔의 장식 천을 고정하고 있던 버클이 떨어져나간 걸 발견한 김윤자는 자신감이 더 사라진다.

어제만 해도 버클이 붙어 있었는데…… 때가 타고, 버클이 하나는 있고 하나는 없는 트렌치코트가 어쩌면 자신 같다고 김윤자는 생각한다. 이런 게 카메라에 다 담길 생각을 하면 한숨이 나올 것 같다. 하지만 한숨을 쉬지는 않는다. 그나마 조도가 낮은 편이라 적나라하게 보이지는 않으리라 요행을 바라본다.

이곳은 화사하고 쾌적하고 또 친절하다.

예전과 변한 게 없다. 변한 건 나다.

나뿐이다.

그러지 않으려고 해도 움츠러드는 자신을 어쩔 수가 없다.

그래서 기분이 좋으면서도 좋지 않다.

접객을 맡았던 직원의 말투나 표정에서 별다른 건 발견하지 못했다. 이런 게 서비스 교육의 효과라고 생각하며 신중호와 함께 그 직원을 따라와 자리를 안내받았다.

직원은 김윤자가 앉을 의자를 먼저 빼줬다.

코트를 맡기겠냐고 직원이 묻지 않은 게 걸린다. 그녀의 사정을, 코트를 벗을 수가 없는 처지란 것을 알아차리고 그랬을 것만 같다는 생각이 든다.

갑자기 열이 오른다. 얼굴이 뜨겁더니, 가슴이 뜨거워지고, 전신으로 열이 퍼져나간다. 조금 전까지만 해도 추위를 느꼈었는데 왜 이런지 알 수 없다. 트렌치코트를 벗고 싶지만 그러지 못한다.

셔츠는 트렌치코트보다 더 더럽다. 더 볼품없다. '링클 프리' 라벨이 붙은 걸 사기는 했지만 다린 적이 없는 셔츠다.

다리지 않은 셔츠처럼 남루한 옷은 없다고 김윤자는 생각해왔다. 그런 그녀가 몇 년째 남루한 셔츠를 입고 다닌다. 다리지 않은 셔츠를 입은 사람들을 보면서 속으로 혀를 찼는데 그러지 말았어야 했다고 뒤늦게 반성하고 있다. 각자에게는 각자의 사정이 있는 것이었다.

트렌치코트를 팔던 구세군 바자회에 갔던 게 몇 년 전인지는 기억하지 못하지만 그 장터가 열렸던 날은 기억한다. 정동극장과 예원학교 사이의 공터에서였다.

봄이었고, 구세군 직원으로 보이는 사람들과 봉사활동을 하는 여자들이 있었다. 고등교육을 받은 듯한 중년 여자들이 대부분이었는데 서로를 알고 있는 것 같았다. 평범한 주부로는 보이지 않았고, 뭔가 특별한 삶의 가치를 공유하며 교환하고 또 누리고 있는 사람들처럼 보였다. 웃음소리는 조심스러운 나머지 활기가 없었고, 그녀를 향한 친절은 그들 사이에서 암묵적으로 공인된 어떤 가치나 매너처럼 안정되어 있었다. 그렇게 자신을 응대하는 그녀들 사이에서 김윤자는 움츠러드는 기분이 들었다.

한마디로 너무 잘난 여자들 앞이었으니까. 모든 걸 갖춘 그녀들은 도덕적 우월감마저 갖추려고 노력하고 있었다.

"다 새 옷이니까 찬찬히 둘러보세요."

그리고 타인을 위한 다정함까지. 선의로 가득한 그 목소리를 들으며 김윤자는 눈물이 날 것 같았다. 그런 다정함은 아주 오랜만이었다. 또 자신이 그런 다정함을 아무에게도 줄 수 없는 사람이 되어버렸다는 사실을, 앞으로도 줄 가능성이 희박하다는 사실을 인정하게 된 순간이어서 그랬다.

옷을 고르는 그녀 뒤에서 그들 중 누군가가 또 나지막한 목소리로 말했다. 이제 유명해진 어느 중고 물품 가게처럼 개인으로부터 기증받는 방식이 아니라고 했다.

"그러면요?"

기업으로부터 받은 것이라고 했다. 과잉생산되어 다 팔리지 않았거나 팔렸다가 어떤 이유론가 반품된 옷이라고. 한 시즌이나 두 시즌 전의 것이라고 했다.

그때도 트렌치코트를 입고 있었다. 단추가 한 개 떨어지고 얼룩이 진 트렌치코트. 거리에서 살면서 늘 트렌치코트와 함께하게 됐다. 원래는 흰색이나 검은색 옷을 자주 입었지만 집도 없이 그런 옷을 입기란 가능하지 않았다. 입어보니 베이지색만큼 때가 잘 타지도 않을뿐더러 때가 타더라도 비위생적으로 보이지 않는 색은 없었다. 게다가 베이지색 트렌치코트란 어느 정도는 무적이었다. 언제든, 어디에서든, 베이지색 트렌치코트를 입으면 그런대로 괜찮았다. 화사해 보이지는 않더라도 최소한 사람을 남루하게 만드는 옷은 아니었다.

김윤자는 구세군 바자회에서 새 트렌치코트를 산 뒤 입고 다니던 것을 버렸다. 개어서 비닐 봉투에 담아 시청역 화장실 쓰레기통에 넣고 왔다.

새 트렌치코트는 꽤 고급품이었다. 라벨을 일부러 훼손해놓긴 했지만 이 옷이 고급품이라는 걸 김윤자는 한눈에 알 수 있었다. 단추는 동물의 뿔을 깎아 만든 것이었고, 옷 안쪽에 그 단추를 고정시키기 위한 작은 단추가 덧달려 있었다. 옷감도 좋았다. 울이 칠십에 실크가 삼십이었다. 게다가 꽤나 도톰한 울로 된 내피가 붙어 있었다. 기온에 따라 떼었다 붙였다 할 수 있게 만든 것이었다. 코트는 사이즈도 길이도 딱 그녀에게 적당했다. 그때 같이 산 분홍 셔츠와 함께 잘 입고 다닐 수 있을 듯했다.

김윤자는 세상에 트렌치코트가 있어서 다행이라고 생각했다. 아무때나 어느 옷에나 입어도 잘 어울린다. 구김이 잘 가지도 않고 관리하기도 쉽다. 그래서 아무렇게나 입어도 대충 입은 것 같지 않다. 그렇기 때문에 누구나 이 옷을 좋아하는 걸 거다.

거리에 나가면 이 옷을 입은 여자를 하루에 열 명쯤은 볼 수 있었다. 키가 큰 여자도, 작은 여자도, 마른 여자도, 몸집이 있는 여자도, 가난한 여자도, 돈 많은 여자도, 건강한 여자도, 아픈 여자도, 한국 여자도, 외국 여자도, 바지를 입은 여자도, 치마를 입은 여자도 입는다.

누구나 입는다. 누구나 입어도 아무에게나 어울리는 옷은 아니다. 그녀는 이십대 때부터 트렌치코트를 입어왔다.

새로 산 트렌치코트는 만오천원이었다. 쌌지만, 비쌌다. 그녀에게는 그랬다.

그녀의 한 달 생활비는 이십만원이었다. 최신양 집사가 보내주는 돈이었다. 그 돈으로는 커피를 매일 마실 수 없었다. 스타벅스에서 가장 저렴한 오늘의 커피 숏 사이즈를 시킨다고 해도. 오늘의 커피 숏 사이즈는 삼천삼백원, 그리고 이지니 버터는 오백원이었다. 오늘의 커피 한 잔에 이지니 버터를 넣어 매일 마신다면 그녀의 생활비로는 감당할 수 없었을 것이다. 가끔은 약을 사야 했고, 휴지도 사야 했고, 어쩌다가 한 번씩은 고기가 든 음식을 사먹어야 했다. 몸이 동물성 단백질을 간절히 원한다고 느낄 때 그랬다. 맥도날드 커피라면 매일 마실 수도 있었지만 맥도날드에서는 커피를 마시고 싶지 않았다. 얼마 안 되는 예산으로 살아야 했지만 최소한 이 정도의 결정권은 행사해도 된다고 생각했다.

김윤자는 그런 걸 따지는 생활방식이 지금의 자신에게 적절하지 않다는 걸 알고 있었다. 그러지 않으면 좀더 편하게 살 수 있다는 것도. 하지만 자신을 어쩔 수 없었다. 그녀는 평생 그렇게 살아왔고, 그런 자신을 바꾸려고 한 적이 없었고, 바꾸려고 해도 바꿀 수 없었다.

하루에 한 번 돈을 쓸 수 있다면, 이왕이면 맛있는 걸 먹고 싶었다. 형편이 허락하는 범위 내에서. 그러자고 생각했다. 지금까지 살아온 방식대로 살아가자고. 이런 방식이 그나마 스스로를 지킬 수 있다는 걸 알았다. 그리고 뭔가를 새롭게 시도하기 어려운 그녀의 상황에서는 이게 최선이었다.

매일 스타벅스에서 커피에 이지니 버터를 넣어 마신다고 말한 것은 그러니까 사실이 아니었다. 신중호가 커피를 매일 마시느냐고 물었을 때 그렇게 말이 나와버렸다. 돈이 없어서, 경제 사정이 좋지 않아서, 이삼 일에 한 번 정도만 스타벅스 커피를 마신다고는 할 수 없었다. 그렇게 말했다면 신중호는 커피를 마시라고 돈을 줬을 것이다. 이 남자는 그녀가 그 돈을 받기 위해서 그런 말을 했다고 생각할 사람이 아니라는 걸 알았지만 그래도 싫었다. 싫은 건 싫었다.

실제로는 삼 일에 한 번꼴로 커피를 마셨다. 아주 힘들다고 생각되면, 그래서 커피 없이 버틸 수 없다고 생각되면 그 규율을 어길 때도 있긴 했다. 그럴 때는 커피만 마시는 게 아니라 케이크나 빵 같은 걸 같이 먹었다.

가끔, 아주 가끔이었다. 그러지도 않았다면 김윤자는 더 버티지 못했을 것이다. 커피와 케이크를 먹고 나면 힘이 났고, 그 힘으로 한 달을 더 버터야겠다고 생각하며 이제까지 견뎌온 것이다.

김윤자는 충분히 자제하고 있었다.

커틀러리가 세팅되고 빵이 나온다. 은제로 보이는 타원형 볼에 가운데가 벌어진 리넨 주머니가 들어 있고, 그 안에 빵이 담겨 있다. 버터에는 '더 나인스 게이트 그릴'이라고 인쇄된 얇은 비닐 막이 덮여 있다. 비닐 막에 손잡이를 달아놔서 직원이 그걸 들어올리자 쉽게 벗겨진다.

냅킨은 굵은 금테를 두른 접시에 올려져 있다. 김윤자는 냅킨을 펴서 무릎 위에 올려둔다. 그러고는 한쪽 귀퉁이에 수놓인 '9' 자를, 그 숫자를 이루고 있는 촘촘한 실들을 손톱 끝으로 긁는다. 그녀를 거리에서 살 수 있게 했던 자제심이 지금 사라지려고 해서 그녀는 그녀가 힘들다.

양파 수프는 아직 나오지 않고 있다.

나인스 게이트

신중호가 먹고 싶은 걸 물었을 때 김윤자는 망설이지 않고 말했다.

"프렌치."

그녀가 생각하기에도 아주 경쾌한 발음이었다. 솔직히 답하는 게 좋을 거라고 생각했다. 그리고 이번이 아니라면 다시 그곳에 갈 수 없을지 모른다고도. 그녀의 현실과 가장 먼 곳이기도 하고, 쉽게 갈 수 없는 곳이기도 했다. 이렇게 그와 같이 갈 수 있다면……

그간 신중호의 인터뷰에 응하며 여러 번 같이 밥을 먹기는 했지만 지금까지와는 다른 곳에 가고 싶었다. 이번이 아니면 가기 힘든 곳, 그리고 그녀가 좋아했던 곳에.

신중호가 두번째 촬영에서는 밥을 먹는 장면을 찍고 싶다며 특별히 원하는 메뉴가 있는지 그녀의 의향을 물었던 거다.

그래서 말했다.

나인스 게이트에 가자고. 조선호텔에 있는 나인스 게이트에서 프렌치를 먹고 싶다고. 그리고 이번에는 촬영을 하지 않았으면 좋겠다고. 순수하게 밥에 집중하고 싶다고 말이다.

이번에는 촬영을 하지 않았으면 좋겠다는 레이디의 말을 신중호는 들어주고 싶었으나 이제 두번째 촬영을 할 시기였다. 첫 방송이 나간 지 거의 반년이 가까워가고 있었으니까. 더는 미룰 수 없었다. 그녀가 편안하게 느낄 만한 장소가 필요했다. 거리를 걸어다니거나 맥도날드나 스타벅스에 앉아 있는 건 그녀가 다시 찍고 싶지 않다고 했고, 과거 이야기를 하는 것도 싫다고 했다. "주저리주저리 떠들고 싶지 않아"라면서. 그렇다면……

"나는 좀 기분좋은 거, 상쾌한 거를 하고 싶은데. 그런 거 뭐가 있을까? 없을까? 나는 있을 것 같은데?"

그녀는 순진한 아이처럼 이야기했다. 이왕 할 거면 좋은 데 가서 찍고 싶다고. 또 예산도 문제였다. 나인스 게이트의 음식값은 신중호 개인이 감당할 수 있는 금액을 넘어섰다. 둘이 저녁을 먹으려면 오십만원 정도는 예상해야 했다. 제작비로 처리하지 않으면 곤란했다.

"사정이 그러시다면 어쩔 수 없겠네요."

김윤자는 어떻게 해서라도 나인스 게이트에 가고 싶었기 때문에 신중호의 제안을 받아들였다.

SUV에서 보는 거리 풍경은 김윤자에게 매우 낯선 것이었다. 그녀는 운전을 한 적은 없고 과거에는 택시를 타고 다녔다. 이렇게 신중호가 운전하는 차의 뒷좌석에 앉아서 조선호텔로 가려니 못 보던 게 보였다. 차를 타고 가면 걸어서 갈 때와는 다른 길로 돌아가야 했기 때문이다. 씨네큐브를 지나고 광화문 스타벅스를 지나고 동아일보와 일민미술관을 지났다. 종각역 쪽으로 가다가 청계천을 가로질러 우회전, 다동과 을지로입구역을 지나 롯데백화점을 끼고 다시 우회전했다. 이 길에 이렇게 색이 변하는 나무들이 많았나 싶었다. 정동길에 은행나무와 단풍나무가 많다고만 생각했지 이 길도 이런 줄 몰랐다. 벌써 낙엽이 꽤나 떨어져 있는 길을 지나 신중호의 차는 조선호텔로 진입했다.

하얏트와 신라도 고려했지만 김윤자가 생각하기에 양식당은 조선호텔이 최고였다. 전망과 분위기와 맛과 기분과 편의성과 역사와 상징과 기타 등등이. 한국에 있는 가장 오래된 호텔이기도 하고, 거기로 식사하러 다니던 시절의 그녀는 지금의 김윤자가 가장 부러워하는 사람이었다.

일을 할 때는 계절에 한 번 정도는 그곳에 갔다. 갈 일이 생겼다. 가능하다면 환구단이 잘 보이는 창가 자리로 예약했다.

그 자리에 앉으면 일이 잘 풀릴 것 같은 생각이 들었기 때문이다. 그녀만 그런 생각을 했던 게 아니라서 아무때나 그 자리에 앉을 수 있는 게 아니었다. 그래서 역설적으로 그 자리에 앉게 되면 아주 기분이 좋았다.

삼층짜리 팔각지붕이 올려진 건물의 이름이 환구단이 아니라 황궁우라는 것을 알게 된 것은 그녀가 더이상 그곳을 갈 만한 여건이 되지 않고 나서였다.

신문을 보다가 알았다. 환구단이 있던 자리라 통칭해서 환구단이라고 부르는 것이고, 그 건물의 이름은 황궁우라고. 하늘에 제사를 지내던 곳이라는 것도 알게 됐다.

이왕이면 김윤자는 황궁우를 보면서 밥을 먹고 싶었다. 하늘에 제사를 지내던 곳이니까. 교회에서 새벽 기도를 할 때처럼 손을 모으고 고개를 수그리고 있지 않아도 좋은 일이 생길 것 같았다.

또 아름다운 걸 보면 기분이 좋아지니까.

황궁우는 아름답기만 한 게 아니라 오묘한 데가 있었다. 팔각지붕이 겹겹이 쌓아올려진 목조건물과 그곳으로 통하는 석조 아치문은 어울리지 않는 것 같으면서 어울렸다. 잘 어울리지 않을 것 같은 것들이 한데 어울려 있는데 충돌하지 않았다.

김윤자는 그게 이상했다. 궁금했다.

이제 와서 생각해보면 그녀가 살고자 한 인생도 그런 것이었던 것 같았다.

아름답기는 한데 아름답기만 한 게 아닌 것. 오묘하고 복잡하고 이상하고 독특하고 비일상적인 것. 약간씩 뒤틀리거나 어긋나 있는 것.

레이디와 신중호는 그 자리에 앉지 못했다. 황궁우가 공사중이라고 했다. 거기에 앉을 수는 있지만 권해지는 않는다고 했다. 앉더라도 황궁우에 가림막을 쳐놓아 답답한 느낌을 줄 거라고 직원은 말했다.

그래서 코너 자리에 앉았다. 유리벽과 유리벽이 만나는 모서리에 있는 자리. 걷어놓은 커튼 자락이 군집을 이루고 있는 곳에.

이 자리도 꽤 좋다. 밤이라서 석등에 켜진 불이 유리에 번져 들뜬 기분이 난다. 유리 밖 원하는 색으로 제각각 물든 나무들과 실내를 장식한 적색 꽃의 조화. 적색 꽃은 거의 오브제 같다. 누구나하는 그런 꽃꽂이가 아니라 작품이었다. 그걸 매만진 사람의 고집과 세계관이 보였으니까.

생각해보니 낮에 오는 게 더 멋졌다. 최소한의 조명. 스탠드와 벽을 타고 간간이 흐르는 간접조명만으로 실내가 유지되었다. 실내는 어둡고 밖은 훤했다. 환하다기보다는 훤한 정경이었다.

먹는 걸 찍고 싶지는 않았는데…… 음식에 제대로 집중할 수 없을지도 몰랐다. 기분이 썩 유쾌하지는 않았지만 어쩔 수 없는 것은 어쩔 수 없는 것이었다.

그녀는 메뉴판을 오래 들여다본다. 정말 이번이 여기에서 먹는 마지막 저녁일 수 있기 때문이다. 신중하고, 또 신중해야 했다.

"코스로 시킬까요?"

신중호가 묻는다. 그는 가장 비싼 코스를 주문할까 하다 그건 너무 비싼 것 같아서 어느 정도로 주문해야 할지 알 수가 없다. 그래서 메뉴판을 뒤적거리다가 그녀에게 물었던 것이다. 그는 여기가 처음이었다.

"아니, 됐어요. 그런 건 재미없어요. 내가 조합하는 게 좋아요."

김윤자는 그렇게 말하고 아라카르트가 적힌 페이지를 더 들여다본다.

일단, 전채를 골라야 할 것이다. 메뉴 이름은 예전 스타일 그대로다.

이곳의 메뉴판은 어떤 재료가 어떤 식으로 요리되는지 그 레시피를 상상할 수 있게 조리법을 서술하고, 주요한 재료를 병렬하는 방식으로 쓰여 있다. 그래서 요리에 취미가 있거나 좀 먹으러 다녀본 사람이라면 메뉴를 구체적으로 상상할 수 있다.

고급 식당일수록 메뉴의 이름이 길다. 그리고 친절하다. 그걸 해독할 수 있는 사람들을 위한 친절이긴 하지만.

따지고 보면 세상 모든 일이 다 그렇지 않나.

가격과 가치가 반드시 연결되지는 않지만 비싼 것들은 나름의 이유가 있다. 덜 불편하고 더 섬세하게 만들어져 있다. 아니면 적어도 호사스러운 느낌을 주거나.

김윤자는 다섯 개의 메뉴 중에서 '연어 타르타르&캐비아, 케이퍼, 샬롯 춉, 멜바 토스트'와 '바닷가재 세비체, 키위 샐러드, 레드 와인 비네그레트'를 놓고 고민하고 있다.

멜바 토스트? 그게 뭐였더라. 유명인의 이름을 딴 음식일 듯하다. 안나 파블로바라는 여자를 위해 주방장이 특별히 만들어준 디저트에 파블로바라는 이름이 붙은 것처럼 말이다.

"뭐였더라…… 뭐였더라."

하지만 신중호에게 묻는다고 해도 알지 못할 테고, 앞으로도 이 '멜바 토스트'가 뭔지 알게 될 확률은 지극히 낮다.

식재료만 놓고 본다면 바닷가재가 연어보다 상급이긴 하지만 그녀는 세비체를 그리 좋아하지 않는다. 날것은 좋아하지만 세비체의 시큼함을 선호하지 않았다. 치아를 정기적으로 돌보지 못하게 되면서 그렇게 되었다. 이가 흔들리고 썩은 듯한 느낌이 들었는데 어떻게 해야 할지 몰라 그냥 둔 지 꽤 오래되었다. '세비체'라는 글자를 보았더니 이가 시린 듯한 기분이다. 그리고 레드 와인 비네그레트도 별로 좋아하지 않는다.

몸 상태도 걱정되었다. 오랜만에 제대로 된 음식을 먹는데, 어떤 걸 먹어야 별문제가 없을지에 대해서도 생각해야 했다. 몸이 잘 감당해내지 못할 우려가 있는 음식은 피하는 게 좋을 것 같았다. 잘 먹고 나서 병원에 가거나 탈이 난다거나 하지 않으려면.

자극적이거나, 낯설거나, 익히지 않는다거나…… 차가운 것도, 신 것도…… 모두 피해야 한다. 이렇게 피해야 할 것이 많다니 얼굴이 찌푸려지는 게 느껴진다.

김윤자는 이런 것까지 고려하느라 시간을 오래 쓴다.

결국, 연어 타르타르를 고른다. 타르타르소스를 그리 좋아하지 않는 게 걸리긴 하지만 색이 고울 것 같다.

분홍색과 주황색이 섞인 바탕에 은은한 흰 선이 들어간 연어의 모양은 보기만 해도 좋다. 싼 식재료라는 편견이 있지만 그건 정말 편견일 뿐이다. 제대로 된 연어를 먹어보지 못한 사람들이 그런 말을 한다고 그녀는 생각한다.

여기에 검은 알갱이, 진연두, 보랏빛이 비치는 하양, 그을린 옅은 갈색이 올려진다.

그 색의 향연을 상상하고 있는데 빵냄새가 난다. 옆 테이블에 먼저 빵이 서빙되고 있다. 은으로 된 타원형 그릇에 담긴 빵을 개인 접시에 하나씩 덜고 있다. 옆 테이블의 남녀가 꼭 그림 같아서 레이디는 멍하니 보고 있다. 그들은 이런 데 자주 오는 사람들인지 어떤 행동도 서두르지 않고, 자신감이 있다. 행동과 행동 사이에 쉼표가 있다고 해야 할까. 마치 슬로모션으로 진행되는 영화 같기도 해서 레이디는 그들의 동작을 넋을 놓고 본다.

여자는 타원형 은쟁반에 담긴 따뜻한 물수건으로 손을 닦는다. 리넨 주머니에서 빵 하나를 앞 접시로 가져온다. 이것들을 잠시 쳐다본다. 그러고는 빵을 손으로 뜯고, 버터나이프로 버터를 가득 떠서 빵에 바른다. 씹는다.

김윤자는 잠시 눈을 감았다 뜬다. 마치 빵을 씹는 사람이 자신인 것 같아서. 빵냄새만 나는 게 아니라 빵의 육체감이 입안에서 느껴진다. 이런 게 모두 카메라에 담기는 건가? 어쩔 수 없다. 그래도 다행이다. 내가 생각하는 것들은 카메라에 담기지 않으니까.

그때 그녀의 테이블에도 전채가 나온다. 첫 음식이다. 연어 타르타르&캐비아, 케이퍼, 샬롯 춥, 멜바 토스트가. 멜바 토스트는 빵이라기보다는 비스킷에 가까워 보인다. 비스코티와 식빵의 중간 정도 결이다. 일단 멜바 토스트를 길게 쪼개 그 위에 연어 두 쪽을 올린다. 캐비아가 올려진 연어를. 한 번은 샬롯을 올리고 또 한 번은 케이퍼를 올려 먹는다. 생각했던 것만큼 연어의 색은 곱고, 마음을 따뜻하게 만든다. 그리고 샬롯과 케이퍼의 식감……한 번은 아삭거림이, 또 한 번은 녹녹함이 더해져 연어를 감싼다. 샬롯과 케이퍼를 함께 올려서도 먹는다.

김윤자가 먹는 모습을 보던 신중호가 묻는다. 그 앞에는 커피와 유자 소스 관자 샐러드가 놓여 있다.

"술도 하시겠어요?"

"아니에요. 이거면 충분해요."

이 말을 하기까지 한참 시간을 쓴다. 술을 먹지 않겠다고 결심하고 왔지만 신중호의 말에 흔들리는 자신을 느끼고 있다. 술, 그런 게 있었지. 너무 오랜만에 듣는 단어다.

그녀는 레몬을 넣은 얼음 잔에 산펠레그리노를 따른다. 얼음을 넣을지 말지 고민했지만 역시나 넣기를 잘했다. 탄산이 신이 나서

튀어오르는 것처럼 보인다. 탄산은 얼음을 넣어야 비로소 활기를 찾으니까. 얼음이 이를 건드리지 않게 조심하며 물을 마신다. 탄산이 혀와 이와 목구멍을 건드리며 몸속을 타고 흐르는 게 느껴진다. 아, 짜릿하다. 혀와 목구멍이 아픈 것도 같다. 그래도 이 정도의 자극이라면 괜찮지 않을까.

술을 마시고 싶다. 전채를 먹을 때 샴페인 한 잔, 스테이크를 먹을 때는 레드 와인 한 잔.

하지만, 그녀는 자신이 없었다. 술을 안 마신 지 너무 오래되었다. 자제력을 발휘하는 일은 그녀가 요 몇 년간 가장 잘해온 일이었다. 술을 마신다면 샴페인과 레드 둘 다 마실 수밖에 없고, 그러면 그녀는 어떻게 될지 몰랐다. 무너져내릴 확률이 컸다. 큰 목소리를 낼지도, 울음소리를 낼지도, 또 취해서 정신을 잃고 쓰러질지도 몰랐다. 어느 것도 용납할 수 없었다. 그런 행동까지 보이는 건 참을 수 없다.

드디어 김윤자의 테이블에도 빵이 나왔다. 리넨 주머니에 담긴, 아직 김이 나는 빵을 꺼내 버터를 듬뿍 바른다. 두 번 더 버터를 요청한다. 아주 적절하게 잘 녹인 버터. 그녀가 스타벅스에서 먹는 이지니 버터도 맛이 없는 건 아니었지만, 그건 냉장고에서 바로 꺼내기 때문에 늘 딱딱한 채일 수밖에 없었다. 이렇게 부드러운 버터를 먹어본 게 얼마 만의 일인지 몰랐다. 이런 버터는 이런 기회가 아니라면 마음껏 먹을 수 없다. 그래서 빵 하나를 먹을 때 거의 버터 한 조각을 다 쓴다. 버터의 브랜드를 물어보려다 만다. 그 버터가 뭔지 알게 된다고 해도 그래서 뭐 어쩔 거란 말인가 싶었기에.

무엇보다도 버터와 물이 맛있다. 버터를 바른 빵을 한입 먹고 탄산수를 마시고, 계속 그런 걸 반복하고만 싶다.

양파 수프가 나왔다. 움푹한 유백색 사기그릇의 테두리에 수프가 눌어 있다. 아마 그뤼에르 치즈가 눌어붙었을 거다. 양파를 아주 오래 볶는다는 것, 양파가 아주 많이 들어간다는 것, 밀가루도 들어간다는 것, 그뤼에르 치즈가 들어간다는 것. 김윤자는 이 정도를 짐작할 수 있었다.

그녀가 거의 유일하게 배우고 싶던 서양 요리가 양파 수프였다. 양파 볶는 냄새가 좋았기 때문이다. 첫술을 떠서 입에 넣는다. 이럴 때는 어쩔 수 없이 눈이 감긴다. 그러지 않으려고 해도 그렇게 된다.

양파 수프가 목안을 타고 몸으로 퍼진다. 몸 전체가 따뜻해지는 것 같다.

봄이 온 것 같다고 생각한다. 지금은 가을이지만, 두 계절이 더 지나 다시 내년의 봄이 말이다. 아주 긴 시간이 흘렀다는 느낌이 들었다.

이제 스테이크를 다 먹은 김윤자는 디저트를 기다리고 있다. 그러면서 생각한다. 괜히 안심을 시킨 게 아닌가라고. 아무래도 느끼했다. 그래도 사이드로 시금치 볶음과 잣, 그뤼에르 치즈를 고른 건 잘했다고 생각한다.

오미자 젤리, 바닐라 빈 판나코타, 레몬그라스 아이스크림을 골랐다. 전채를 고를 때처럼 유자 사바랭, 오렌지 콩포트, 마스카르포네 치즈 크림과 고민하다가.

디저트가 나왔다.

그녀는 자기도 모르게 탄성을 내뱉는다. 별것도 아닌 데 감탄하는 것은 촌스러운 태도라고 생각하지만 감탄하지 않을 수가 없었다.

도톰하게 솟아오른 주황색 반구의 중심에 아이보리색 타원형 덩어리가 올라가 있다. 덩어리 위에 금박 몇 점. 아이보리색 타원형 덩어리 뒤에는 진분홍색 원형 조각이 꽂혀 있고.

오렌지와 분홍, 아이보리의 조화. 이런 건 정말이지 마음을 즐겁게 해준다. 아이보리색 덩어리가 레몬그라스 아이스크림 같다. 맞았다. 레몬그라스 차를 셔벗이 아닌 젤라토로 먹을 수 있다니.

그녀는 아이스크림을 또 한입 입에 넣고 그걸 머금은 채로 같이 시킨 더블 에스프레소를 마신다.

주황색 부분을 스푼으로 떴더니 유백색 물질이 나온다. 주황색이 오미자 젤리, 그 안에 있는 게 판나코타인가 싶다. 판나코타에 바닐라 빈 씨가 박힌 게 보인다. 많이도 박혔다.

판나코타의 달콤함과 오미자의 시큼함이 섞인다.

그리고 진분홍 장식, 그걸 한입 깨문다. 이건 사과다. 사과를 말려 비트 물을 들인 것 같다. 좋다.

기분이 좋다.

천천히, 천천히 먹는다.

그래야 이곳에서 나가 다시 맥도날드로 돌아갈 마음의 준비를 할 수 있으니까. 그럴 시간이 필요하니까.

김윤자는 천천히 씹었다.

김윤미

삼청동으로 들어와 경복궁을 끼고 좌회전한다. 청와대 앞길을
지나 청운파출소에서 좌회전해서 자하문길로 내려온다. 체부동
우리은행에서 방향을 꺾어 작은 길로 들어선다. 배화여고와 배화
여대를 지나서 헤매기 시작한다.

누상동과 사직동과 필운동 일대를.

신중호는 레이디가 살던 집을 찾고 있다. 두번째 방송이 방영된
지 얼마 되지도 않았는데 세번째 방송을 준비하는 중이다. 언제가
될지는 모르겠지만 작은 이야기라도 모으고 있다. 아직 레이디의
허락은 받지 못했다. 말도 꺼내지 못했다. 첫 촬영을 하고 두번째
촬영을 하기까지 육 개월이나 걸렸던 것은 그럴 만해서였다. 레이
디는 좀처럼 마음을 열지 않는 사람이었고, 그나마 가까워진 거리

가 멀어질까봐 그는 시간을 들였다.

　인터뷰를 하고 자기 모습을 찍는 건 허락했지만, 딱 거기까지만이었다. 두번째 방송까지만이라고 신중호도 생각하고 있었다. 세번째 방송에 대해 의사를 물은 적은 없지만 보나 마나다. 신중호는 레이디가 그 이상을 허용해줄 거라고 생각하지 않았다. 그렇기때문에 집을 찾으러 돌아다니면서도 의욕이 나지 않는다.

　"분명히 말해두지만, 이야기를 나누고 싶어서 하는 거예요."

　"네?"

　"나, 방송 나가고 이러는 거 좋아하는 사람이 아니라고요."

　두번째 방송을 제작하고 싶다고 말한 뒤, 신중호는 레이디의 말에 말없이 고개를 끄덕였었다.

　"유명해져서 좋을 게 뭐가 있어요?"

　레이디가 반문하는 것들에 대해 그는 대답을 할 수 없을 때가 많았는데, 그때도 그랬다. 그녀의 말은 틀린 데가 없고, 어떻게 설득하더라도 주장이나 생각을 바꿀 사람이 아니라는 걸 신중호는 알고 있었다.

　"내가 이렇게 어렵다는 걸 내놓고 광고하는 거잖아요?"

　"네."

　레이디가 그런 말을 할 때 그는 '네'라고밖에 말하지 못했다. 그가 만드는 프로에 출연한 인물 중에서 가장 대하기 어려운 사람이 레이디였다.

이렇게 또 기가 눌리기는 처음이었다. 레이디는 거의 웃지 않았고, 신경에 거슬리면 표정이 즉각적으로 변했기 때문에 신중호는 눈치를 보지 않을 수 없었다.

예전 사람 같지 않게 프라이버시에 대한 개념이 확실하다. 그 나이에 이 정도로 젠틀한 사람은 찾기 어렵다. 영어를 지나치게 섞어 쓰고, 어느 정도 빼기는 편이고, 같은 말을 여러 번 반복하긴 하지만.

레이디는 남한테 피해를 끼치는 걸 끔찍하게 여기는 사람이다. 이런 사람은 당연히 남이 자기한테 피해를 끼치는 것 또한 견디지 못한다.

나인스 게이트에 갔을 때 레이디는 이렇게 물었다.

"이거 정말 신선생이 내는 거 아니죠?"

"네?"

"제작비로 다 지원되는 거죠?"

"왜 그러세요?"

"돈이 오버되면 신선생이 보태고 그래야 하는 거 아니죠?"

"네, 편히 드세요."

"말은 정확히 하자고요. 신선생이 내는 게 아니라는 말, 맞는 거냐고요?"

"네, 그럼요. 제가 내는 거 아니에요."

"흐음."

"왜 그러세요? 불편한 게 있음 말씀하세요."

"이렇게 비싼 밥을 사주는데 어떻게 편할 수만 있겠어요?"

두 시간이 좀 못 되게 식사를 한 레이디는 '고마워요'라고 말했다. 더도 덜도 아니고 딱 한 번 그렇게 말했다. 감정이 거의 섞이지 않은 말투로.

그러고는 그의 차에 있던 쇼핑백 두 개를 챙겨 호텔 앞에 서 있던 모범택시를 타고는 어디론가 떠났다.

출연료가 있으니 모범택시를 탈 수 있었을 거다. 조선호텔에서 밥을 먹고 그 언덕을 걸어서 내려가는 건 레이디의 체면에 맞지 않는 일이었을 테니까. 더군다나 두 개의 쇼핑백을 들고, 허름한 트렌치코트를 입고서는.

호텔에서 밥을 먹기 전에 출연료를 미리 지급했다. 레이디가 요청했다. 먼저 좀 받을 수 없느냐고. 돈이 필요하다고. 자기의 요청이 부당한 건 아니지 않냐고. 밥을 먹으면서 막연히 새해가 되었을 때 한번 더 출연해주실 수 있냐고 물었고, 레이디가 "그런 거라면 나쁘지 않겠어요"라고 답하긴 했지만 그는 큰 기대를 하고 있지 않았다. 그날의 레이디는 들떠 보였고, 밥을 먹는 데 정신이 팔려 그가 하는 이야기를 거의 듣지 않는 것 같았다.

레이디의 예전 주소로 찾아갔는데 집이 없다. 그는 한편으로는 다행이라고 생각한다. 죄를 짓는 느낌이 들었으니까. 계속 찾지 못하면 좋겠다고 생각한다. 그래도 찾으러 다닌다.

동네를 한 시간쯤 헤매다 마주친 몇 사람에게 신중호가 찾는 번지수를 말하자 그런 번지는 없다고 한다.

그가 못 찾는 게 아니었다. 언제 없어진 거냐고 묻자 원래 없었다고 한다. 확실한가요?라고 묻자 동사무소에 가보라고 한다.

'내 집 앞의 쓰레기는 내가 치워야 합니다.' 동사무소 입구에 걸린 현수막을 지나쳐 안으로 들어간다. 알아본 결과, 레이디의 주민등록은 말소됐다. 거주지 불분명이 원인인 것 같았다. 그러니 기초생활수급자로 선정되거나 기초연금 같은 걸 받을 수도 없는 처지일 테다.

차를 돌려 남산1호터널 쪽으로 간다. 한남대교 부근에서 올림픽대로를 타고 경기도 광주로 간다. 레이디의 여동생을 만나기 위해.

레이디의 여동생이 살고 있다는 집은 광주에 있는 아파트다. 고급 아파트도 아니고 주공 아파트도 아니다. 이름을 알 만한 중견 건설사에서 지은 아파트에 레이디의 여동생은 살고 있었다.

인터폰을 한다.

"김윤미씨 댁이죠?"

"네, 그런데요."

"김윤자씨 아시죠?"

"네?"

"김윤자씨 일로 찾아왔는데요."

216

"누구요?"

잘못 들은 게 아니라 당황해서 되묻는 게 느껴지는 목소리다.

"김윤자씨요. 김윤미씨 언니 때문에."

인터폰이 끊긴다.

저쪽에서 끊어버렸다. 만나고 싶지 않다는 건가? 신중호는 다시 인터폰을 한다.

"내려갈게요, 기다리세요."

여자가 받자마자 이렇게 말한다. 그러고는 오 분도 안 되어 레이디의 여동생이 내려온다.

안 닮은 자매도 있다지만 전혀 언니와 닮지 않았다. 살집이 있고 몸이 크다. 얼굴선도 부드럽고, 부드럽다기보다는 희미하다. 레이디 같은 예민한 유형이 아닌 것으로 보인다.

레이디의 요즘 사진을 내밀자 하도 늙어서 잘 모르겠다고 여동생은 말한다. 신중호는 그럴 리가 없다고 생각한다.

레이디의 여동생은 자다 일어났는지 머리가 부숭부숭하다. 미안한 마음이 들지만 그런 것까지 신경쓰면 이 일은 못한다. 허락도 받지 않고 무작정 남의 집 앞으로 찾아가 인터폰을 누르는, 자기가 당한다고 해도 황당한 일을 신중호는 직업이라며 하고 있는 거다.

다시, 젊었을 때의 사진을 내민다. 하얀 블라우스에 재킷을 입고 가슴에 브로치를 단 사진을.

그제야 여동생은 언니가 맞다고 확인해준다. 신중호는 이 여자가 자신의 언니를 매우 싫어한다는 걸 느낀다. 그러면서 언니의 동정에 호기심을 갖고 있다는 것도. 그래서 자신의 집을 찾아온 불청객이 불쾌하지만 만남을 거절하지 않았다는 것도. 자신의 언니를 아끼지는 않지만 언니가 어떻게 살고 있는지는 궁금해하는 동생.

그녀는 이렇게 말하고 만다.

"난 아주 겁이 나요. 그 사람이 내 앞에 나타날까봐."

"왜 그러시는데요?"

"정말 기분 나쁜 사람이거든요. 정말 나빠요. 그런 사람과 자매라는 게 아주 끔찍해요. 만날 생각을 하면 식은땀이 흐르는 것 같아요."

그러면서 언니와 죽은 엄마에 대한 원망을 쏟아놓는다. 그러다가 운다. 눈물을 닦고 다시 말한다. 엄마가 언니만 떠받들었다고.

"어머니가 어느 정도셨기에 그러세요?"

"완전히 공주로 받들었어요. 엄마는 시녀로 살았어요." 그러고 덧붙인다. "엄마는 나한테도 언니 시녀로 살라고 강요했어요."

"시녀요?"

여자는 눈물을 뚝뚝 흘리며 고개를 끄덕인다.

그녀들의 엄마는 레이디의 동생에게 항상 레이디의 시중을 들게끔 했다고 말한다. 아침이면 세숫대야에 물을 떠서 레이디의 방

안으로 들여보낸다거나 하는. 자신이 그럴 수밖에 없게 엄마가 상황을 만들었고. 언니는 자신을 시녀처럼 부리는 데 전혀 거리낌이 없었다고도.

자기는 그런 대접을 받아본 적이 없다고 한다. 그리고 집안이 망한 다음에도 엄마는 레이디의 대학 등록금을 대주었지만 자기는 고등학교까지만 다니게 했다며 억울해한다. 다른 이유가 있었던 것은 아닐지 신중호는 궁금하지만 묻지는 않는다.

"오빠들은요?"

"다 죽었어요."

"어머니가 오빠들한테도 그랬어요?"

"저한테 했던 것처럼…… 그랬냐고요?"

김윤미가 눈물을 소맷자락으로 닦고 묻는다. 신중호는 고개를 끄덕인다.

"아니요. 오빠들은 남자니까요."

"오빠들한테 잘해준 건 서운하지 않았다는 거죠?"

"네, 오빠들은 남자니까요. 언니는 여잔데…… 나도 여자고……"

김윤미는 우느라 말을 잘 잇지 못한다.

그녀의 인생이 스쳐지나갔기 때문이다. 억울한 일이 많았다. 그녀는 혼자 열심히 노력해서 자립했고 지금의 남편과 결혼했다. 엄마도 반대하지 않았다. 하지만 언니의 경우에는 달랐다. 혼담이 들어오면 엄마는 늘 반대했다. 너에 비하면 아무것도 아니다. 너무 떨어진다. 너는 저런 사람을 만나서는 안 된다.

레이디의 동생은 엄마가 그러는 게 하도 보기가 싫어서 집을 나가기 위해 빨리 결혼한 것이기도 하다고 했다. 언니라면 끔찍하다고, 만나고 싶지 않다고 했다. 그러면서도 신중호가 자신을 찍는 건 허락해줬다.

신중호는 레이디가 이 녹화분을 보면 어떤 반응을 보일지 궁금하다. 김윤미가 하는 말에 대해서 어떤 태도를 취할 것인지. 세번째 방송이 확정되어야 나갈 수 있는 것이지만. 또 그렇게 된다고 하더라도 레이디는 방송을 안 보겠지만.

헝그리 보이

전화가 온다. 황이다.

"다음엔 뭘로 하지?"

이 여자는 안부 같은 걸 묻는 사람이 아니다.

"헝그리 보이, 어때요? 그때 얘기했던 거?"

신중호가 말한다.

"누구지?"

"왜 안국 일대를 돌아다니는 젊은 남자 있잖아요. 주로 안국역을 캠프로 삼아서. '배가아아 고파요, 헝그리 헝그리 헝그리' 하면서."

"아아, 그 친구?"

"괜찮아요?"

"또 하나는 뭐 하지?"

"홍일병 사건, 생각해봤어요?"

"그거 너무 오래되지 않았어? 시의성이 떨어지잖아."

"밝혀진 게 없잖아요. 홍일병이 죽였다는 병사들 유가족들이 다 홍일병은 죄 없다. 불쌍하다. 그러잖아요. 나서서 탄원서 마련해서 홍일병은 무죄라고 그러고…… 왜 그런 거겠어요?"

"그러니까 북에서 내려와서 다 죽이고 도망갔는데, 군에서는 그렇게 발표할 수 없으니까 만만한 홍일병한테 뒤집어씌웠다. 이 주장을 밀고 나가자는 거지?"

"너무하잖아요. 연줄 없는 애라고 만만하게…… 총질하는 게임 좀 했다고 게임 중독 운운하면서 현실과 가상을 구분하지 못한다고 하고. 이게 말이 됩니까?"

"좀 그렇지 않아?"

"뭐가요?"

"위험하지 않겠어?"

"전 괜찮아요."

"살아 있네."

"뭐가요?"

"알면서 그래?"

"그래서 '꽃도령'이나 '농약 사이다 할머니' '귀청소방의 실체' 같은 한심한 거나 하고 있는 거 아닙니까?"

황은 귀가 떨어질 정도로 큰 소리로 웃는다. 그러고는 말한다.

"큰일 하고 싶으세요?"

신중호는 아무 말도 하지 않는다.

"다시 말하지만, 종교 문제랑 정부랑 직접적으로 붙는 이슈는 안 돼. 정권 말기라도 그런 건 별로야. 건드리지 마. 그러다 아무것도 못해. 광고주들도 신경써야 하고……"

"네…… 알겠습니다."

"지금 맥 레이디가 최고의 화제야. 방송 나가고 시간이 꽤 지났는데도 그래. 아주 잘하고 있어."

"이거 그냥 그런 소재가 아니에요."

"알아, 알아. 눈 밝은 사람들이 알아봐주겠지."

그러면서 황이 말한다. 맥 레이디 후속편을 한 편 더 하자고. 이미 두 편이 나갔고, 그가 세번째 편을 준비하고 있는데 황은 그것을 모른다. 화제가 사라지기 전에 서둘러 한 편을 더 하자는 거다. 그게 무엇이든, 화제성을 이어갈 수만 있다면 된다는 투다.

불쾌하다. 황은 아니라고는 했지만 맥 레이디를 가십성 소재로 생각하고 있다. 누구나 관심을 가질 만하고, 시청률이 잘 나오니까.

헝그리 보이도 그렇게 생각하고 승낙을 해준 걸 거다.

뭘 잘 모르고 있다. 사회는 변했는데 방송을 만드는 사람들은 과거에 머물러 있다. 뻔한 것에만 관심을 기울인다. 불쌍하거나 신기하거나 이상하거나 한, 그러니까 전형적으로 불행한 사람들의 이야기를 좋아한다.

그렇다면 텔레비전을 보는 사람들은 어떤가?

신중호는 그들을 잘 모르겠다. 시청자들이란 어떤 사람인지. 그들이 어떤 걸 좋아하고, 어떤 것에 반응하는지.

맥 레이디 이야기를 사람들이 좋아하는 건 전형적이지 않아서라고 생각한다.

노숙자면서 노숙자답지 않다. 스스로를 노숙자라고 생각하지도 않는 것 같다. 길에서 자지는 않으니까.

그렇다. 길에서 자지도 않고 구걸하지도 않고 흐트러지지도 않는다. 동정을 바라지도 않고, 도움을 줘도 탐탁지 않아 한다.

생활비로는 밥 대신 커피를 먹는다. 커피를 먹으면서 신문을 본다. 영자 신문을 보면서 아직도 영어 공부를 한다. 돈이 생기면 모범택시를 탄다. 밥을 먹는다면, 호텔에서 먹는다.

헝그리 보이도 어떤 면에서 맥 레이디 같다. 구걸을 하고는 있는데 구걸이 목적인 것 같지가 않다. 뭔가 주객전도다. 일반적인 패턴을 적용할 수 있는 사람이 아니다.

헝그리 보이는 맥 레이디처럼 신중호가 붙인 별명이다. 그가 '보이'로는 보이지 않았지만 '맨'보다는 '보이'에 가까운 남자였고, 그가 하는 말의 대부분은 '헝그리'였으니 붙였다고 하기에도 애매하지만.

실제로 소년은 아니다. 삼십대 후반에서 사십대 초반으로 보인다. 사십대 후반인데 세상의 때가 묻지 않아서 삼십대 후반으로 보이는 걸 수도 있다. 경복궁역, 안국역, 종로3가역, 을지로3가역, 충무로역에서 그를 만날 수 있다.

신중호가 그를 만난 게 열 번쯤 되는데 경복궁과 안국, 충무로역에서였다. 한번은 충무로역 3호선 철로에서 대화행 열차를 기다리고 있을 때였는데 그가 오금 방면 열차에서 내리는 걸 보았다. 남자가 또 플랫폼에서 자신의 레퍼토리를 시작했다.

"도와아아아주세요, 배가아아아아 고파요. 헝그리 헝그리 헝그리."

이 문장 말고는 없다. 그저 이 길게 늘인 세 구절을 계속해서 외친다. 오래 하지도 않는다. 정확한 시간을 재본 것은 아니지만 표정이라도 좀 유심히 보려고 하면 끝나 있다. 신중호가 볼 때 그는 늘 그랬다. 그래서 구걸인지 아닌지 잘 모르겠다는 생각이 들었고, 저건 구걸이라기보다는 퍼포먼스가 아닌가 싶었다.

헝그리 보이는 퍼포먼스를 좀 하다가 신중호 옆으로 다가왔다. 혹시나 자신에게 무슨 말을 하려는 걸까 싶어 긴장했지만 헝그리 보이는 그저 서 있을 뿐이었다. 신중호는 말을 걸어볼까 하다가 말았다. 그러다 열차가 들어왔고, 그들은 함께 대화행 열차에 탔다. 이런 정황으로 보아 신중호는 그가 경복궁역부터 충무로역까지를 활동 범위로 삼고 있을 거라고 짐작했다.

"도와아아아주세요, 배가아아아아 고파요. 헝그리 헝그리 헝그리."

열차가 출발하자 다시 그가 외치기 시작했다. 사람들은 잠시 그를 봤다가 다시 핸드폰으로 시선을 돌렸다.

그의 활동을 퍼포먼스라고 한 나름의 이유가 있다. 그는 생업으로 구걸을 하고 있는 사람으로 보이지가 않는다. 외치기는 하지만 꼭 돈을 받아야겠다는, 그래서 배고픔에서 벗어나야겠다는 의욕이 느껴지지 않는다. 말하는 것 같기도 하고 노래하는 것 같기도 하고 외치는 것 같기도 한데 왜 그러는지는 모르겠다. 건성으로 한다. 전혀 절실하지가 않다. 참 독특한 사람이다. 자기가 좋아해서 하는 것 같은데 또 동시에 귀찮아하는 것 같기도 한 거다. 어쨌거나 자신만의 리듬이 있는 건 분명하다.

특이한 말투다. 뭐라고 말하기 참 난감하다. 들어보지 않으면 모른다. 지하철에서 물건을 파는 사람들의 기계적인 말투나 전도를 하는 사람들의 교조적인 말투와는 완전히 다르다. 신중호는 그래서 헝그리 보이를 만나게 될 법한 동선으로 움직이는 날 자못 기대를 하게 되는 것이다.

그를 만나면, 기분이 좋다. 웃음이 나고 그의 목소리를 계속 듣고 싶어진다. 신중호는 자신이 아무래도 헝그리 보이를 좋아하는 것 같다고 생각한다.

옷차림도 그런 일을 하고 있는 사람치고 이색적이다. 헝그리 보이는 검은 재킷을 입고 다닌다. 옷에 대해 이렇다 저렇다 말할 자신은 없었지만 신중호의 눈에는 꽤나 고급품으로 보였다. 재킷인데 카디건 같기도 하면서 코트 같아 보이는 옷이라 흔히 볼 수 있는 물건이라고는 생각되지 않았던 것이다. 최소한 신중호의 주변에 그런 스타일의 재킷을 입고 다니는 남자는 없었다. 그 밑에 옛날 육군들이 입던 개구리복 같은 무늬의 바지를 입는다. 재킷 안에는 후드가 달린 회색 면 티를 입는다. 그래서 그가 플랫폼이나 열차 내를 걸어다닐 때면 재킷 위에서 회색 후드가 덜렁거린다. 날씨가 추워지면 귀마개를 목에 걸고 다니는데 또 이게 그냥 길거리에서 파는 귀마개가 아니다. 직접 고른 게 아니라고 하기에는 그의 보헤미안풍 옷차림과 기가 막히게 잘 어울린다.

이런 발랄한 차림으로 건성건성 구걸하는 남자가 헝그리 보이다. 머리가 떡 진 것 말고는 이상한 징후를 찾기 어렵다. 길에서 자는 것 같지도 않고 밥을 굶는 것 같지도 않다. 겉모습만 봐서는 평범하기 그지없다. 말을 하지 않는다면 말이다.

신중호가 특별히 예민해서 알아차린 게 아니다. 사람들도 다 알 것이다. 그가 지나가면 사람들은 웃는다. 돈은 주지 않는다. 그가 장난친다고 생각하기 때문인 것 같다.

신중호는 레이디의 이야기가 사람들의 마음을 건드렸다고 생각한다. 헝그리 보이 이야기도 그럴 거라고 생각한다. "도와아아아 주세요, 배가아아아아 고파요. 헝그리 헝그리 헝그리"라고 외치는 그의 목소리가.

더이상 집을 살 수가 없는 시대다. 혼자 힘으로는 말이다. 부모가 도와줘야 하거나 대단히 능력이 있어야 한다. 그것도 아니라면 끝내주는 걸 한 방 터뜨리거나.

그러니 젊은 사람들은 일부러 돈을 모으지 않는다. 모아봤자 이자도 거의 붙지 않는다. 보람도, 성취도 없다. 월급의 대부분은 월세로 나간다. 그렇게 얻은 집은 좁기만 하다. 그래서 휴일에 집에 있고 싶지가 않다. 처지가 답답하고, 미래가 걱정이다.

밖으로 나간다. 하다못해 카페라도.

그러니 카페마다 젊은 사람들이 죽치고 있는 거다. 노트북을 펴놓고 일을 하거나 방송을 보거나 웹툰을 보거나 한다. 집을 놔두고 뭐하는 거냐고 묻는 사람이 있다면, 그는 뻔뻔하거나 무식한 사람이다.

기성세대다.

사실은 정신적인 문제가 있는 사람들이 세상에 너무 많다. 아주 심하게 이상한 게 아니라면 표가 나지 않는다. 섬세하게 보지 않으면 그렇다.

사람들이 그렇게 된 건 세상 때문이고, 앞으로 그런 이들이 더 많아질 거라고 신중호는 생각한다. 맥 레이디와 헝그리 보이 같은 이들이.

밥

할 수만 있다면 나인스 게이트에서 더 천천히 먹고 싶었다. 하지만 아무리 오래 먹으려고 해도 두 시간 정도가 최선이었다. 다시 현실로 돌아왔다. 그녀의 삶으로. 거리와 맥도날드와 스타벅스, 그리고 교회로. 그녀의 삶은 거의가 거리와 맥도날드와 스타벅스에, 그리고 약간은 교회에 있었다.

아직 입안에는 기분좋은 충족감이 남아 있다. 양파 수프에 눌어붙은 치즈의 감미와 멜바 토스트의 바삭거림과 탄산수의 톡톡 쏘던 통각의 자극까지. 하지만 뭐라고 설명할 수 없는 감정들이 밀려왔는데, 아마 다시는 여기에 올 일이 없겠다고 생각하자 몸에 힘이 빠지는 기분이 들었고, 또 이 저녁이 촬영과 맞바꾼 것이라는 점이 마음에 걸렸다. 정당한 대가를 치렀으니 괜찮다고도 생각하지만 찝찝한 건 찝찝한 거였다. 그리고 과연 정당했나라는 점도.

조선호텔 출입문을 향해 걸어가며 김윤자는 이제 더 방송을 찍고 싶지 않다는 이야기를 신중호에게 해야겠다고 생각한다. 두 번이면 된 것 같다고. 더 보여줄 것은 없다고. 당신이 나랑 우정의 교제를 그만둔다고 해도 받아들이겠다고.

데려다주겠다는 신중호의 제안을 거절하고 모범택시를 탔지만 조선호텔에서 플라자호텔 쪽으로 진입하기 전에 내려달라고 했다. 놓고 온 게 있다고.

어디로 가시냐고 묻는 기사의 말에 마땅한 대답을 할 수 없어서 그랬다. 정동 맥도날드로 가자고 할 수도 없었고, 광화문 스타벅스로 가자고 할 수도 없었다. 그렇게 말하고 싶지 않았다. 신중호의 호의를 거절한 이유도 마찬가지였다. 어디로 데려다달라고 할지 말할 수 없는 자신 때문이었다.

그는 김윤자가 집이 없는 걸 알고 있고, 그녀도 그가 자신에 대해 그렇게 알고 있다는 걸 알았지만, 김윤자는 집이 없다고 공식적으로 인정한 적이 없다. 그렇게 말을 하고 나면 걷잡을 수 없을 것이기 때문이다. 언제부터 집이 없었는지, 집이 없는 불편함은 없는지, 집이 없다는 건 어떤 건지 물으려 할 것이다. 그녀는 집에 대해 말하고 싶지 않았다. 한마디도.

그저 길을 계속 걷고만 싶었다. 어디로 가시느냐는 신중호의 물음에 대답을 피하기 위해서 서둘러 택시를 탄 것도 있었지만 옛날 습관대로 하고 싶었다. 기분에 젖어버렸다. 조선호텔 앞에는 늘 택시가 대기해 있는데 모범택시들뿐이라 여기에 올 때면 늘 그걸 탔다. 일반 택시를 타려면 따로 요청해야 하는데 어쩐지 구질구질해서 그렇게 해본 적이 없었다.

한 번쯤 최신양에게 밥을 살 수 있다면 얼마나 좋을지 생각해왔다. 그녀가 김윤자보다 훨씬 형편이 좋고, 그래서 매달 이십만원씩 보내주지만, 그 돈을 모아서 밥을 살 수 있다면 좋겠다고 말이다. 최신양이 주는 돈을 받기로 했을 때부터 그런 생각을 했다.

하지만 이십만원으로 저축까지는 할 수 없었다. 많이 남는 달은 한 달에 오천원까지 남기도 했는데 다음달에 쓸 수밖에 없는 사정이 생겼고, 오천원까지 남는 달은 거의 없었다. 김윤자는 이십만원 덕에 많은 것을 할 수 있었지만 어느 순간 인정하게 되었다. 밥을 사는 일은 불가능하다는 것을, 최신양을 데려가고 싶은 좋은 곳에서 밥을 사는 일은 더더욱.

일반 주부 입장에서 한 달에 이십만원씩을 자기에게 보내기로 한 게 얼마나 큰 결단인지 김윤자는 생각하고 있었다. 남편에게 받은 생활비를 쪼개거나 자기 용돈을 아껴야 할 텐데, 그러면서까지 완전한 타인인 내게 돈을 보내는 일을 오 년 넘게 하고 있다니.

거리에서 대부분의 시간을 보내는 레이디가, 공식적으로 어떤 거처도 없는 그녀가 잠을 어떻게 자는지가 그녀의 삶에 관심을 가진 사람들의 가장 큰 의문이었다. 사람은 잠을 자지 않고 버틸 수 없다는 걸 모두가 알고 있었다. 그런데 레이디는 어디에서도 눕지 않았던 것이다. 어떻게 이십사 시간 내내 앉아 있을 수가 있지? 어떻게 거의 먹지 않고 버틸 수가 있지? 어떻게 트렌치코트 한 벌로 사계절을 버틸 수가 있지? 사람들은 이런 게 궁금했다.

그랬다. 김윤자는 졸긴 했지만 눕지는 않았다. 누울 수 있는 데가 없었고, 그녀에게 허락된 누울 곳은 그녀와 맞지 않았다. 그녀와 처지가 비슷한 사람들이 함께 생활하는 쉼터 같은 곳 말이다. 거기가 딱히 열악하다거나 비위생적이라서가 아니었다. 정해진 시간에 맞춰 잠을 자고 일어나고 밥을 먹어야 하는데 성인이 된 이상 그런 생활을 남들과 매일 동시에 하는 건 힘든 일이었다.

그녀는 교회에서 눈을 붙였다. 처음에는 우연히 문이 열린 걸 보고 들어갔었다. 문틈으로 새어나온 따뜻한 빛이 마음 어딘가에 닿았다. 교회에 다니는 것도 아니어서 들어가도 될까 싶었지만 교회니까 망신을 당할 일은 없을 것 같았다. 거기에 가만히 앉아 있었다. 그러다가 잠이 들었다. 꾸벅꾸벅 졸다가 깨어났는데 아무도 없었다.

그래서 다음날도 갔다. 자기 위해서 갔던 건 아닌데 거기에 앉아 있으면 불빛이 따뜻해서 자신도 모르게 잠이 왔다. 매일같이 머무는 맥도날드나 스타벅스에서는 느껴보지 못한 편안함이었다. 그녀의 형편이 허락하는 곳 중에서 고르고 골랐음에도 맥도날드와 스타벅스에서는 긴장을 풀 수 없었다. 다른 사람들이 있었고, 사람들은 서로를 보기도 했는데, 그렇게 멀리도 가까이도 있지 않은 상태가 좋기도 했지만 역시나 혼자 있을 공간이 필요했던 거라고 김윤자는 생각했다.

신도석마다 한 권씩 놓여 있는 성경을 펼쳐보기까지 보름 정도가 걸렸다. 교회에 들어가서 잠을 자기 시작한 이래로 말이다. 어린 시절, 여름성경학교에 갔던 것 말고는 교회에 간 적이 없었다. 성경이 그저 특정 종교의 경전이 아니라 세계에서 가장 많이 팔린 책이라는 것 정도는, 그래서 독서의 대상이 되기도 한다는 것 정도는 알았지만 펼쳐보고 싶지가 않았다. 그녀는 전혀 종교적인 인간이 아니었다.

잠시 졸다가 깨어날 때는 아직 새벽이었는데 아주 가끔 사람이 있었다. 기도를 하는 사람이. 그들은 거의 혼자였고, 고개를 숙이거나 눈을 감고 있어서 그녀와 비슷하게 보였다. 그래서 그녀는 이상한 기분이 들었다. 교회에 들어온 건 잠을 자기 위해서인데 사람들 눈에는 그녀도 기도하는 사람으로 보일지 몰랐다.

기도를 해본 적도 없었다. 하지만 하루를 잘 보내기 위해 매일 이곳에 임하는 그녀의 행동도 기도와 같은 게 아닐까라는 데 생각이 미쳤다. 그러자 성경을 읽어보고 싶어졌는데, 어디를 펴도 읽기가 힘들었다. 눈으로 따라가기는 했지만 머리에 들어오지 않았다. 성경이 '구약'과 '신약'으로 나뉘어 있다는 것은 알았지만, 「시편」과 「잠언」이 신약에 있다고 생각해 한참을 찾다가 없자 「묵시록」이 「잠언」과 같은 건가라고 여길 정도로 그녀는 성경에 익숙하지 않았기 때문이다. "애통하는 자는 복이 있나니 그들이 위로를 받을 것임이요"라는 문장을 발견하기 전까지는 말이다. 여기저기 넘기다가 이 부분을 보고 김윤자는 가만히 있었다. 그러고서 한참 후 양손을 모았다. 펼쳐진 채 마주 닿았던 두 손이 얼마 가지 않아 서로를 감쌌고, 그러자 마치 기도하는 사람의 손 같았다. 눈을 감은 채 한참을 있었다.

맥도날드에서 성경을 펴놓고 있던 그녀에게 "성경을 왜 보세요?"라고 신중호가 물었을 때 아무 말도 할 수 없었던 것은 그래서였다. 이 모든 것을 어떻게 다 말로 할 수 있겠는가. 그녀에게는 믿음이란 것도 없었고, 교회는 그녀가 소속된 곳도 아니었고, 단지 그녀에게 쉴 곳을 제공해주는 고마운 장소였을 뿐이다. 마음에 드는 문장 몇 개를 수첩에 적어두긴 했지만 그게 어떤 맥락에서 나온 건지도 알 수 없었고, 어떻게 이해해야 하는지도 몰랐는데, 읽는 것만으로 얼굴이 펴지는 기분이 들었다.

그런 얼굴로 기도를 마치고 뒤를 돌아봤을 때 눈이 마주친 사람이 있었다. 그녀도 미소를 띤 얼굴로 김윤자를 보았고, 그들은 눈인사를 했다. 누군가와 눈인사를 주고받은 게 얼마 만인지도 모르겠다고, 그래도 얼굴이 좋을 때 그럴 수 있어서 다행이라고 생각했고, 교회에 가면 그 사람이 있는지도 살피게 되었다. 그 사람이 최신양 집사였다.

눈인사를 하고 나서 말을 주고받기까지 한 달이 더 걸렸다. 아주 자연스러워서 그런 대화를 나누는 게 전혀 부끄럽게 느껴지지 않게끔 일이 진행되었다. 어떻게 해서 최신양 집사가 그녀에게 후원금을 주는 데까지 이르게 되었는지는 기억이 나지 않았다. 최신양 집사는 밥을 같이 먹자며 교회 식당으로 그녀를 데려갔고, 콩나물국에 계란말이와 부추 무침, 김이 차려진 백반은 그녀가 오랫동안 그리워하던 집밥의 느낌이 났다. 조가 섞인 밥은 무료로 먹기 미안할 만큼 잘 지어졌고, 부추도 집에서 준비한 것처럼 정성스럽게 다듬어져 있었다.

"이런 밥을 주니 참 좋죠"라고 밥을 다 먹고 나서 최신양 집사가 말했고, 김윤자는 이 교회 식당에서는 아무도 돈을 내지 않는다는 걸 알게 되었다. 음식의 가격이 어디에도 적혀 있지 않고, 돈을 받는 사람도 없었다.

그날 이후로 새벽에는 교회에서 지내다 붐비는 출근 시간이 지날 때 광화문 스타벅스로 가서 아침 시간을 보냈다. 최근에는 영화를 보러 일본 문화원에 다니게 되면서 안국동 맥도날드에도 자주 가게 되었다.

오늘도 자막에 문제가 생겼다. 지난번 〈산울림〉을 볼 때는 사람들이 웅성거렸는데 오늘은 그러지 않는다.

눈치를 보는 거다. 다른 사람들은 자막 없이도 다 일본어를 알아듣는 걸까봐. 그래서 자막이 없다고 소란을 부리는 게 부끄러운 일이라고 생각하는 것 같다.

그렇게 생각하는 것 같은 사람들 중 몇몇이 자리에서 일어난다. 김윤자는 얼마나 지나서 자막이 나올지 지켜보고 있다. 누군가 영사실로 갔는지 한국어 자막이 나온다.

십 분이 지나 있다. 이런 식으로 운영할 거라면 대체 이 영화 상영회라는 걸 왜 하나 싶다. 이 나라는 우리나라를 어떻게 생각하는 건지 모르겠다. 아님 일본 문화원에 오는 한국인들이 거의 힘빠진 늙은이들인 걸 알고서 그러는 건가 싶기도 하다. 다음번에는 어떻게 나올지 오기가 나서라도 보러 오고 싶다.

〈밥〉에는 나이든 하라가 나온다. 〈산울림〉이나 〈늦봄〉보다 나중에 찍은 건지는 모르겠으나 영화 속의 하라는 그레 보인다.

〈산울림〉의 기쿠코처럼 해사하게 웃지 않는다. 애교도 별로 없다. 남편을 노려보거나 툴툴거린다. 사랑스러움을 잃지 않을 정도로만. 생활비가 빠듯해서 살림살이를 걱정해야 하는 부인 역할로 나오기 때문일 것이다.

돈이 뭔지…… 웃지 않고 상냥하지 않은 하라는 하라 같지가 않다. 〈백치〉에서처럼 화류계 여자가 아니라 여염집 여자를 연기하는데도. 도쿄 여자다. 도쿄에서 태어나 자라고, 남편을 만나 신혼을 보내고, 오사카에 직장을 얻은 남편을 따라온 여자다.

이 영화 안에서 하라는 계속 밥을 하고 있다. 쌀을 씻거나 밥을 푸거나 쌀 걱정을 하고 밥걱정을 하고 있다. 하라가 연기중인 미치요의 직업이 주부라서 그런 거겠지만, 대체 밥을 먹는 장면이 몇 번이나 나오는 건지 모르겠다. 남편은 증권 거래인인 것 같다. 지금처럼 대형화된 증권회사가 아니라 영업소 정도 규모의 회사다. '가게에 다닌다'라는 식으로 자막에 번역된다.

전후 일본이 배경이니 증권시장이 막 생기기 시작하던 때가 아닌가 싶다. 회사라고 해봤자 다 해서 스무 명 정도가 근무할 듯한 규모다. 그녀가 처음 다녔던 직장이 그랬다. 이름에 '상사'라는 명칭이 붙은.

남편은 꽤 멋쟁이다. 빤딱빤딱한 구두를 신고 다닌다. 저런 걸 뭐라 하지? 구두코에 펀칭이 되어 있다. 아무래도 회사 같은 데 신고 가기엔 좀 과한 느낌이라 사람들이 멋쟁이라고 놀린다. 알고 보면 얼마 안 되는 월급으로 무리해서 산 거지만. 그런데 이 구두를 도둑맞는다. 전쟁 후의 일본이다. 가난해진 일본. 그 나라의 성실한 국민들이 이 영화의 주인공이다.

미치요의 남편은 구두를 도둑맞아서 헌 구두를 신고 다닌다. 때가 타고, 해지고…… 멋쟁이 남자가 신었던 구두라고 하기에는 억지가 있다. 그렇게 생각될 정도로 헌 구두다. 이 남자가 이런 걸 신고 다닐 수밖에 없던 건 구두가 두 켤레뿐이었기 때문일 것이다. 그나마 한 켤레가 된 상황이지만.

이 구두를 왜 도둑맞았는지에 대해 이야기하자면 또 할말이 길다. 미치요의 집에 놀러온 남편의 친척 아가씨 때문이다. 친척 아가씨는 남편의 형의 딸이다. 그러니까 미치요는 그애의 작은어머니다. 사토코라는 아이인데, 연락도 하지 않고 불쑥 오사카로 와버렸다. 가방을 싸 들고 와서는 미치요의 집 앞에 서서 손을 흔들며 환하게 웃고 있다. 포장도 안 된 길에 하이힐을 신고 서 있다. 종아리까지 내려오는 에이치라인 스커트를 입어서 종종거리며 걷는다. 철이 없는 아이다. 방글방글 웃는 게 귀엽기도 하지만 계속 분란을 일으킨다. 미치요가 이 아이에게 집을 보라고 한 후 외출했다 돌아와 보니 아이는 낮잠을 자고 있다. 집을 보지 않은 것은 물론이거니와 밥도 해놓지 않았다. 이게 마치 대단히 큰 잘못을 한 것처럼 나온다. 영화에서 가장 중요한 것은 밥을 먹는 일이다. 여자는, 주인이나 손님이나 밥을 걱정해야 한다. 지금의 김윤자와 다르지 않다.

미치요는 사토코가 갑자기 오는 바람에 쌀 걱정을 한다. 보아하니 한 달 치씩 쌀을 팔아가며 사는 처지 같다. 남편에게 쌀 얘기를 한다. 그러자 남편은 사토코를 데리고 다니며 잘 놀아주면 자기도 눈치를 채고 집으로 돌아가지 않겠냐고 한다. 그래서 남편과 사토코는 오사카 시내로 놀러간다. 그러기 위해 남편은 월급을 가불까지 했다. 미치요는 집에 남는다. 셋이 놀러 다니려면 돈이 더 들기 때문에. 쌀 팔 돈도 없으면서 한가하게 그런 데 놀러 다닐 처지가 아니라고 생각하는 거다.

관광을 다니면서 사토코는 직업을 얻겠다고 한다. 하라의 남편이 '어떤 직업?'이라고 묻자 스트리퍼가 되고 싶다고 한다. 나이 차이가 얼마 나지 않는 작은아버지와 스스럼없이 팔짱을 끼고 다닌다. 김윤자는 이 아가씨를 얄미워하다가 어떤 미안함이 들었다. 아무래도 관객들이 마음대로 미워하라고 감독이 만들어낸 배역 같다는 생각이 들었기 때문이다. 미치요에게 감정이입을 한 것 같다. 쌀을 마련하려고 종종거리던 어머니 생각도 났고.

물론, 이 영화에도 좋은 점이 있다. 한두 가지가 아니다. 그러니 몇십 년이 지나서도 관객들이 영화를 봐주는 것일 테다. 이런 부분은 좋았다. 사토코가 작은아버지, 그러니까 미치요의 남편에게 묻는다. 결혼을 꼭 해야 하느냐고.

"해도 되고 안 해도 되면 안 해도 돼."

이게 대답이다. 꽤나 괜찮은 대답이다.

결혼한 사람을 바보로 만들지도 않고 결혼하지 않는 사람을 난처하게 만들지도 않는다. 적을 만들지 않으면서 말하려는 메시지는 전달한다. 그런가 하면 결혼을 하는 게 그리 좋기만 한 것은 아니라는 느낌을 주는 동시에 '안 해도 되는 상태'가 뭔지 질문하게한다. 과잉 해석인가?

하긴 결혼하지 않은 그녀를 두고 입방아를 찧는 인간들을 하도 많이 봐와서 그럴 것이다. 저런 식으로 말해주는 남자는 그녀 세대에 거의 없었다.

영화를 보다가 밥이 먹고 싶어졌다. 제대로 된 밥이 말이다.

그녀는 안국 맥도날드에서 만났던 아이들의 대화를 떠올렸다. 푸아그라 같은 걸 먹고 싶다던 애들. 그녀는 무엇보다도 밥이 먹고 싶었다. 그녀가 원하는 방식대로 지은 밥이어야 할 것이다.

그러다 그녀는 좀 놀란다. 문득 부부란 같이 밥을 먹는 사이라는 걸 깨닫게 되었던 것이다. 그런 식으로는 한 번도 생각하지 못했다. 같이 밥을 먹을 사람이 내게도 있었다면 나는 좀 다르게 살았을까? 다른 선택을 했을까?

그런 건 줄 진작 알았다면…… 하지만 알았다고 해도 내가 그렇게 살 수 있었을까?

최신양

주부라고 김윤자에게 말하긴 했지만 최신양에게는 따로 직업이 있었고, 남편은 없었다. 하지만 자신이 먹고 입을 것을 관리하는 사람이므로 주부가 아닌 것도 아니었다. 번 돈을 마음대로 쓸 수 있었는데, 그건 남편이 있을 때도 마찬가지였다. 그녀의 남편은 그 시대의 남자들과는 좀 다른 사람이어서 번 돈은 각자가 쓰는 게 좋겠다고 최신양에게 말했고, 그들은 사업자 등록증을 따로 만들었고, 대출도 각자가 알아서 받았다. 그래서 그녀는 남편이 죽을 때까지 그의 수입에 대해 짐작만 할 뿐 얼마를 벌고 쓰는지는 알 수 없었다.

그런데 왜 김윤자가 "뭐하시는 분인지?"라고 물었을 때 주부라고 했는지 알 수 없었다. 약사라고 말하기가 껄끄러웠다. 교회에서도 그녀가 약사인 줄 아는 사람은 거의 없었다. 최신양의 집은 교회 근처였지만 약국은 좀 떨어진 동네에 있었다. 단지 집 근처에 개업을 하는 게 어딘지 마음이 불편해서 그랬던 것인데 생각할수록 잘한 일 같았다. 그녀는 누군지 모르는데 그녀를 아는 교인들이 그녀의 약국에서 약을 사고, 그녀에 대해 품평하고, 그녀의 약국과 약사로서 최신양의 자질에 대해 이야기하게 되는 게 싫었다.

약국은 길모퉁이에 있었다. 작은 규모였지만 그래서 약국의 정면으로도 측면으로도 들어올 수 있었다. 하나는 들어오는 문으로, 다른 하나는 나가는 문으로 하면 좋을 듯해 공실로 나왔을 때 바로 계약했지만 그녀의 바람대로 문이 사용되지는 않았다. 약국에 오는 사람들은 들어오고 싶은 문으로 들어와서 나가고 싶은 문으로 나갔고, 그건 그녀가 어떻게 할 수 있는 게 아니었다.

고소득을 올리는 사람들과 생활이 어려워 보조금을 받는 이들이 모두 찾는 게 그녀의 약국이었다. 처음 이 자리에 약국을 열었을 때만 해도 그 정도는 아니었는데, 언제부턴가 고소득자로 보이는 이들도 늘었고, 생활이 어려운 이들도 점점 많이 보였다. 하루종일 주웠을 폐지를 실은 손수레를 약국 앞에 세워놓고 들어오는 이들도 있었다.

최신양은 한동안 약국에 비타민 드링크제를 비치해놓았었다. 원한다면 편하게 드시라는 뜻으로 계산대 왼쪽에 쌓아두었다. 원비디나 박카스, 비타500 같은 것들을 질리지 않도록 바꿔가면서.

폐지를 줍는 노인이 왔을 때 드링크제를 드렸더니 반색했던 게 마음에 남았기 때문이었다.

여유가 있어 보이는 이들은 거의 드링크제에 손을 대지 않았다. 또 어려워 보이는 이들은 손대는 걸 조심스러워했다. 약국에서 무료로 주는 음료를 먹을 만큼 곤궁하지는 않다는 걸 보이고 싶은 것 같기도 했다. 누군가는 그녀에게 묻기도 했다. 이거 공짜예요? 그렇다고 하자 왜 주느냐고 물었다. 네? 해당 제약회사에서 약국에 로비를 하는 게 아니냐고 했다. 최신양은 뭐라고 말해야 할지 몰라 그냥 웃었다. 또 한번은 이걸 먹으려다가 멈칫하더니 병을 살피는 남자가 있었다. 신경쓰지 않으려 했지만 결국 물어볼 수밖에 없었다. 왜 그러세요? 남자는 글자가 잘 보이지 않는지 인상을 쓰면서 계속 병을 봤다. 유통기한이 언제야? 그녀에게 하는 말이 아니라는 걸 보여주려는 듯 남자는 계속 드링크제의 글씨를 보면서 중얼거렸다.

드시지 마세요. 이렇게 말할 수는 없었다. 그냥 최신양은 모른 척하며 하던 일을 계속했다. 남자는 결국 만지작거리던 드링크제를 놓고 통 깊숙이 손을 넣어서 다른 것을 들고 나갔다. 그가 만졌던 병은 다시 통 속에 넣어둔 채로 말이다. 최신양이 그걸 보고 있었던 것은 아니고 나중에 CCTV를 돌려 본 후 알게 되었다. 남자가 결국 어떻게 했는지 매우 궁금했기 때문이었다. 다음날 최신양은 드링크를 넣어두던 통을 치워버렸다. 예상하지 못한 일이었다.

그녀가 선의로 한 일로 인해 그렇게 피곤한 일을 겪을 거라곤. 남자는 비치해둔 드링크를 먹고 탈이 났다며 그녀를 고소할 수 있는 사람으로도 보였다.

새벽 기도를 하고 있는 김윤자를 본 것은 드링크를 치운 지 일주일이 안 돼서였다. 새벽 기도를 할 일도, 어떤 필요도 없었지만 새벽 기도를 하러 온 사람들을 보는 게 좋아서 최신양은 종종 새벽에 교회에 갔다. 새벽에 일어난 것만으로도 몸과 마음이 상쾌한데 새벽 기도를 하는 이들을 보면 일주일 정도는 살 기운이 났다. 그날도 그래서 거기에 있었다. 새벽에 일어나서 산책을 하던 중에 자연스럽게 가게 되었다.

꾸벅꾸벅 졸다가 소스라치게 놀라며 일어난 김윤자는 기도를 하기 시작했다. 그녀를 보고 있다가 눈이 마주쳤을 때 최신양은 저 사람에게 어떤 사연이 있는지 궁금했다. 어떤 이유에서 기도를 하는지 묻고 싶었지만 물을 수는 없었고, 그저 그녀가 하는 기도가 이루어지길 바랐다. 차차 낯을 익힌 김윤자를 교회 식당으로 인도했던 날 그들은 함께 밥을 먹었다.

교회 식당에서는 밥그릇에 뚜껑을 덮어서 주는데, 김윤자가 뚜껑을 열더니 거기에 붙어 있는 밥알을 하나씩 떼어서 먹는 게 인상적이었다. 그러더니 밥그릇 뚜껑을 식탁에 엎어두고 그 위에 수저를 올려놓고 밥을 먹기 시작했다. 김으로 밥을 싸다가 최신양과 눈이 마주치자 웃는 김윤자를 보고서 낯이 익다고 생각했다. 누굴까 계속 생각하다가 그녀가 사람들이 맥도날드 할머니라고 부르는 여자라는 것을 알게 되었고, 자기가 할 수 있는 게 있다면 돕고 싶었다. 그렇게 이십만원을 보내게 되었다.

약국에 무료 드링크를 마련하기 위해 책정했던 예산도 이십만원이었다. 처음에는 삼십만원으로 잡았다가 한 달 해본 뒤 이십만원이면 충분하다는 걸 알게 되었다. 지압 슬리퍼나 전동 안마기 같은 것까지 판매하는 대로에 면한 약국이라면 어림없었겠지만 그녀의 약국에서는 그랬다.

김윤자가 보내오는 감사 엽서에 적힌 문장을 읽는 게 언제부턴가 최신양의 낙이 되었다. 특히 성경에서 툭툭 떼어내어 적어주는 문장을 좋아했다. 그중에서도 "심령이 가난한 자는 복이 있나니 천국이 그들의 것임이요. 애통하는 자는 복이 있나니 그들이 위로를 받을 것임이요. 온유한 자는 복이 있나니 그들이 땅을 기업으로 받을 것임이요. 의에 주리고 목마른 자는 복이 있나니 그들이 배부를 것임이요"는 몇 번이고 계속 읽게 되었다. 성경 공부를 하던 때 정말 그럴까, 의심이 남아 어려워했던 구절이었다. 읽다보니 마음이 평화로워져서 약국에 붙여둘까도 생각했었다. 교회에서 나눠준 '예수 그리스도의 집' 현판은 붙일 생각을 하지 않았는데.

하지만 결국 서랍에 두고 생각날 때마다 읽어보는 것으로 대신하게 되었다. 최신양은 김윤자가 생각하는 것 이상으로 김윤자를 생각할 때가 많았다. 역시 십만원씩을 더 드려야 하는 게 아닐까

라고 생각했고. 하지만 그녀가 보내준 돈을 모아서 그녀에게 밥을
대접하고 싶었던 김윤자의 마음, 그럴 수 없을 것 같아 속상해하
며 김윤자가 걸었던 어느 밤에 대해서는 알지 못했다.

돈

김윤자는 해가 가는 일에 무감해졌다. 나이가 드는 데 어떤 감흥도 생기지 않는 건 물론이었고, 나이조차 헤아리지 않게 되었다.

그럴 수밖에 없었다. 나이 말고는 모든 게 줄어들었다. 건강, 가족, 친구, 기쁨, 돈…… 내리막이었다.

급경사.

언제부터라고 딱 잘라 말하기에는 무리가 있다. 불행이 서서히 진행되었고, 그녀는 불행을 통과해내느라 자신이 불행을 겪고 있다고 자각하지 못했다. 어머니가 돌아가시고, 오빠들은 이민 가고, 막내 오빠는 죽고, 김윤자는 실직했다. 재취업에도 실패했다. 유산도 거의 없었고, 여동생은 없는 사람이나 마찬가지였고, 남편은 원래 없었다.

도와줄 사람이 없었고 스스로도 도울 수 없었다. 김윤자는 고립되었다.

도움을 기대했던 건 아니다. 도움을 청했더라면 어땠을까? 라고 김윤자는 종종 생각했지만 자기가 그렇게 행동했을 사람이 아니라는 걸 알고 있었다. 그리고 오빠들은 그녀가 도움을 청하면 거절하지 못할 사람들이라는 것도 알고 있었다. 그렇기 때문에 더 그럴 수 없었다.

그리고 돈은 줄어들어갔다.

그녀에게 남은 돈은 이억이 좀 못 됐다. 절약을 해야 했다. 한 달에 생활비를 이백만원씩 쓴다고 하면, 일 년이면 이천사백만원이다.

그나마 주거비가 들지 않으니까 이백만원이면 될 것 같았다. 건강보험료 이십만원, 아파트 관리비 이십만원, 책과 영화에 십만원, 공연 이십만원, 화장품과 미용실에 사십만원, 주식과 부식을 사는 비용으로 오십만원, 외식비로 삼십만원을 책정했다.

이렇게만 했는데도 거의 이백만원이 되었다. 옷값과 커피값을 예산에 넣지 못했다.

옷은 충분하다면 충분했다. 구두가 오십 켤레가 넘었고, 스카프가 삼십 개쯤 됐고, 봄가을 외투가 열 벌쯤, 겨울 코트도 열 벌쯤 됐다. 당분간 옷을 사지 말자고 생각했고, 커피값은 외식비 안에서 나눠 쓰자고 생각했다.

아무리 그래도 비상금이 없는 건 그랬다. 그래서 한 달이 시작될 때 각 항목에서 만원씩 빼서 비상금 십만원을 마련해놓았다.

이래저래 아낀다면 팔 년은 버틸 수 있는 돈이었다. 아무런 일도 하지 않는다면.

그럴 일은 없을 것이다.

그때 김윤자는 거의 예순에 가까운 나이였다. 꽤 괜찮은 대학을 나왔고, 영어와 불어와 일어를 했고, 누구나 선망하는 그런 직장에서 경력을 쌓은 터였다. 일을 할 만큼 했고 정년에 가까운 나이였지만 일자리를 다시 못 구할 거라고는 생각하지 못했다. 그녀는 제 나이보다 열 살 정도는 어려 보였고, 감각도 젊어서 자신의 나이대 사람들보다 훨씬 구직에 유리할 거라고 자신하는 면이 있었다. 외국어를 여러 개 했으니까 번역 일을 받아서 하거나 눈을 좀 낮춰서 무역회사에 들어가면 어떨까라고 생각했다.

카페를 돌아다니면서 이력서를 쓰거나 구직 정보를 찾기 시작했다. 집에서는 긴장감이 생기지 않아 아무것도 할 수 없었고, 도서관에서 자판을 두들기는 건 눈치가 보였다. 카페에는 그녀처럼 일자리를 찾고 있는 것으로 보이는 젊은 사람들이 많지는 않아도 꽤 있어서 동지애랄까 그런 감정도 들었고, 왠지 모르게 안심이 되었다.

김윤자는 되도록 젊은 사람들 근처에 앉으려고 했다. 중년이 넘은 남자들 옆에 앉으면 좋지 않은 이야기를 듣는 경우가 많았기 때문에.

기집년들.

그 남자들 중의 상당수는 여자 일반을 이렇게 지칭했다.

이기적인 기집년들. 남편이 돈 벌어오면 그 돈으로 편하게 노는 기집년들. 남편한테는 한 달에 몇십만원 쥐여주고 집에 오면 애도 보라고 시키는 기집년들.

그럼 남자는 언제 쉬어? 머슴이야? 돈은 다 뺏기고 구경도 못하고. 이기적인 기집년들.

그들이 여자 모두를 비난하는 건 아니었다. 저임금 비숙련직 여성 노동자에 대해서는 아주 너그러운 마음을 갖고 있었다.

마트에서 계산하는 아줌마들 대단해. 희생적이야. 가족을 위해서는 뭐든 다 하려고 그러잖아. 네 시간 서 있어봤어요? 근데 왜 캐셔로 여자만 쓰는 거지? 남자 캐셔 본 적 있어?

이렇게 말하는 나이 먹은 남자의 외모란 추하기 그지없었다. 눈은 빨갛고, 머리는 깨끗하지 못하고, 얼굴은 번질번질했다. 그리고 안타깝게도 그들이 저주하는 여자들한테 뺏길 돈이 없어 보였다.

실패자다. 무능하고. 그래서 거슬리는 게 많고 세상 모든 것들을 적으로 돌릴 준비가 되어 있는 인간들인 것이다.

김윤자는 저런 남자들을 남편으로 맞을 수도 있었을 가능성을 피해간 것에 가슴을 쓸어내렸다.

그 남자들이 마트 아줌마들을 추켜세우는 게 지독히도 못나 보였다. 속이 들여다보였기 때문이었다. 늙은 남자들은 알고 있었다. 그런 아줌마들은 못난 자기들과 경쟁할 상대도 아니고, 무엇보다 감히 자기들을 무시하지 못할 거라는 걸. 그리고 자기 같은 남자들도 부양해줄 여자라는 걸.

저도 일했거든요?

남편 돈으로 이런 데 와서 커피 마시는 거 아니거든요?

김윤자는 남자들한테 이렇게 말하고 싶어지곤 했다. 카페에 앉아 있다보면 불쑥불쑥 그런 생각이 들었다. 남자들이 어쩐지 한심하다는 눈으로, 혹은 증오하는 눈으로 그녀를 보는 게 느껴질 때가 있었기 때문이다. 과민해서 그렇게 생각하는 걸지도 몰랐다.

그렇다고 하더라도…… 그들은 나를 의식하고 있다. 지독하게 의식하고 있다. 김윤자는 이렇게 생각했다.

그러다가 그녀는 그 남자들이 딱해지기도 했는데, 그들도 자신처럼 실직자일지 모른다는 생각이 들었던 것이다. 오후 세시에 양복을 입은 채로 한 시간 넘게 도심 카페에 앉아 저런 얘기를 하고 있는 남자들에게 제대로 된 직장이 있다고 생각하기는 힘들었다. 그들에겐 그녀와는 달리 자식과 아내가 있을 것이란 데 생각이 미치자 김윤자는 그들이 좀 달리 보이는 것 같았다.

저들도 처음부터 그러지는 않았을 거라는 생각도 들었다. 지금은 여전히 직장이 있는 것처럼 보이는 김윤자가 미워서 저런 식의 얘기를 보란듯이 크게 하게 되었지만. 어쩌면 마트에라도 취직하고 싶은데 자기들을 받아주는 데가 없어서 저러고 있는 건지도 모른다. 그 생각에 이르자 김윤자는 남자들이 밉지 않았다. 싫지 않았다. 딱했고, 애처로웠다.

직장을 잃는다고 추해지는 건 자신에 대한 모독이다. 김윤자는 스스로를 함부로 내던지고 싶지 않았다. 그런 생각을 하면서 안도감을 느꼈다.

나는 추해지지 않았다. 추해지지 않을 거다.

이 모든 건 어머니가 돌아가시면서 시작되었다.

어머니가 돌아가셨을 때 김윤자는 슬프기보다는 무서웠다. 그리고 두려웠다. 그 이전에는 멍한 상태였다. 어머니 없이 혼자 감당해야 할 삶의 무게가 잘 파악되지 않았던 것이다. 어머니를 사랑하지 않아서가 아니었다.

어느 날 그녀는 알게 되었다. 그건 그녀가 이 세상에 태어난 이래 최초로 혼자 남겨졌다는 얘기라고. 온전히 혼자였고, 어쩌면 죽을 때까지 그렇게 살지도 모른다는 예언이었다. 운좋게 같이 살쓸 만한 남자를 만나지 않는다면.

그런 운이 나한테 올까?

자신의 운을 시험해보기 전에 김윤자는 직장을 조기 퇴직했다. 아주 이른 건 아니고 남들보다 몇 년 빠른 정도였다. 그 시기에 회사를 그만두면 퇴직금에다 특별 가산금을 더해 받을 수 있다고 했다. 인사팀 부장에게 그런 제안을 받고서 회사를 그만뒀다.

정년까지는 오 년쯤 더 남아 있었다. 우긴다면 회사에 남을 수도 있었지만, 김윤자는 그런 식으로 회사에 남은 사람들이 어떤 처우를 받는지 거듭해서 보아왔다. 자신이 그런 처지가 되지 않으리라는 법이 없었고, 어쩌면 더 안 좋아질 수도 있었다. 회사는 나중에도 지금 정도의 금전적 보상을 받으리라는 보장을 할 수 없다고 했다. 어쩌면 이번이 명예롭게 퇴직할 수 있는 마지막 기회일지도 몰랐다.

김윤자는 인건비가 상당히 나가는 직원이었고, 당시 그녀의 회사는 비용을 줄여야 했다.

사실, 실직이었다. 별다른 실책을 한 건 없었다. 또한 별다른 공을 세운 것도 없었다. 그건 그녀의 전략이었다. 튀지 않아야, 나서지 말아야 오래 살아남을 수 있었다. 특별히 창조적인 직군이 아닌 다음에야 직장생활이란 무난하게 처신하는 자에게 유리하다는 사실을 그녀는 일찍이 알아차렸던 것이다. 하지만 그렇게 조심하면서 살았음에도 실직을 피해가지 못했다.

집만 있으면 그래도 사는 건 어렵지 않겠다고 생각했는데, 그녀는 본인의 집이 앞으로 없어지게 되리라는 것도 몰랐다. 어느 날, 오빠가 집을 팔았다. 어머니와 김윤자는 큰오빠 소유의 집에 살고 있었는데 어머니가 돌아가시자 오빠가 집을 처분한 거다.

너도 이제 혼자 살려면 준비를 해야지 않겠니? 라고 어머니가 돌아가셨을 때 오빠가 했던 말을 의미심장하게 듣지 않았다.

김윤자는 나중에야 알았다. 독립해 나가 살 집을 마련하라는 암시였다는 것을. 집을 파는 데 일 년 가까이 걸렸지만 그 기간 동안 김윤자가 준비한 일은 거의 없었다. 나가 살 생각을 하면 암울해서 집을 구하는 일을 계속 미루다보니 어느새 집이 없어져버렸다.

처음부터 집을 구하지 않으려고 했던 건 아니다. 마땅한 집을 구하지 못해 레지던스를 구해 살았다. 단발성 프로젝트를 하러 서울에 출장을 오는 외국인들에게 장기 숙소로 인기가 있는 곳이었다.

한 달에 이백만원이었다. 제일 작은 평수에 묵는데도 그랬다. 아침에는 스크램블드에그에 몇 가지 샐러드와 과일 같은 게 식사로 제공됐다. 여기서 먹고 자는 것만이 그녀의 목적이 아니었다. 이 레지던스에 묵는 데에는 다른 목적도 있었다.

쓸 만한 남자를 구하는 것. 인연으로 이어질지도 모르는 사람을 찾는 것. 그곳에서 그런 사람을 찾는 게 그녀의 소극적인 목표였다. 소극적이라고 하는 것은 그런 내색을 하지는 못했다는 말이다. 그녀는 초연해 보였고, 초연해 보이지 않는 게 어려운 사람으로 오랫동안 살아왔던 것이다.

열흘쯤 지났을 때 김윤자는 그 목적을 이루지 못하리라는 걸 알았다.

건물은 낡았고, 제대로 관리되지 않고 있었다. 무엇보다 리셉션 데스크에 있는 여자아이가 무성의하고 게을렀다. 아이의 몸에서는 대학가에 있는 술집 화장실에서 날 듯한 레몬 방향제 냄새가 났다. 그런 아이를 리셉션 데스크에 데려다놓는 건물의 미래란 없었다.

김윤자는 이런 데 서 있는 여자들의 느낌만 봐도 그곳의 수준을 알 수 있다고 생각해왔다. 동물적이면서 동시에 다년간의 경험에서 우러나온 감각이었고, 불행하게도 그녀의 그런 감각은 틀린 적이 없었다.

그러니까 이곳은 그저 그런 곳이라는 말이었다. 그녀로서는 상당히 무리해서 장기 숙박 같은 걸 하고 있지만, 예전의 그녀라면 하루 이상은 묵지 않았을 곳이란 말이었다. 이런 곳에 오는 남자 역시 그저 그럴 것이었다. 시시한 남자를 만나서 아무렇게나 살자고 여태 혼자 살았던 건 아니지 않은가? 남자를 만난다면, 만약에 만난다면, 여태까지의 불행과 고독과 우울을 일시에 보상해줄 수 있는 그런 남자가 아니면 안 됐다. 김윤자에게 남자란 그랬다.

그러니 만날 수 없었던 것이다.

당연했다.

김윤자가 인생에서 잃는 게 많아질수록 인생에 거는 기대는 커졌으므로 그 기대가 충족될 확률은 점점 줄어들었다. 예전의 김윤자 눈에 겨우 들었을 남자들조차 지금의 그녀를 원하지 않는데, 그녀는 예전에 원하던 남자 이상으로 뭔가를 더 갖춘 남자를 원하게 되었던 거다.

레지던스는 한 달을 계약했다. 한 달 안에 집을 구해야 했다.

그녀의 형편으로 구할 수 있는 아파트는 서울 안에는 거의 없었다.

있다고 하더라도 처음 들어본 동네에 있는, 지은 지 이십 년쯤 되었으나 삼십 년은 묵은 것처럼 보이는 서민들이 사는 아파트였다. 일자형 복도를 여덟 가구가 쓰고, 현관문은 다닥다닥 붙어 있으며, 외벽은 빛바랜 하늘색으로 칠해진 그런 아파트.

그런 아파트에는 살고 싶지 않았지만 어쩔 수 없었다. 김윤자는 집을 보러 가기로 했다.

부동산 남자가 전화로 보러 가겠다고 한 집의 벨을 눌러도 문은 열리지 않았다. 애가 악을 쓰는 소리와 애보다 더 크게 소리를 지르는 여자의 목소리가 안에서 들렸다. 몇 분쯤 있다가 그 집의 문이 열렸을 때 김윤자는 들어가고 싶지 않았다. 애가 여전히 울고 있었고, 신발을 벗을 자리가 없었다. 신발이 많아서가 아니라 현관이 하도 좁은데다 신발을 아무렇게나 벗어놓아 그런 거였다.

김윤자는 그 상황을 견뎠다. 그대로 돌아갈 수는 없었다. 그녀는 어른이었다.

단문형 냉장고와 냉장고만한 김치냉장고와 거실의 크기에 비해 꽤나 큰 텔레비전이 그 집을 가득 채우고 있었다. 빈자리에는 책이 있었다. 두께가 얇고 면적이 넓은 것으로 보아 울고 있는 남자

아이의 것이었다. 거의 모든 책이 그 아이의 소유로 보였다.

"옷장은 어디에 두세요?"

라고 김윤자가 물은 것은 궁금해서가 아니었다. 한마디는 해야겠기에 그런 거였다. 배가 불러 있는 젊은 여자는 현관 옆에 난 방의 문을 열면서 말했다.

"여기가 드레스 룸이에요."

좀약 냄새가 훅 끼쳤다.

벽 사면에 촘촘히도 행어를 설치해놓은 방이었다. 작은 창문이 있었지만 이미 제 기능을 상실한 지 오래로 보였다.

남향이라 빨래가 빨리 마르고, 겨울에는 따뜻하고 여름에는 시원한 집이라고 젊은 여자는 부른 배를 쓰다듬으며 말했다. 오래됐지만 아주 깨끗한 집이라고 했다. 자기네가 주인인데 전에 살던 세입자가 집을 막 써서 좀 더러워졌다고 덧붙이며.

"아, 저희는 층간 소음 같은 건 모르고 살아요."

여자는 또 이렇게 말하고는 그만 그치라는 뜻으로 자기 아이를 노려보았다. 아이는 여전히 울고 있었다.

김윤자는 질식해 죽을 것 같았다. 이렇게 이기적이고 답답하고 우악스러운 여자가 살던 집에 살지 않을 거라고 결심했다.

무슨 일이 있어도.

이런 데 살 바에야 차라리 집이 없는 게 낫다고 생각했다.

이런 건 집이라고 할 수 없었다. 이런 데 살면 김윤자는 매일같이 처지를 비관하고, 이웃을 증오하고, 그러다가 미쳐버릴 것 같았다.

다섯번째 집을 보고서 김윤자는 집을 구할 수 없겠다고 생각했다.

다섯 집은 고만고만하게 가난했고, 여자들은 염치를 몰랐으며, 이웃이나 전 세입자를 비난했고, 참을 수 없이 누추했다. 커다란 냉장고와 커다란 텔레비전으로는 가릴 수 없는 누추함.

원래 나쁜 사람들이 아닐 것이다. 이런 데 살면 나빠지는 거다. 엘리베이터와 화단은 쓰레기를 버리는 곳이라고 생각하고, 개똥을 길에 버리는 걸 부끄러워하지 않고, 가뜩이나 좁은 복도에 물건들을 잔뜩 쌓아놓고, 정자에서는 낮부터 술판을 벌이고, 절대로 양보 따위는 하지 않는 사람들이 사는 동네에 살면, 이렇게 나빠지는 거다.

처음부터 맥도날드와 스타벅스에 정착한 게 아니다. 이런저런 카페를 돌아다녔다. 매일같이. 그러다 언제부턴가는 그녀의 취향에 맞는 카페를 찾는 것을 포기해버렸다. 주인들은 그녀를 싫어했다. 김윤자도 그럴 만하다고 생각했다.

오천원도 안 하는 커피 한 잔을 시켜놓고 열 시간을 머물러 있었으니까. 간혹 눈치 주지 않는 주인을 만날 때도 있었다. 하지만 카페에 들어왔던 사람들이 자리가 없어 나갈 때는 그녀가 자리를 비켜줄 수밖에 없었다. 그 카페에는 다시 갈 수 없었다. 부끄러웠고, 미안했다.

그러다 점차 '할머니'라고 불리기 시작했다. 더이상 '아줌마'나 '사모님'으로 불리는 일이 없어졌다. 그런 일은 앞으로도 없을 거라는 걸 안다. 이제 와서 그렇게 불리고 싶은 건 아니다. 단지 그렇게 불릴 때마다 그녀의 처지를 생각할 수밖에 없게 된다는 거다. 기분이 좋지 않다. 예전이나 지금이나.

내가 늙었다는 것, 그들이 그런 나의 늙음을 보고 있다는 것, 할머니라는 호칭이 아닌 다른 호칭으로 불릴 만한 인생을 살지 못했다는 것……을 생각하게 된다.

부끄러운 일을 했던 게 생각난다. 그녀가 아직 이십대 후반이던 시절 이런 말을 했었다.

"서른이 넘으면 어떤 기분이에요?"

그 질문을 받은 여자 선배의 얼굴을 잊지 않고 있다. 그녀의 황당해하는 얼굴을 보며 실수했다는 걸 깨달았다. 하지만 사과하지 못했다. 사과를 하면 더 이상해지는 일이란 게 있기 때문이다.

불안했다. 서른이 넘어버릴까봐. 이렇게 아무것도 없이 서른이 넘어버릴까봐.

당시의 그녀에게는 아무것도 없었다. 아직 서른이 되지 않은 나이와 사람들이 가능성이라고 부르는 여전히 이루어지지 않은 일들 말고는. 그때는 몰랐다. 서른이 아니라 마흔이 넘어도 별로 달라질 게 없으리라는 걸. 변화가 없는 삶이야말로 가장 무섭다는 걸.

김윤자가 서른이 넘었을 때 회사 후배 하나가 과거에 그녀가 했던 것과 똑같은 말을 김윤자에게 했다. 선배, 서른이 넘으면 어떤 기분이에요?

그녀가 그랬던 것처럼 후배에게는 어떤 악의도 없었다. 김윤자와 후배에게 다른 점이 있다면, 후배는 김윤자가 마음이 상했다는 걸 알아차리지 못했다는 것이었다.

회사가 그녀의 울타리였다. 직급을 달고 나서는 김팀장이나 김과장으로 불리면 됐으니까. 그렇게 미스 김의 세계로부터 탈출했었다.

김과장이 되자 김윤자는 질문을 받는 일보다 질문을 하는 일이 많아졌다. 그녀의 과거 일들을 떠올리며 무례한 질문을 하는 상사가 되지 않겠다고 결심했지만, 결심은 결심이고 실제 그녀가 어땠는지 그녀는 알 수 없었다. 이제는 모두 다 지나간 일이지만.

거리에서 살게 된 이후로는 그녀에게 질문을 하는 사람이 없었다. 길을 묻는 사람이 아닌 다음에야. 그래서 신선생이 그녀에게 질문을 해주는 게 김윤자는 고마웠다. 모두 곤란한 질문이라는 게 문제였지만, 그래도 질문은 질문이었다. 누군가 자신에게 관심을 가지고 말을 걸어준 게 얼마 만인지 가늠할 수도 없었다.

김윤자는 노숙자와 자기는 다르다고 생각했다. 그 사람들은 더럽고, 냄새가 나고, 거리에서 잔 표시가 난다. 책이나 신문 같은 것도 읽지 않는다. 먹고 자고 싸는 것 말고는 삶의 의욕이란 게 전무하다. 노숙자라는 말을 입에 담는 것도 꺼렸다. 그래서 혹시 그 말을 할 수밖에 없을 때는 이런 식으로 말했다.

그런 사람들을 뭐라고 그러죠?

그래서 신중호한테도 그랬던 거다. 오랜 시간 회피하다보니 김윤자는 이젠 정말 '노숙자'라는 단어를 즉각적으로 떠올리지 못했다. 신중호가 가족에 대해 물을 때마다 이전의 고통들이 떠올랐다.

"다…… 외국으로 나가셨어요."

"부모님들은요?"

"부모님들 타계하시고 형제들은 외국 나가시고."

"그런데 어쩌다가 회사를 그만두시게 됐나요?"

"마이 시크릿."

"언제부터 혼자?"

"더이상 묻지 말아요. 노코멘트."

김윤자는 언제까지 이런 식으로 피할 수 있을지 자신이 없었다.

새해

한 해의 끝이다.

2016년 12월 31일, 신중호는 정동 맥도날드 앞에 와 있다. 세 번째 방송을 찍기 위해서. 2월에 레이디를 처음으로 만났고, 계속 지켜보다가 그녀를 처음으로 찍었고, 그러고 나서 한번 더 찍었으니 얼마나 의미 있는 내용으로 채울 수 있을지 모르겠지만.

신중호는 기다리고 있다.

새해가 되기를. 십 분 후에 그는 맥도날드의 문을 열고 들어가 레이디 앞에 나타나야 한다.

그리고 이렇게 말해야 한다.

'축하드려요. 2017년 정유년 새해가 밝았습니다.'

이게 가당키나 한가 말이다. 갈 데가 없어 맥도날드에서 새해를 보내고 있는 사람한테. 이런 걸 찍겠다고 레이디에게 미리 말해두 었을 때 그녀는 씁쓸하게 웃었다.

그런데 이게 다가 아니다.

그는 물어야 한다. 그래서 당신의 소원이 이루어졌느냐고. 그렇게 기도를 한 보람이 있었느냐고. 그녀는 얼마 전에 촬영을 하면서 소원을 말했고, 올해가 가기 전에 이루어질 거라고 했다.

신중호는 그럴 리 없다고 생각했다. 악한 마음을 품은 게 아니었다. 소원이라는 건 그렇게 쉽게 이루어지지 않기 때문에 소원이라고 한다는 걸 알아서였다.

레이디는 낙담할 것이다. 그러면 새로운 스토리가 추가된다. 다음 방송을 위한 자연스러운 흐름이 만들어질 거라는 말이었고, 신중호는 그게 괴로웠다. 시청률이 잘 나올수록, 레이디의 불행을 이용하고 있다는 생각이 들었기 때문이다.

그때 신중호는 물었었다.

"앞으로도 계속 이렇게 사실 거예요?"

답답해져서 그렇게 물었던 거다.

첫번째 방송이 나가고 나서 사람들이 레이디를 만나러 몰려온 후였다. 대학 친구, 고등학교 동창들, 직장 동료들이 방문했다. 그들은 이런저런 도움을 주려 했지만 레이디는 모두 거절했다.

고교 동창들이 준비해온 봉투를 제외하고는.

레이디는 "그러시다면 이건 제가 잘 쓰도록 하겠습니다"라고 말하고는 친구들에게 공손하게 고개를 숙여 인사했다. 그러고는 봉투를 주머니에 넣었다.

누군가는 레이디에게 살 곳을 제공하겠다고 했다. 그녀는 거절했다. 신중호가 그 이유를 묻자 레이디가 이상한 이야기를 했다.

"노 노 노."

"네?"

"노 노 노. 엔딩을 해야죠."

"네? 무슨 말씀이세요?"

"엔딩 몰라요? 엔딩이 다가오고 있어요."

신중호는 레이디가 무슨 말을 하는 건지 이해할 수가 없었다.

"내가 하느님께 기도하기를 올해 디스 이어, 가 엔딩이기를 하느님께 기도했어요."

그녀가 대화에서 영어를 쓰는 방식은 이상하다. 한국어를 배우고 있는 외국인에게 부연하듯 말하는 것 같기도 하고, 외국에서 오래 살다 돌아온 한국 사람의 어색한 한국어 같기도 하다.

"무슨 말씀이신 거예요? 엔딩요?"

신중호는 레이디가 종말론이나 휴거 같은 걸 믿고 있는 건가 싶었다. 그래서 세상과 함께 자신도 사라지기를 바라고 있는 건 아닌지.

레이디가 말했다.

"음, 기적적이고 훌륭하고 판타스틱한 일이 일어날 거예요."

"기적적이고 훌륭하고 판타스틱한 일요?"

신중호가 이 일을 처음 시작할 때 그의 사수는 말했다. 상대의 말에 어떻게 반응해야 할지 모르겠을 때는 상대의 말을 따라 하라고. 그러면 대화가 어떻게든 풀릴 거라고.

레이디가 말하는 '엔딩'이 죽음을 말하는 건가 싶기도 했지만 그건 아닌 것 같았다. 레이디의 표정이 너무 밝았다.

"기적이란 것도 꼭 있어요. 어쩔 때는, 기적이 일어나기도 해요. 그런 거 안 믿죠?"

"기적요……"

"2016년이 끝나기 전에 기적이 일어날 거라고 생각해요. 피디 선생은 믿지 않겠지만 보면 알게 될 거예요."

그러고는 레이디는 입을 다물어버렸다.

더는 말을 하지 않겠다는 뜻이었다. 신중호는 기다리기로 했다. 기적이 일어나지 않으면 레이디가 뭐라고 말할지.

그리고 2017년이 되었다.

편집할 때 보신각 타종식이나 새해맞이 불꽃놀이 같은 게 삽입될 거다. 맥도날드 밖에서 2017년이 되길 기다리고 있는 2016년의 신중호와 2017년이 되어 맥도날드의 문을 열고 들어가는 신중호 사이에 말이다.

신중호는 레이디에게 다가간다. 그러고는 각본대로 말한다. 이럴 때는 어떤 애드리브도 자연스럽지 못하다.

"축하드려요. 붉은 닭의 해인 2017년 정유년 새해가 밝았습니다."

"아, 어서 와요."

레이디는 졸다 깨어난다. 해가 바뀌었다는 것도 모르고 있다. 마치 그와 이런 걸 찍기로 했다는 것도 잊은 것 같다. 몇 시간 전에 그와 같이 떡만둣국을 먹은 것도.

모든 게 그대로다. 몇 분 전의 이곳과 현재의 이곳은 다른 게 없다. 그가 레이디가 있는 풍경 안으로 인서트되었다는 것 말고는.

"새해 복 많이 받으세요. 이제 새해로 바뀌었어요."

"복 많이 받아요. 건강하시고요."

레이디가 신중호에게 인사를 돌려준다.

"말씀하신 대로 진짜 좋은 일이 많이 생기셔야 할 텐데요, 새해에는."

나름대로 고급 기술이다. 질문하지 않고 상대가 말하게 유도하는 거다.

"난 2016년에 좋은 일도 많이 있었고, 그래서 아주 행복했어요. 문제도 해결되고…… 다 피디 선생 덕분이에요. 감사해요."

아니, 레이디는 2016년에 좋은 일이 많이 있었다고 생각하는 건가? 뭐를 말하는 건지 알 수 없다. 아니면 그가 모르는 사이에 지인들이 해온 제안을 받아들이기로 한 건가, 생각하는데 레이디의 말이 이어진다.

"좋은 일이…… 응답이 있으리라 생각했는데…… 아직 없네요. 아무래도 내 정성이 부족해서 그런가봐요. 정성을 들여서 2017년에는 꼭 이뤄야죠."

레이디의 표정이 침울하다.

신중호는 한숨이 나오는 걸 삼킨다. 이런 고백 아닌 고백을 찍자고 그는 새해에 이곳에 있는 거다. 대본에 있던 말을 한다.

"오늘이 새해고, 새해엔 떡국 먹는 거잖아요. 떡국 드셔야죠."

처음으로 레이디에게 이 말을 한 건 새해가 아닌 2016년 마지막날이었다. 2017년 새해가 되었으니 떡국을 먹자며 촬영을 했지만, 2016년의 마지막날 저녁에 미리 찍어두었다. 저녁식사를 같이하고 헤어졌다가 열두시가 지나기를 기다려 다시 정동 맥도날드에서 레이디를 만났던 거다.

어제의 저녁식사 촬영은 이런 말로 시작했다.

"제가 떡국 끓여올까요?"

그는 말하면서도 이건 아니라고 생각했다. 정말 억지다. 무슨 예능 프로도 아니고 맥도날드 안으로 떡국을 끓여오나?

"아니, 그러지 말고."

신중호는 레이디가 더 할 말이 있을 것 같아 가만히 기다렸다.

"종로에, 종로 입구에 한식집이 있어요. 한일관이라고. 내가 어릴 때부터 다니던 집이에요. 불고기도 맛있고 골동반도 괜찮고,

거기가 일류예요, 일류."

그녀가 이렇게 말했다. 그래서 한일관으로 가는 길부터 찍기 시작했다.

저녁 일곱시 오십분. 2017년 1월 1일의 저녁처럼 연출했지만 실은 2016년 12월 31일의 저녁이었다.

레이디는 한일관에 앉아 갈비구이와 떡만둣국을 기다리고 있었다. 신중호 역시 메뉴가 어서 나오기만을 기다렸다.

어색해서 견딜 수가 없었다. 더이상 그녀의 기분을 풀어줄 마음도 들지 않았다.

한일관에 오면서 레이디는 계속해서 화를 냈다. 신중호가 길을 바로 찾지 못해서 그랬다. 내비게이션은 끊임없이 우회전과 좌회전을, 다시 우회전과 좌회전을 지시했고, 레이디는 내비게이션과 그와 박에게 짜증을 냈다.

"아니, 종로 입구에 있다니까 왜 못 찾아요? 피디 양반이 어떻게 종로를 몰라요?"

"종로 입구요?"

"종로 입구 몰라요?"

"어디를 종로 입구라고 그러시는 건지……"

"아니, 그 보신각 종 치는 데 거기 몰라요? 파이롯트 만년필 간판이 크게 있고, 탑골공원도 있는 데 있잖아요. 거기를 어떻게 모르지? 그건 서울에 올라온 시골 사람들도 다 아는 건데."

레이디는 종각역 쪽을 말하는 것 같았는데, 거기에 레이디가 말하는 한일관은 없었다. 그래서 신중호는 종로 일대를 몇 바퀴를 돌았는지 모른다.

"아니, 이것 봐요. 피디 선생, 골목으로 들어왔잖아요. 또 골목으로. 그러면 안 된다니까. 큰길가에 있다니까. 왜 내 말을 안 듣는 거예요? 석조 건물이야. 대리석으로 된 석조 건물."

레이디는 목소리에 신경질이 가득했고, 거의 야단치는 것처럼 말했다.

신중호는 떡국을 대접하겠다고 했다가 이렇게 야단을 맞고 있는 게 억울했다. 정동 맥도날드 앞에 있는 분식집의 떡국을 생각하며 말했던 건데. 그저 떡국을 먹자고 했을 뿐인데.

어쨌거나 예전보다는 자신을 편하게 여기는 거라고 신중호는 생각했다.

처음 식사를 대접하겠다고 했을 때 레이디는 사양했다. 그러고는 일주일쯤 지났을 때 신중호에게 전화를 걸어왔다. 그는 명함을 주면서도 레이디가 이렇게 빨리 전화를 해올 거라고는 생각하지 못했다.

"그것이 허락이 되실지…… 그 차원이 허락이 되실지……"
라고 레이디는 말했다.

신중호는 레이디가 자신이 예전에 제안했던 식사에 대해 말하고 있음을 알아차렸다.

"배가 고프니까…… 목도 마르고."

그렇게 다시 만난 레이디는 부끄럽다는 듯 웃었다.

"뭐가 가장 드시고 싶으세요?"

"뭐, 양식류, 숍부터 시작해서…… 하드 롤에 좋은 버터도 발라 먹고 싶고."

코스로 먹고 싶다는 거였다. 레이디는 "프렌치"라고 덧붙였다. "이탈리안은 그저 그래요"라고도 했다. 그렇게 가게 된 곳이 헌법재판소 앞에 있는 이탈리안 레스토랑이었다. 이탈리안은 싫다고 했는데 왜 여기를 데려온 건지 모르겠다는 항의의 표정을 지으며 팔짱을 끼고 있던 레이디는 식당에 앉자마자 나온 올리브가 박힌 그리시니란 것을 먹고 마음이 풀어졌었다.

그때에 비해 레이디는 뻔뻔해진 거다. 그들은 사십 분째 종로를 헤매고 있었다. 그리고 그와 박은 레이디의 짜증과 신경질에 입을 닫아버렸다.

"아니, 왜 이렇게 골목으로 왔다 갔다 왔다 갔다, 그러면서 빙빙 돌고 그래요, 예? 이런 후진 데 있는 게 아니라니까. 여기는 너무 우울하잖아요. 여기는 내가 아는 데가 아니야."

둘 다 아무 말도 하지 않았다.

"빨리 큰길로 나가요."

레이디가 화를 내듯이 큰 목소리로 말했다. 레이디가 그러는 걸 본 적이 없어서 그는 매우 당황스러웠다.

식당을 바로 찾아가지 못한 것은 물론 골목에서 헤매고 있다는 사실에 레이디는 화가 난 것 같았다. 그녀에게는 '일류 식당=큰 길가에 있다'라는 등식이 있었다. 그럴 거라고 신중호는 짐작했다. 그러면서도 한편으로는 왜 그렇게 골목 안을 싫어하는 건지 의구심을 갖지 않을 수 없었다.

'을지로1가 방면으로 좌회전입니다'라고 내비게이션이 지시하자 레이디가 또 한마디 했다.

"또 무슨 좌회전이야?"

내비게이션을 다그치는 목소리였다.

신중호는 내비게이션의 잭을 빼버렸다. 아무래도 내비게이션이 길을 찾지 못하는 것 같고, 그게 레이디의 화를 돋우는 것 같았기 때문이다. 내비게이션의 음성과 운전 속도를 일치시키는 데 실패해서 화가 난 초보 운전자처럼. 운전하는 건 그녀가 아니었는데 말이다.

신중호는 레이디에게 양해를 구하고 잠시 차를 세웠다.

한일관을 검색하고, 그쪽으로 전화를 해서 길을 설명해달라고 했다. 전화를 받은 직원은 대형 주상복합건물 지하에 있다고 안내했다.

허탈했다. 그도 아는 데였다. 심지어 몇 번인가 가서 밥도 먹었다. 식당의 이름을 기억하지 못했을 뿐. 레이디가 '일류'라고 해서 거기라고는 전혀 생각하지 못했다. 맛은 있지만 구내식당 같은 분위기인 곳이었다. 피맛골이 재개발되면서 옛 상가들이 헐린 자리에 대형 빌딩이 생겼고, 식당은 그 빌딩 지하에 있었다. 레이디는 이걸 모르고 있는 것 같았고, 레이디가 다녔던 한일관과 지금 지하에 있는 한일관을 같은 곳이라고 받아들이지 못하는 것으로 보였다. 정말 대리석으로 된 건물이었는지는 모르겠지만 그녀는 한일관을 그렇게 인식하고 있는 게 맞았다.

진작 전화를 할 걸 그랬다. 빌딩에 주차를 하자 레이디가 물었다.

"어디? 몇 층이래요?"

"지하 일층요."

"지하 이층?"

그는 분명히 일층이라고 말했다.

"지하 일층."

좀전과 똑같은 톤을 유지하려고 애썼지만 목소리가 낮아지는 게 느껴졌다.

"지하 일층? 지하는 왜? 왜 왜 왜 이십팔층인데 지하 일층이야?"

레이디가 알 수 없는 말을 했다. 박이 신중호에게 눈짓을 했다. 무슨 말일까? 어떤 뜻인지 짐작할 수 없다. 이럴 때는 도리가 없었다. 레이디의 말을 따라 할 수도 없으니.

"그럴 리가 없어, 말도 안 돼. 지하라고? 안 먹어, 안 먹어. 돌아갈래."

갑자기 레이디가 이해할 수 없는 고집을 부렸다. 아까 길을 헤맬 때도 화를 냈지만 그때보다도 정도가 더 심했다.

"저녁 안 먹을 거야. 시시한! 그런 데! 가서! 거기는 싫어. 지하 일층 같은 데 가서 먹고 싶지 않아."

레이디는 거의 외치다시피 이야기하고 있었다. 기력을 소진한 신중호와 박은 대꾸하지 않았다.

"안 먹을 거야."

아무 반응이 없자 레이디가 또 이렇게 반복했다.

신중호가 말없이 내려 차문을 열어주자 레이디는 순순히 내렸다. 그러고는 물었다.

"어디야?"

"네?"

"엘리베이터."

그가 엘리베이터가 어디에 있는지 찾고 있는데 그사이를 참지 못하고 레이디가 다시 외쳤다.

"엘리베이터가 어디야?"

그런 모습을 본 적은 한 번도 없었다. 갑자기 왜 반말을 하는 걸까? 신중호는 입을 다문 채 손동작으로 엘리베이터가 있는 쪽을 가리켰다. 레이디가 먼저 엘리베이터에 타고, 그들은 따라 탔다.

셋의 모습이 엘리베이터의 벽면에 비쳤다. 한겨울용 패딩을 입은 중년 남자 둘과 얇은 트렌치코트를 입은 여자 노인. 기괴한 조합이었다.

문이 열리자 바로 앞쪽에 식당이 보였다. 레이디가 빠른 걸음으로 앞서 걸었고 신중호는 레이디와 보폭을 맞추기 위해 애썼다. 한일관으로 레이디가 들어가려고 할 때, 그는 그녀의 뒤에 있다 손만 앞으로 내밀어 자동문 버튼을 눌렀다.

메뉴판을 펴자마자 레이디는 이렇게 말했다.

"전통 갈비구이 반상 먹어보자."

그는 기분이 상했다. 아까부터 레이디의 그 이상한 태도도 참고 견뎠다. 떡국이라도 한 그릇 대접하자는 생각에서. 그런데 레이디는 떡국은 안중에도 없고 다른 말을 하고 있었다.

"전통 갈비구이 반상, 어때? 여기는 질 좋은 한우야."

그와 박, 아무도 대답하지 않았다.

괘씸하다는 생각이 들었다. 떡국을 대접하겠다고 했는데 갈비구이를 고르는 사람의 심리는 뭔가. 그가 지불하는 건 아니지만 기분이 좋지 않았다.

그 메뉴는 2인 이상 주문 가능하다고 종업원이 말했다. 이 인분을 시키시라고 말할 수도 있었지만 신중호는 그러지 않았다. 더이상 기분을 맞추고 싶지 않았다.

"이거."

메뉴판에 있는 다른 메뉴 하나를 레이디가 가리켰다.

"그거는 여섯시까지 합니다."

"그러면?"

레이디는 얼굴을 찡그렸다. 자기가 원하는 게 다 안 된다고 하니.

"여기는 다 가능하십니다."

종업원이 공손하지만 어색한 문형으로 말했다.

"여기요? 여기는 싫어. 이건 좀 그런데."

아무래도 단품 식사 메뉴를 종업원이 가리킨 모양이었다. 레이디는 뭔가 제대로 된 한 상이 받고 싶었던 거다.

그날 레이디는 아무래도 이상했다. 따뜻한 사람은 아니지만 이렇게 막무가내였던 적은 없었다. 정도를 지켜왔고, 스스로 부끄러운 행동을 하지 않기 위해 절제하는 사람이었다. 그런데 저렇게 시종일관 반말을 하며 신경질을 내고 있다니.

뭔가 뒤틀린 거다.

그래도, 그렇다고는 해도 그런 유아적인 태도는 이해할 수 없었다.

"갈비구이 먹고 싶어요."

레이디가 종업원에게 다시 존댓말로 말했다. 부드러운 목소리가 되어서. 계속 화를 내던 그녀는 어디로 갔나?

신중호는 개입하지 않기로 했다. 평소의 그라면 그러지 않았겠지만, 지금은 둘의 대화를 그냥 관찰하고 싶었다. 철저한 방관자가 되어.

"그럼 이쪽 보시겠습니까? 갈비구이 일 인분 있거든요. 식사는 된장찌개나 냉면이나 고를 수 있고요."

종업원이 다시 안내했다.

"갈비구이, 갈비구이. 나는 갈비구이를 먹고 싶어요."

투정을 부리는 아이처럼 말하는 레이디였다.

"식사는 어떤 걸로 하시겠어요?"

"된장찌개 같은 거 말고. 그런 건 너무 평범하니까."

"이쪽에서 보세요."

종업원은 프로였다. 레이디가 어떤 이상한 행동을 해도 거의 영향받지 않았다. 최소한 그런 것처럼 보였다.

"떡만둣국, 떡만둣국."

왜 저렇게, 아이가 조르는 것처럼 두 번씩 말하는 거지? 그는 평소와 다른 레이디를 자세히 살피기 시작했다.

"떡만둣국으로요?"

"전통 갈비구이하고 떡만둣국요."

주문을 받은 종업원이 돌아가자마자 음식이 나오기 시작했다. 겉절이와 청포묵 같은 반찬부터 갈비구이까지 모두 놋그릇에 담겨서.

음식을 먹기 시작한 레이디는 기분이 좀 풀린 것 같았다.

신중호는 대본대로 진행을 했다.

어떤 감흥도, 또 변형도 없이 대본에 있는 글자를 읽었다.

"계속 패스트푸드점이나 커피숍에만 계시다가 이렇게 한 번씩 나오시면 기분이 어떠세요?"

맥도날드나 스타벅스라고는 할 수 없었다. 방송이니까.

현실에서는 누구도 그런 식으로 말하지 않으니 이런 문형으로 말하는 게 어색하기 짝이 없었다.

"어머나, 참 음식이 훌륭하네. 맛있어."

그렇게 말하는 레이디는 짜증을 낸 적이 없는 사람 같았다. 그러고는 배시시 웃었다. '배시시'라고 말할 수밖에 없을 정도로 그녀의 웃음은 신중호가 한 번도 본 적이 없는 종류의 것이었다.

"된장찌개 같은 거…… 너무 그렇게 수수한 거 막 먹고, 어쩔 수 없이 먹고 나면, 좀 건강에 안 좋고 그래요."

된장찌개가 건강에 좋지 않다니, 수수해서 건강에 좋지 않다니, 신중호는 그런 논리를 들어본 적이 없었다. 뭐라고 해야 할지 알 수 없었다.

된장찌개가 수수하다는 건 그렇다 치고, 수수한 걸 좀 먹는다고 해서 건강이 좋아지지 않는다니, 이쯤 되면 미스터리의 영역이다.

전혀 공감을 할 수가 없었다.

밥을 먹고 나서 레이디는 소원에 대해 말했다.

매일같이 새벽 기도를 하게 했던 그 소원에 대해서 말이다.

목욕

늦봄과 초여름을 어떻게 구분해?

여름이 시작되기 전이면 늦봄이고, 여름이 시작되면 초여름이지.

아니, 답답하긴.

그걸 꼭 알아야 돼?

아니, 그러니까 그걸 어떻게 아느냐고.

어떻게 다르냐고? 음, 맥주가 맛있게 느껴지면 초여름 아닌가?

이런 환청이 들렸다. 예전에 누군가와 이런 대화를 한 적이 있는 것 같은데 기억나지 않았다. 왜 지금 이런 대화가 떠오르는지도 모르겠다. 지금은 겨울이고, 김윤자는 사우나에 있었다. 그녀가 목욕탕이라고 부르는 곳에. 욕탕에 발과 종아리를 담그고 검은색 기둥과 기둥 사이의 틈에 앉아 있었다. 그렇게 앉아 여름에 대해, 또 겨울에 대해 생각했다.

현실 속 겨울이 아닌 영화 속 겨울에 대해서다. 〈백치〉에서도 눈을 실컷 볼 수 있어서 좋았다. 삿포로의 눈이다. 영화는 이렇게 시작한다. "삿포로는 오늘도 눈이 온다." 그렇게 마음 편히 눈을 본 건 정말 오랜만의 일이었다. 추위 걱정 같은 건 하지 않으며 말이다.

거리에서 살아간다는 건 여름엔 덥고 겨울엔 춥다는 것이다. 그래서 그 계절을 하루하루 지내는 게 고됐는데 욕탕에 이렇게 앉아 있으니 생각이 달라졌다. 여름은 여름대로, 겨울은 겨울대로 살 만한 계절이었다고 생각하게 되었다.

마음이 한없이 편안해졌다. 그래서 여기가 좋았다. 몸을 숨길 공간이 많다는 것, 프라이버시가 보장된다는 것, 그래서 서로의 얼굴을 보지 않아도 된다는 것, 역시나 서로의 벗은 몸도 보지 않아도 된다는 것. 그래서 그녀는 너그러워질 수 있었고, 잠시나마 그런 사람이 되었다는 것에 깊은 충족감을 느꼈다.

호텔에서 목욕을 하는 이유였다. 이게 얼마 만인가. 고등학교 동창생들이 준 돈 봉투를 열어보고 이곳에 올 수 있다고 생각했다. 이그제큐티브 룸을 잡고, 세신에 간단한 마사지를 받을 수 있는 돈이었다. 단 하루를 위한 돈. 그거면 충분하다고 생각했다.

김윤자는 조선호텔에 하루 투숙하기로 했다. 사우나에 가려면 숙박을 해야 하기 때문이었다. 회원권을 끊는 방법도 있었지만 그럴 돈은 없었다. 이그제큐티브 룸을 예약한 것은 호텔 밖으로 나가고 싶지 않았기 때문이다. 단 하루 있는 동안 호텔에서 모든 것을 하고 싶었는데, 이그제큐티브 룸을 예약하면 간단한 음식이 나오는 이그제큐티브 라운지를 이용할 수 있었다.

사우나는 무엇보다도 사람이 거의 없어서 좋았다. 예전에도 그랬고 지금도 그랬다. 열쇠를 받아 사우나에 들어갈 때 누군가와 함께 들어간 적이 거의 없었다. 그래서 과거에 꽤나 많은 돈을 회원권에 쓰면서도 합당한 가격이라고 생각했다. 헬스클럽이나 수영장은 이용하지 않고 목욕만을 했으면서 말이다.

가격이 내려가면 이용객이 많아질 테고, 그러면 이곳의 가장 큰 장점이 사라져버리고 만다. 호텔의 입장에서도 그렇다. 가격을 내리고 회원을 몇 배로 받는다면 당장의 수익은 좋아질지 모르겠지만, 결국에는 질이 떨어지는 곳으로 소문이 나버릴 것이다.

정적이 흐르는 탈의실에서 옷을 벗었다. 여기서는 여자들이 단체로 와서 떠드는 소리 같은 건 듣지 않아도 된다. 그리고 발가벗고 돌아다니지 않아도 된다. 다른 여자가 발가벗은 걸 보지 않아도 된다. 가운이 준비되어 있었다. 잘 다려진 순면 가운이다. 그걸 입고 사우나로 걸어갔다.

화장을 지우고 발거벗은 인간이란 얼마나 나약한 존재인가. 얼마나 자신감이 없어지는가. 얼마나 수치스러워지는가. 덧바르고 덧입은 것들을 벗어내버린 인간은 그저 고깃덩어리가 아닌가.

사우나에서 가운을 입고 있으면 그런 생각을 하지 않아도 됐다.

김윤자는 실핀을 뽑고, 머리를 빗었다. 남들과 함께 쓰는 헤어 브러시로 그녀의 길고, 더럽고, 축축한 머리를 빗어내렸다. 썩 내 키지도 않았고, 떳떳하지도 못했지만 어쩔 수 없었다. 이렇게 한 번 쓰자고 고급 빗까지 살 형편은 되지 않으니까.

길고, 희고, 힘없는 김윤자의 머리카락이 바닥에 떨어지고 있었 다. 아주 가늘고 미약해서 땅에 닿아도 소리를 내지 않는 눈 같았 다. 누가 오지 않길 바랐다. 종아리까지 내려오는 길고 흰 머리를 빗고 있는 여자는, 김윤자가 생각하기에도 아주 으스스했기 때문 이다. 여기에도 어울리지 않았다. 오늘은 여기에 어울리는 사람이 고 싶었다.

그렇게 빗은 머리를 틀어올린 후 수건으로 감쌌다. 흰 수건에 둘러싸인 김윤자의 얼굴은 청결했고, 그녀의 나이를 떠올리지 못 할 만큼 신선해 보였다. 흰 수건과 흰 가운에 둘러싸여 욕탕으로 걸어가는 그녀 자신이 김윤자는 마음에 들었다.

욕탕 문을 열자 음악 소리가 들렸다. 아주 작은 소리라서 장르 가 뭔지도 판별하기 어려울 정도다.

가운을 샤워 부스 앞의 후크에 걸어두었다. 이곳의 샤워 부스는 모두 방으로 되어 있다. 서서 하는 곳이나 앉아서 하는 곳이나.

샤워를 하고 나왔는데도 탕에는 아무도 없었다. 그녀는 가운을 그대로 둔 채 욕탕으로 들어갔다. 냉탕과 온탕과 열탕이 나란히 있었다. 탕은 이게 전부다. 약초탕이니 레몬탕이니 하며 이런저런 수상한 걸 타놓은 그런 탕은 여기에는 없다. 아주 간결하다. 그저 온도가 다른 물이 전부다.

계단식으로 된 욕탕이다.

바닥으로부터 제일 첫번째 계단에 앉으면 목까지, 두번째 계단에 앉으면 가슴 부근까지, 세번째 계단에 앉으면 하반신까지 잠겼다. 그녀는 지금 계단이 아닌 욕탕의 테두리에 앉아 있기 때문에 발목만 잠겨 있다.

여기 이러고 있으면 정신이 맑아졌다.

욕탕은 수영장처럼 생겼다.

작은 파란색 정사각형 타일과 부드럽게 연마된 검은색 돌들을 붙였다. 외국 영화에 나오는, 부를 과시하지 않는 자산가의 수영장처럼 생겼다. 조명은 모두 간접조명이다. 벽에 틈을 내서 그 안에 불빛을 숨겨놓았다.

화려한 거라고는 없다. 뭔가 화려한 것을 하려고 하지 않는 것 자체가 이미 화려한 거긴 하겠지만. 잘 덜어낸 공간이다. 깨끗하고 편안하다. 그리고 무엇보다 안전하다.

이곳에서는 발을 헛디뎌 넘어지거나 탕으로 미끄러져 질식하거나 하는 일은 일어나지 않을 거라는 안정감이 든다.

가운을 입고 사우나에 들어갔다. 욕탕 바닥보다 더 짙은 파란색 타일이 깔려 있어서 좀더 깊은 심해로 들어간 기분이 들었다.

거기에 앉아 이십 분쯤을 보냈다. 초록과 하얀색이 교차된 굵은 스트라이프 타월을 몸에 두르고 머리에 배스 캡을 쓴 건장한 여자는 세 번을 들어왔다 나갔다 했다. 열기는 견디지 못하면서 열기가 살을 빼줄 거라고 생각하는 것 같았다.

다시 〈백치〉 생각에 빠져들었다. 백치가 총살형을 앞두고 후회를 하던 장면이 생각났다. 세상 사람들이 그리워졌다고 했다. 모든 세상 사람들이. 그리고 사람은 아니지만 세상에 존재하는 다른 것들이. 어렸을 때 그가 돌을 던졌던 강아지조차 그리워졌다고.

김윤자도 그간 스쳐온 사람들을 생각했다. 왜 더 친절하지 않았을까? 왜 더 친절하지 못했을까? 또 생각했다. 만약 되돌아갈 수 있다면 누구에게나 친절하고 다정하게 굴 것이다. 그럴 수 있을 리는 없겠지만. 왜 자꾸 그 백치에 대해 생각하게 되는 건지 알 수 없었다.

모래시계를 몇 번쯤 뒤집었을까.

덥다. 바스켓에 준비된 얼음 조각을 몸에 부을까 하다 그만두었다. 때가 잘 밀리게 불려놨는데 괜한 짓 같아서였다. 세신을 예약해놓은 시간이 다 된 것 같았다.

덱 체어에 앉자마자 1번 방의 세신사가 불렀다. 그녀는 이 여자한테 몸을 맡겨본 이후로 때를 여기서만 밀게 되었다. 마지막으로 여기에 온 지 벌써 십 년은 된 것 같은데 김윤자는 그때 그 여자가 지금의 여자라고 믿고 싶었다.

뜨겁게 데운 배스 타월이 깔린 침대 위에 누웠다. 세신사는 아프지도 않고 민망하게 하지도 않으면서 시원하게 민다. 또 그녀의 머리를 감싸고 있는 수건에 관심을 두지 않는다. 머리 쪽은 서비스를 받고 싶지 않다는 걸 말하지 않아도 된다. 아주 안심이 되었다. 이렇게 벗고 있지만 보호받고 있는 느낌이었다. 세신사가 시키는 대로 왼쪽으로 몸을 뒤집었다 배를 깔고 누웠다 다리를 옆으로 구부렸다 하는 동안 삼십 분이 지나갔다.

그러고 나서 다시 삼십 분. 마사지를 받는 시간이다.

신기하다. 남의 손이 만지는 내 몸은 내 몸 같지 않다. 이렇게 민감하게 반응을 할 수 있는 게 내 몸인가 싶어 김윤자는 깜짝깜짝 놀랐다. 오늘은 라벤더 오일을 골랐다. 페퍼민트로 하기에는 아직 좀 추울지도 모르겠다는 생각이 들었다.

아직 봄이니까. 아니다. 지금은 겨울이다. 여기서 이러고 있으니 봄이라는 생각이 들지만 나가면 아직 겨울일 것이었다.

마사지를 끝낸 세신사가 초록과 하얀색이 교차된 굵은 스트라이프 타월을 둘러주었다. 그런 채로 덱 체어에 앉아 다시 이곳을 둘러보았다. 라벤더의 향기가 점차 퍼지는 게 느껴졌다. 후라노의 라벤더 밭에서는 얼마나 진한 냄새가 날까? 언젠가 영화에서 봤던 라벤더 밭을 떠올리자 라벤더 밭 사이로 걷는 느낌이 들었다.

배스 타월을 두르고 밖으로 나갔다. 몸을 말리고, 정성 들여 몸에 보습제를 발랐다. 그러고는 다시 옷을 입었다. 김윤자가 늘 입는 셔츠와 트렌치코트를. 옷은 청결하지 않지만 어쩔 수 없었다. 옷에 대해서 생각하지 않으려고 애썼다.

리셉션 데스크를 지나 소파가 있는 곳으로 갔다. 소파 옆에는 빛을 제대로 받지 못해 잎사귀에 영양이 부족한 이름 모를 나무들이 늘어서 있었다.

거기서는 수영장을 볼 수 있었다. 사우나 입구와 헬스클럽 입구는 반대편에 있고, 안에서 서로 통하는 구조다. 헬스클럽 안에서 수영장으로 연결이 됐고.

그녀는 수영을 잘하지는 못했지만 수영하는 사람들의 모습을 보는 걸 좋아했다. 수영복을 입은 신체들이 물을 튀기면서 앞으로 나아갔다. 빠른 사람은 빠른 대로 보는 재미가 있었고 수영을 잘 못하는 사람을 보고 있으면 응원하는 마음이 됐다.

쪼그만 아이들이 팔딱팔딱 뛰어다니는 모습에 홀려서 그녀는 계속 그 모습을 지켜보고만 싶다고 생각했다. 그러다가 아이들 곁에서 눈을 떼지 못하고 있는 부모들을 발견했다. 눈물이 났다.

저 작은 게 저렇게 커지는구나. 저 작은 몸이 어른이 되기까지 이십 년쯤 키워야 하는 거구나.

인간이란 참 오래 양육해야 하는 동물이라는 것을 그녀는 새삼스레 느꼈다.

더는 보고 있을 수가 없었다.

라운지로 갔다. 단출하게 핑거 푸드를 먹자고 생각하면서. 배가 많이 고프지는 않았으니까.

하지만 라운지에 들어서는 순간 마음이 변했다. 바 앞에 진열해놓은 관자니 키조개니 하는 해산물들의 이미지에 마음을 뺏겨버렸다. 라운지에서 이런 걸 주기도 했었나? 계절 한정 미니 샤부샤부라고 쓰여 있었다. 친절한 직원이 직접 끓여먹는 게 아니라 이미 끓여낸 것을 내준다고 안내해주었다. 차려놓은 걸 보니 광어와 참치 초밥도 있었다.

전채와 샐러드와 샤부샤부와 초밥과 튀김을 천천히 먹었다. 한시간 반 동안.

좋으면서도 좋지 않았다. 내일부터는 다른 식으로 살아야 할 것이므로.

밥을 먹고서 호텔 주위를 산책했다. 호텔 정원에는 벚나무가 심어져 있었다. 그리고 바닥에는 이름을 알 수 없는 꽃이 피어 있었다. 사람들이 꽃나무 앞에서 사진을 찍고 있었다. 정교하게 만든 꽃나무였다. 가짜이지만 가짜라고 말하기에는 너무 섬세하고 진짜라기에는 활기가 부족한.

초봄의 트리구나, 싶었다. 누군가에게는 겨울이고 누군가에게는 봄인 이 계절에 좋은 게 있다면 이런 작은 희망이었다.

기분좋은 일들을 생각했다. 이를테면 저녁나절 들었던 종소리 같은 것들을. 목욕하고 나와 잠시 방에 들렀을 때 어디선가 종이 울렸던 것이다. 창문을 닫아놓았는데도 꽤 선명하게 들렸다. 아마도 성공회 성당에서 치는 건가 싶었다. 이 동네에서 거의 평생을 지냈는데도 저녁 여섯시에 종을 치는 걸 몰랐다.

잠이 왔지만 방으로 올라가기 싫었다. 방으로 올라가면 자야 하고, 자면 내일이 된다. 그러면 이곳에서 나가야 한다. 이제 다르게 살아야 한다.

내일 호텔에서 나가면 이런 것을 다시는 할 수 없다. 목욕을 할 수도, 제대로 된 밥을 먹을 수도, 누워 잘 수도 없다.

마지막날이었다.

겨울이었고, 또 봄이었다.

기적

아주 깊고 편안한 밤이었다. 이불에서는 갓 세탁한 천에서 나는 은은한 비누 향이 났고, 가습기와 공기청정기가 작동되고 있었다. 그녀가 어쩌다 몸을 뒤척일 때 거위 털이 든 이불에서 나는 바스락거리는 소리 말고는 어떤 소리도 들리지 않았다.

잠이 들기 전에 괴로운 일들이 떠오르기는 했다. 그녀를 방문한 친구들이 했던 이야기 같은 것들이.

"너 목욕도 하고 또 좀 따뜻한 옷도 좀 입혀주고 그렇게 하고 싶어."

친구 하나가 말했다.

"미장원도 가야지."

다른 친구 하나가 말했다.

"말하자면, 우정의 교제를 하자는 거야. 우리 그때 그런 걸 하고 그랬었잖아. 기억나지?"

다른 한 명이 말했다.

"친구의 우정을 받을 줄도 알아야 해. 그래야 나중에 너도 다른 사람한테 줄 수가 있어."

또다른 한 명이 이렇게 말했다.

"아냐, 아니야."

김윤자는 이렇게 말했다. 그러고 나서 또 이렇게도.

"우 쥬 플리즈, 노 노."

왜 '제발 그만해줄래?'라고 말하지 않았을까?

너무 고통스러웠다. 그녀는 자기가 있는 데로 몰려온 그 여자들이 자기와 친구라고 할 만한 자격이 있는지에 대해서 일단 따지고 싶었지만 그럴 기운이 없었다. 단지, 목욕이 하고 싶었다. 자기한테 뭐라 뭐라 하는 사람들을 피해 발가벗고 물속에 들어가 있고 싶었다.

김윤자는 그들을 배웅하고 나서도 기도를 했다. 스타벅스에 앉아. 매일 새벽 교회에서 꾸벅꾸벅 졸면서 하던 그 기도를. 그녀의 기도에 특이한 점이 있다면, 마음에 들었던 성경의 구절들을 중얼거리며 한다는 것이었고, 기독교 성경만이 아니라 천주교 성경과 기독교와 천주교에서 공동으로 번역한 성경까지 모두 세 종류의 성경에서 가져온다는 점이었다. 신자가 아니고, 또 말투나 토씨 하나에 민감한 사람이 그녀라서 그랬다. 김윤자는 세 종의 성경에서 마음에 드는 문장을 수첩에 적어두고 있었다.

하느님, 제발 저를 구원해주세요. 제발요. 이제는 때가 되었습니다. 제가 새벽마다 기도 드리지 않았습니까. 그날과 그때는 아무도 모르나니 하늘에 있는 천사들도, 아들도 모르고 아버지만 아시느니라…… 이러지 않으셨습니까? 또 이러지 않으셨습니까? 나를 부르는 자에게 대답해주고 환난중에 그와 함께 있으리니 나는 그를 건져주고 높여주리라, 고요. 하느님 아버지, 이제 때가 된 것 같습니다. 저를 구원해주실 때가요. 저를 불러주시고, 저에게 대답해주세요.

그녀가 생각하는 구원이란 죽음이었다. 예전에는 다른 구원, 그러니까 자신과 어울리는 남자를 만난다든가 하는 그런 일들에 대해 바란 적도 있었지만 그건 아주 예전의 일이었다.

빨리 편안해지고 싶었다. 기쁜 마음으로 죽고 싶었다.

더이상 날짜가 중요하지 않은 곳으로, 나이를 세지 않는 곳으로 가고 싶었다. 죽음이란 시간이 침범하지 않는 곳이니까.

그렇게 죽지 않더라도 매일같이 죽고 있었다. 매일 죽고, 또 매일 살아나면서 이 의미 없는 반복을 그만둘 때가 되었다고 생각했다.

하지만 무슨 일이 있더라도 스스로를 죽이는 것은 하고 싶지 않았다. 김윤자는 자기가 평생에 걸쳐 매일같이 자신을 죽여온 사람이라고 생각했지만 그건 살고 싶기 때문에 그런 것이기도 했다.

살고 싶지 않다면 죽을 필요가 없었다. 김윤자는 더 살고 싶지 않았으므로 더는 계속 죽고 싶지 않았고, 그랬기 때문에 영원히 죽고 싶다고 생각했다.

고통이 없는 죽음을 꿈꿨다. 단번에 죽거나 최소한 깨끗하게. 그래야 구원이라고 할 수 있을 게 아닌가.

죽음에 대해 공부해왔다. 공부라고 해봤자 신문에 나오는 건강 기사들을 다년간 읽어온 것에 불과하지만.

그 공부 끝에 그녀가 내린 결론은 이랬다.

죽는다는 건 어찌 보면 간단하다.

뇌가 멈추거나 심장이 멈추면 죽는 거다. 결과적으로 그렇다.

그녀의 부모님을 보더라도 그랬다. 아버지는 뇌의 문제였고 어머니는 심장 쪽이었다.

뇌가 멈추거나 심장이 멈추려면 병에 걸려야 한다. 사고를 당하지 않는 이상, 병에 걸려서 앓다가 간다. 심근경색이나 심부전, 뇌졸중이나 뇌종양 같은 것들에. '심'이 들어가면 심장 문제고, '뇌'가 들어가면 머리 문제다. '종양'은 암 쪽이고.

병에 걸리더라도 오래 앓고 싶지는 않았다. 고통이 심한데도 단번에 죽지 못하는 게 싫었다. 이래저래 주변에 폐를 끼칠 수밖에 없다.

그리고…… 죽기 전에…… 목욕을 하고 싶다.

맛있는 걸 먹고 싶기도 하지만, 맛있는 것은 무한했다. 끝이 없었다. 또 아주 금방 배가 고파질 터였다.

목욕은 다르다. 시간이 흐르면 다시 더러워지겠지만 먹는 것에 비해 충족감이 오래간다.

따뜻한 무엇과 접촉하고 싶다. 목욕탕 물의 온도는 사람의 체온보다도 높으니까. 목욕탕의 물은 식지 않으니까.

그러고는 다시 태어난다. 나 혼자.

그리고 죽는 것이다.

깨끗하게 다시 태어나서 깨끗하게 죽는다.

그래서 그녀는 목욕을 하러 갔던 것이다.

마침내, 김윤자는 소원을 이뤘다. 그리고 하나의 소원을 더 이루기 위해 계속해서 기도를 했다. 원래도 거의 먹지 않던 음식을 더 줄이게 됐고, 커피도 마시지 않게 되었다. 기력이 떨어지는 게 느껴졌는데 머리는 맑아지는 기분이 들었다.

계속해서 걷고, 걷고, 또 걸었다. 걷다가 마음에 드는 곳이 있으면 잠시 앉기도 했다. 눈을 치우던 환경미화원이 그녀를 발견하기 한 시간 전쯤에 김윤자는 그 벤치에 앉았다. 아르데코풍으로 만들어진 검은색 철제 의자의 곡선에 눈이 내려앉은 게 마음에 들어서 손으로 자리의 눈을 쓱쓱 치우고 잠시 앉았던 것이다. 김윤자의 얼굴에 남은 미소는 그녀가 얼마나 평화로운 죽음을 맞았는지 보여주는 분명한 증거였다.

쇼핑백 두 개와 검정 가방도 김윤자가 앉은 자리에 함께 있었다. 쇼핑백 하나에는 신문이 가득했고, 오려낸 기사가 끼워진 수첩들이 있었다. 비행기 티켓이 끼워져 있기도 했고, 일기가 끄적여져 있기도 했다. 비행기 티켓은 인쇄된 글씨가 지워져 언제 것인지 알 수 없었고, 일기는 날짜가 있는 글도 있고 없는 글도 있어 들쑥날쑥했다. 세 종의 성경에서 가져온 구절들이 있었고 날씨가 적혀 있기도 했다. 흐림, 매우 흐림, 해가 뜨거움, 하루종일 비, 이런 식으로. 지출 내역과 영화를 보고 난 감상을 적은 글도 있었다. 영화 감상문은 오십 편 정도가 있었는데, 가장 마지막으로 쓴 글은 〈내 청춘에 후회는 없다〉에 대한 것이었다.

그리고 김윤자의 검정 가방에서는 코팅된 쪽지가 발견됐다.

거기에는 단 두 문장이 적혀 있었다. 앞면에 한 문장, 뒷면에 한 문장.

'가족이 없습니다'와 '코트 안주머니를 뜯어주세요'.

김윤자의 트렌치코트 안주머니에는 그녀가 달아놓은 것으로 보이는 헝겊 주머니가 붙어 있었다. 그 안에는 오만원권 열 장이 들어 있었다. 수표에 붙여놓은 포스트잇에 '부족하지만 장례 비용으로 써주세요. 감사합니다'라고 쓰여 있었다.

메시아

　레이디가 죽었다는 전화를 받았을 때 신중호는 헝그리 보이의 촬영안을 기획하고 있었다. 이제는 새로운 유형의 걸인을 소개할 필요가 있다는 취지로. 아니, 어쩌면 헝그리 보이는 그 이상일 수도 있었다. 한국사회에서 본 적이 없던 캐릭터.

　헷갈렸다. 신중호는.

　배가 고파요 헝그리 헝그리 헝그리, 라고 외치는 헝그리 보이를 보고 있으면 어쩌면 그가 이 시대의 가난을 조롱하고 희화화하는 메시아적인 존재가 아닌가도 싶었다. 그러다가 또 어느 때는 그냥 미친 사람 같기도 했다.

　레이디의 죽음을 치르고 나서 신중호는 레이디에 관한 네번째 방송을 준비하기 시작했다. 필요를 느꼈기 때문이다. 주인공이 사라졌으므로, 쓰지 않은 것들에 이미 쓴 것을 어느 정도 섞어야 할 것이다. 빈틈은 편집과 내레이션으로 메꿔야 할 테고.

황은 이전부터 네번째 방송을 해야 한다고 했지만, 신중호는 버텨왔다. 더 할 얘기도 없었고, 현실에 레이디가 적응하는 모습을, 경과들을, 보여주고 싶지도 않았다. 그건 레이디가 원하지 않는 적응이었고, 또다른 비극이었다. 신중호는 그런 걸 보여주는 건 너무 잔인하다고 생각했다.

신중호는 레이디와 자신을 기록한 영상을 돌려 보기 시작했다.

첫 만남부터.

방송에 나가지 않은 영상도 많았다. 2016년 3월 8일 광화문 스타벅스에서 레이디는 커피를 마시며 영자 신문을 보고 있었고, 그한테 먼저 말을 걸었다. "오늘이 튜즈데이죠?"라고. 그러고는 말했다. "오늘 날씨는 하늘도 파랗고 햇살도 밝고 좋아요. 나는 이런 걸 기록해두고 있어요. 어릴 때 일기가 밀리면 참 힘들었거든요. 딴건 지어낸다고 해도 날씨는 지어낼 수가 없어."

그때부터 이상한 조짐이 있었다는 걸 자료를 돌려 보다가 깨달았다. 그때는 '아니 왜 일기를 쓰지?' '왜 누구한테 검사를 맡기라도 하는 식으로 말하는 거지?'라고 생각하고 말았다.

표현 방식이 독특하다고만 생각했다. 고압적이고 신경질적인 성미라고 여기고 넘겼다. 영상을 다시 돌려 보니 그런 것들이 하나둘이 아니었다.

이미 병이 진행되고 있었던 거다. 치매를 앓으면서도 그렇게 깔끔한 모습을 보일 수 있었다니, 놀랍다고 신중호는 생각했다. 영어를 섞어서 이상하게 말하는 것도 그래서였을 거라는 생각이 들었다.

고교 동창들이 찾아왔던 날의 영상도 보았다.

레이디는 일단 외면했다. 그러니까 첫눈에 알아본 거다. 누군지 알아차렸기 때문에 볼 수가 없었던 거다. 싫어서 외면하는 게 아니라 민망해서 그러는 게 느껴진다. 다시 방송을 돌려 보니. 그러다 친구가 돈을 주자 두 손을 내밀어 공손히 받는다. 너무 공손하고도 깍듯하게 허리를 숙여 친구들에게 인사를 하고 있다.

직장 동료들이 왔던 날의 영상도 틀어보았다.

허벅지 아래로 내려오는 밍크코트를 입은 여자가 말한다. "언니, 뭐해? 그렇게 서서 뭐하는 거? 나 안 반가워?" 레이디는 이번에는 외면하지 않는다. 다만 좀 우물거린다. 다른 여자 한 명이 레이디가 기거할 곳을 마련했다고 말한다.

"좋아한다."

"뭐가?"

"좋아한다고. 자기들 마음대로 마련하면 그만이야? 그 모든 것을 내가 캔슬한다. 모두 캔슬한다."

"왜?"

"뭐가 왜야?"

"그럼 얘기를 해줘봐. 왜 캔슬하는지."

"캔슬한다라고 했을 때는 그 이유를 묻는 차원이 또 잘못된 거야."

그런가 하면 대학 동창을 만났을 때는 또 달랐다. 쓸데없는 말이나 감상적인 위로를 하지 않고 레이디를 도우려는 노년의 남자에게 그녀는 자기가 할 만한 일이 있으면 알아봐달라고 말했다.

한일관에 갔던 날도 다시 보았다.

그날 레이디가 했던 이해할 수 없는 행동들. 길을 못 찾는다고 짜증을 내던 것과 지하에 있는 후진 식당에는 가지 않겠다고 한 것과 갈비구이 반상을 먹겠다고 고집을 부린 것들.

갈비와 떡만둣국을 먹고 난 레이디는 기분이 풀린 것 같았다. 그랬는데…… 레이디가 묻지 않은 말을 하기 시작했다.

"조선호텔에서 일주일에 한 번씩 사우나를 해요. 거기 가서 사우나를 해요."

이때 신중호는 뭐라 말할 수 없이 치밀어오르는 감정을 느꼈었다. 이 사람을 더이상 견딜 수 없겠다고 생각했다. 때와 먼지로 얼룩덜룩한 바바리를 입고서, 종아리 아래까지 내려오게 흰머리를 늘어뜨리고서 저런 말을 하고 있는 레이디를. 그때까지 쌓였던 것들이 더해져서 그랬겠지만.

어떻게 저런 말을 할 수가 있나? 치맨가? 라고 생각했다.

맞았다. 레이디는 치매였던 거다. 그래서 마치 호텔에 가서 사우나를 하는 게 현재형인 것처럼 말했던 거다. 지금은 안다. 하지만 그때는 알지 못했다.

이어서 아담을 기다리고 있다고 한 것도, 구원 어쩌고 한 것도……

"하느님이 아담과 이브를 만드셨잖아요. 혼자 있는 것이 참 안좋다고 갈비뼈를 하나 빼서 이브를 만드셨고…… 여자는 갈비뼈야, 갈비뼈."

레이디는 그렇게 말하면서 피식피식 웃었다. 그러면서 계속 말했다.

"그 사람을 만나고 싶어요."

"짝을 만나고 싶으시다고요?"

그는 멍하니 듣고 있다가 물었다.

"그럼 그 짝이 나타나면 결혼해서 같이 사실 생각도 있으세요?"

"물론, 물론."

레이디는 그의 말이 끝나기 전에 대답했다. 그러고는 이렇게 덧붙였다.

"그분은 또 평범한 분이 아니시잖아요. 이 세상을 지휘하게끔 만드는 그 지도자의 역할, 그게 내 파트너란 말이에요. 그러니까 격식에 맞게 나도 이런 음식을 먹어야지."

신중호는 레이디가 이상해져서 부적절한 말을 한 게 아니었다는 걸 알게 되었다. 사람들은 제정신으로 진심을 말하지 못한다. 그런다면 자기를 미친 사람 취급할 거라는 걸 아니까.

치매에 걸리게 되면?

진심을 그냥 말하게 된다. 필터로 걸러내지 못한다. 어린아이처럼 되어버린다. 문제는 진심이라는 게 얼마나 무시무시한지 사람들이 잘 모른다는 거다. 어린아이가 얼마나 무서운지 다들 알지 않나? 심지어 어린아이가 간직한 진심이라니. 그러니 사람들은 피할 수밖에 없다.

신중호도 그랬다. 그래서 레이디를 다시는 보고 싶지 않았다.

마지막이라고 생각하고 레이디에게 말했던 거다. 계속 환상 속에 머물지 말고 현실로 나와야 한다고.

돼지고기 한 근에 얼만지 아세요?

소고기는요?

버스 요금 얼만지 아세요?

지하철은 언제 타보셨어요?

이렇게도 말했다.

신문으로 보는 것과 실제로 보는 세상은 달라요. 좀 세상을 보셨으면 좋겠어요. 혼자 살아갈 수 없는 게 이 세상이에요.

레이디는 아무 말도 하지 못하고 고개를 숙이고 있었다.

레이디를 위하는 마음으로만 그런 거였다고는 말하지 못하겠다. 선의라는 게 없지는 않았지만, 불순한 동기가 섞여 있었다. 신중호는 레이디를 몰아세우면서 일말의 즐거움을 느꼈다. 레이디의 철없음을, 답답함을, 비현실성을 질책하며 우월감을 느꼈다.

레이디를 찾아왔던 사람들도 그랬을 거다. 선의보다 호기심이 클 수도 있었을 테고, 약간의 불순한 의도가 있었을지도 모른다.

무엇보다 자기들처럼 살지 않는 레이디의 방식이 견디기 어려웠을 것이다. 사람들은 자기와 다르게 사는 사람들을 잘 참아내지 못하니까. 신중호가 그랬던 것처럼.

그래도 신중호는 그렇게까지는 말하지 말았어야 했다고 생각했다. 레이디가 여태까지 몰랐던 걸 계속 모르더라도 문제없었다. 레이디의 방식대로 살아간다면 말이다.

그는 레이디가 살아온 칠십몇 년간의 방식을 부정해버렸다.

내가 왜 그랬을까?

부끄러웠기 때문이다. 그때는 몰랐다. 왜 레이디를 만나고 오면 기분이 더러워지는지.

그건 열등감 때문이었다. 레이디가 어떤 의미에서는 그보다 더 잘 지내고 있는지도 모른다는 것을 느껴서였다.

그리고 그도 어쩌면 저런 식의 노후를 보내게 될지도 모른다는 불안감이 들었기 때문이었다. 돈이 없고 힘이 없는 노인이 되는 것 말이다. 가족도 없고 아무도 없는.

높은 확률로 그럴 것이었다.

민수경

    검정색 패딩 점퍼를 입은 민수경이 빈소에 도착했을 때 그녀를 맞이한 것은 신중호였다. 영정 사진 앞에 국화꽃을 놓을지 아니면 향을 피워야 할지 민수경이 고민하는 것을 신중호는 지켜보고 있었다.

    상주 자리에 선 신중호는 민수경과 묵례를 했다. 급히 빈소를 마련하면서는 미처 생각하지 못했는데, 신중호가 하고 있는 게 바로 상주가 하는 일이었다.

    신중호가 먼저 인사했다.

    "이렇게 와주셔서 감사합니다."

    "네에."

    "그런데…… 어떻게?"

신중호의 말은 민수경과 김윤자가 어떤 사이였는지를 묻는 것이었다. 민수경은 신중호의 의도를 알아챘지만 그의 질문에 답변하고 싶지 않았다. 뭐라고 말하기도 그랬다.

　신중호는 경찰로부터 김윤자의 수첩에 자신이 친구로 적혀 있다고 들었다. 이 여자도 김윤자의 수첩에 친구라고 적혀 있던 사람 중 하나일 수도 있겠다는 생각이 들었다.

　"혹시 최신양씨?"

　민수경이 고개를 저었다.

　"민수정씨?"

　"네, 맞아요."

　아마 자신의 이름을 잘못 기억했거나 잘못 부른 것이라고 생각했지만 민수경은 정정할 필요를 느끼지 못했다.

　"아아⋯⋯"

　"그런데 어떻게 아셨어요?"

　"네?"

　"제 이름을 어떻게⋯⋯? 김윤자 선생님한테 들으신 거예요?"

　"그게요."

　신중호는 이야기를 시작했다. 자신이 누구인지에 대하여. 경찰이 신중호에게 보여준 레이디의 수첩에 대하여. 수첩에 '친구'라고 적힌 사람들에 대하여.

　"아, 저를 친구라고 그러셨다고요?"

"네."

민수경은 의아한 표정을 짓더니 팔짱을 껴서 상반신을 감싸안은 채로 한참을 있었다.

민수경은 자신의 이야기를 시작했다. 자신과 레이디의 이야기를. 재작년 여름에 처음으로 만났다고, 7월인가 8월인가 그랬다고. 그리고 자신의 이름은 민수정이 아니라 민수경이라고.

"어떻게 얘기 나누게 되셨어요?"

"제 응답자셨어요."

"응답자요?"

"제가 면접원이거든요. 설문조사원."

"아아, 네. 어디에서 만나셨어요?"

"스타벅스였어요. 광화문 스타벅스. 제가 설문조사지를 펴놓고 일을 하고 있는데 선생님이 저를 보고 계셨어요. 눈이 마주쳐서 제가 웃었던 것 같아요. 의미 있는 웃음은 아니었어요. 어색하게 고개를 숙이는 것보다는 웃는 게 나아서요."

"그랬더니요?"

"그랬더니 제 쪽으로 다가오셨어요. 궁금해하시더라고요. 무슨 일을 그렇게 열심히 하냐면서. 당신도 젊었을 때 그렇게 일을 많이 했다면서."

신중호는 고개를 끄덕였다. 레이디는 스타벅스에 있던 사람들에게 다가가기도 했던 것이다.

"그러더니 '내가 좀 도와줄까요?'라고 하시는 거예요. 저는 좀 난감했어요."

민수경이 김윤자에게 먼저 다가왔다고 김윤자는 말했지만 실제로 민수경에게 먼저 다가간 것은 김윤자였다. 그날 민수경은 김윤자의 근처에 앉아 뭔가에 몰두해 있었다. 쌓인 설문지들을 들여다보느라 민수경은 김윤자가 자신을 보고 있는 것도 알아차리지 못했다.

점점 응답자를 구하기가 어려운 상황이었다. 그 일을 오래해온 사람들은 예전엔 그렇지 않았다고 했다. 집에 전화 한 대씩은 있었고, 집에 늘 사람이 있었고, 더군다나 발신 번호 표시 같은 게 없었다.

요즘은 모든 게 달라졌다. 집에는 전화도 없고, 사람도 없고, 사람들은 핸드폰으로 전화가 오면 번호를 보고 가려 받는다. 그래서 집 앞으로 찾아갈 수밖에 없는데 이것도 쉽지 않다. 카드 키가 없으면 아예 건물에 진입할 수가 없는 현실이었다.

"무슨 조사였습니까?"

"삶의 질에 대한 조사였어요. 삶의 질 만족도 조사."

"어떤 질문들이 있었습니까? 질문지에 말입니다."

신중호가 물었다.

"정확하게 말씀드릴 수 없어요⋯⋯ 비밀 보장 각서를 쓰거든요."

"네…… 그럼……"

그녀로부터 아무 말도 들을 수 없을 거라고 생각하자 신중호는 되레 마음이 가벼워졌다.

민수경은 김윤자를 팔십 세 이하라고 판단했다. 또한 글자를 읽을 수 있는 사람처럼 보였다. 그러니까 조사에 응답할 자격이 있다는 말이었다.

조사에 따라 달랐지만, 대개는 팔십 세가 넘은 사람은 응답할 자격이 되지 않았다. 팔십 세가 넘으면 설문지를 읽고 이해할 능력이 부족할 수 있다고, 설문을 만든 연구원들이 우려했기 때문이었다. 물론, 지력이 있는 팔십 세 넘은 노인도 있지만 설문조사에서 그런 세세한 요소들은 무시될 수밖에 없었다. 설문조사란 특수한 개인을 배려해서 설계되는 게 아니었다.

"설문조사가 끝나고 선생님이랑 이야기를 했어요. 그 얘기는 해도 될 것 같아요. 선생님이 '가장 신뢰하는 존재가 누구입니까?'라는 질문이 너무 재밌다고, 당신이 뭐라고 답했는지 맞혀보겠냐고 하시는 거예요."

"뭐라 답하셨어요?"

신중호가 물었다.

"친구요? 라고 했어요. 저는 가족보다 친구를 좋아하거든요."

신중호는 '신뢰한다'와 '좋아한다'는 다른 게 아니냐고 물으려다가 말았다. 대신 질문했다.

"그랬더니요?"

"선생님은 처음 만나는 사람을 신뢰한다고 하셨어요."

"처음 만나는 사람요?"

"네, 그러고 거기 잠깐 있으라고 하시더니 선생님이 케이크를 사 가지고 오신 거예요. 블루베리 치즈 케이크였어요. 어떻게 반응해야 할지 모르겠더라고요. 돈을 드리겠다고 할 수는 없고. 또 제가 블루베리를 좋아하지 않아서……"

민수경의 얼굴에 그때의 난처했던 심정이 지나갔다.

"저도 다음에 사드리겠다고, 만나자고 했어요. 전화번호를 알려달라고. 그런데 선생님이 웃으면서 아무 말도 안 하시더라고요. 그래서 제 전화번호를 알려드렸어요."

"그러면 한 번 뵙고 못 뵌 겁니까?"

신중호가 묻자 민수경은 눈물을 터뜨렸는데, 자신이 왜 우는지 알 수 없었다.

운

김윤자는 일흔다섯 살이었다.

한국 나이로는 일흔일곱이었지만 김윤자는 그렇게 세지 않았다. 국제 표준 셈법으로 나이를 세었다. 곧 일흔여섯이 될 것이었다. 며칠 있으면 생일이었기 때문이다.

나이를 셀 일도 별로 없고, 나이를 세는 세속에 동참하고 싶지도 않았지만 연말이 되면 자신이 살아온 해를 헤아리곤 했다. 크리스마스트리를 보고 싶지 않아 크리스마스트리가 없는 길로 돌아간다고 해도 캐럴이 들리는 것까지 막을 수 없는 것처럼. 얼마 전까지만 해도 캐럴 소리를 듣고 싶지 않다고 생각했던 김윤자는 들려오는 캐럴을 따라 흥얼거리고 있었다. 노엘, 노엘 하면서.

캐럴을 흥얼거릴 처지는 아니었는데…… 여기저기가 좋지 않왔다. 먹는 것도 자는 것도 쾌적한 상황이 아니었다. 당장 내일 죽는다고 해도 이상할 게 없었다. 하지만 이대로 죽을 수는 없었다. 그녀는 죽기 전에 하고 싶은 일들이 있었다. 이야기를 하고 싶었고, 밥다운 밥을 먹고 싶었고, 친구를 만들고 싶었다. 친구와 이야기를 하면서 밥을 먹을 수 있다면 더 좋았다. 그런 걸 하고 싶다고 그녀는 생각해왔다.

쉽지 않다는 걸 알았다. 김윤자는 삼백육십오 일의 대부분을 맥도날드에서 보냈다. 가끔 스타벅스에 갔고, 기껏해야 영화를 보러 일본 문화원에 갔던 게 전부였다. 그녀가 그렇게도 피하고 싶어했던, 종로에 있을 법한 노인들 옆에 앉아야 했다. 그런데 신피디를 만났고, 나인스 게이트에도 다시 한번 갈 수 있었고, 또⋯⋯ 하고 싶은 걸 하는 한 해를 보냈던 것이다. 올해는 운이 좋았다. 운이 좋은 한 해를 보냈다. 그녀는 이렇게 생각하며 자신의 한 해에 대해 감사를 표하고 싶었다.

그러고는 자신의 인생을 돌아보기 시작했다.

그것은 무슨 일이 있더라도 피하고 싶은 일이었다. 돌아볼 만한 인생을 살지 않았다. 괜히 자신을 괴롭히고 싶지 않았다. 매일같이 거리에서 살기 위해서는 너무 많은 생각을 하지 않는 게 좋았다. 그녀에게는 자기 스스로를 괴롭히는 악취미가 없었다. 그렇다고 낙관주의자는 아니었다. 인생에 기대를 걸기 시작하면 일상을 살아갈 수 없었다. 하지만 어떤 희망도 없이 살아가는 것은 원하지 않았기 때문에 김윤자는 이 문제에 대해서 생각하기를 회피하고 싶었다.

김윤자는 기억하고 싶지 않은 것들은 기억하지 않는 특유의 재능을 발휘했다. 하지만 '돌아볼 만한 인생을 살지 않았다'며 기억을 묻어둔다고 해서 괴롭지 않은 건 아니었다.

충분히 괴로웠다.

괴롭지 않다고, 괜찮다고 생각하려다보니 진실과 위장 사이의 그 간극으로 인하여 괴로웠다.

그녀는 충분히 똑똑한 사람이었지만 남들이 자신만큼 똑똑하다는 걸 알 정도로 똑똑하지는 못했다. 또 그녀는 몰랐다. 그녀가 자신을 특별히 여기는 것처럼 남들도 자기 자신을 특별히 여긴다는 것을. 단지 그녀처럼 드러내지 않아 그녀가 알아채지 못했을 뿐이었다. 그러니 그녀의 어머니가 자신을 특별히 여겨주었던 것처럼 다른 어머니들도 자기 자식을 특별히 여겼다는 것 또한 알지 못했다. 인간에게 이 자기애, 혹은 자아도취가 인생을 살아가게 하는 힘이라는 것도 알지 못했다.

김윤자는 자신이 모르던 것을 여전히 알지 못했지만, 그랬기 때문에 여전히 자신이 세상이 돌아가는 방식을 잘 이해하고 있다고 생각했다. 하지만, 지금 달라진 게 있었다. 자신의 잘못에 대해 생각하기 시작했던 것이다. 그리고 반성하기 시작했다. 스물이 갓 넘은 한 남자아이의 인터뷰를 보다가였다.

신문은 그를 "일본의 신성, 괴물 투수"라고 호명했다. 활짝 웃고 있는 오타니 쇼헤이의 얼굴을 김윤자는 찬찬히 봤다. 그에게는 있는데 자신에게는 없는 걸 생각했다.

일단 젊음. 그리고 저런 웃음.

그녀도 젊었을 때가 있었다. 하지만 웃음은? 저런 웃음은? 저렇게 주위를 밝히듯이 쾌활하면서도 긍정적인 기운이 넘치는 웃음을 지었던 적이 있었을까?

내가 저런 사람이 되지 못한 것은 저렇게 주변을 밝히는 화사한 기운과 에너지가 없어서가 아닐까? 그래서 더 화사한 기운과 에너지가 내게 들러붙지 못한 게 아닐까? 운은 저런 사람에게 달라붙는 게 아닐까?

그렇게 생각하자 운이 인격이 있는 존재로 생각되었다. 김윤자는 자신이 운이라도 오타니 쇼헤이 같은 사람에게 달라붙을 거라고 생각했다.

운이라는 건 그런 게 아닐까?

김윤자는 한숨을 내쉬었다. 호흡을 하는 것처럼 너무 자연스러워서 누군가 들었다고 하더라도 한숨인 줄 몰랐을 그런 한숨이었다.

그녀는 아주 비참한 기분이 들었다. 정말 자신의 인생에서 패배하고 말았다는 느낌. 인정하고 싶지 않았지만 인정할 수밖에 없었다.

아무데서나 한숨을 쉬는 건 그녀의 스타일이 아니었다. 절대 하지 않는 일 중 하나였다. 한숨을 쉬는 인간은 좋아 보이지 않으니까. 자신의 인생이 잘못되어가고 있음을 좌판에 내놓고 구경하라는 거니까.

그건 한마디로 하류였다. 그런 사람을 볼 때마다 안됐다는 생각이 들기는 했어도 딱하다거나 도와주고 싶다거나 하는 기분은 들지 않았다. 자신의 곤궁을 알아달라며 투정을 부리는 인간만은 되지 말자고 생각해왔다. 바닥을 보이지 말자고 생각해왔다. 무슨 일이 있어도.

그녀가 그런다면 사람들은 그녀를 도와주려 하기보다는 무시할 것이기 때문이었다. 그녀를 짓밟고, 하대하고, 급기야는 없는 사람 취급할 것이기 때문이었다. 그런데……

그렇게 되어버렸다. 그런 인간이 되어버린 것이다. 작게 내쉰다고는 했지만 아무데서나 한숨을 쉬는 인간. 그 정도로도 자기 관리가 안 되는 형편없는 인간. 하대받아도 할말이 없는 인간. 한심한 인간. 김윤자는 자신이 원하는 삶으로부터 너무 멀리 와 있었다. 바라는 삶 쪽으로 다가간 적도 있었지만……

그녀가 일상적으로 누리던 삶으로부터 내쳐진 지 벌써 칠 년이 넘었다.

무슨 잘못을 했길래? 대체 내가 어떤 과오를 저질렀길래?

이제 김윤자는 자신의 잘못을 알았다. 이전에도 희미하게 느끼고 있었지만 지금에야 확실해졌다. 그녀의 가장 큰 잘못은 '운을 쌓지 못한 것'이었다.

운을 쌓지 못했다.

그래서 이 문장이 죽기 전의 김윤자를 사로잡게 되었다. 이 말보다 자신의 인생을 요약적으로 나타내는 말은 없을 거라고 김윤자는 생각했다.

이제야.

그녀는 혼잣말을 했다. '이제야, 이제야, 이제야'라고 또 혼잣말을 했다. 혼잣말이라기에는 큰 소리였다. 그러고는 미소를 지었다. 미소를 지으니 기분이 좋아져 흐흐흐흐 하고 웃었다. 아주 큰 소리는 아니었다. 하지만 그녀가 충분히 기뻐하고 있다는 것을 어느 누구라도 부인할 수 없을 만한 웃음이었다.

누군가 그런 김윤자를 보고 있었다면 미쳤다고 말했을 것이다. 김윤자는 미쳤을지도 모른다. 그녀보다 덜 이상한 사람한테도 미쳤다고 말하기도 하는데 그녀에게 미쳤다고 하지 말라는 법은 없었다. 그래, 김윤자가 미쳤다고 하자. 하지만 어떤 미친 사람들과 달리 그녀는 남에게 위협을 하거나 피해를 주지 않았다. 자신의 세계를 살았다. 자신의 세계에서만 살았다. 그뿐이었다.

그녀가 신문을 보는 건 거기에 특별한 사람들이 있기 때문이었다. 어쩌면 자신이 되었을 수도 있었을…… 그런…… 관심과 주목과 사랑을 받는 사람들이.

그 남자아이, 오타니 쇼헤이는 그중에서도 특별했다. 그러니까 갓 스물이 넘은 나이에 인터뷰 같은 거창한 걸 하고 있겠지만. 인터뷰도 그저 그런 인터뷰가 아니었다. 투데이면 전면을 남자아이가 차지하고 있었다.

전면 배치.

이 남자아이가 오늘의 주인공이었다.

김윤자는 신문을 평생 보아왔기 때문에 기사를 배치하는 방식에 민감했다. 중요한 사람의 얼굴은 크게, 중요하지 않은 사람의 얼굴은 작게 실렸다. 누군가의 옆이나 위아래에 붙이는 기사들도 나름의 계산을 거친 결과였다. 기사 아래 실리는 광고의 종류와 기사가 실린 면의 성격에도 다 의미가 있었다.

정치가는 정치면에, 작가는 문화면에, 스포츠 스타는 스포츠면에 실린다. 이게 상식인데, 이 남자아이의 기사는 상식을 깼다. 스포츠 스타인데 투데이면에 실렸다. 그것도 전면을 차지하면서. 스포츠 스타를 넘어섰다는 거다. 스물두 살의 나이에.

김윤자는 그 남자아이가 자신이거나 자기 자식이라도 되는 것처럼 기뻤다. 그래서 환하게 웃었다. 그러면서도 한편으로는 기분이 좋지 않았다. 자기도 이 남자아이 같은 사람이 될 수 있었는데 그러지 못했다는 생각이 거듭 들었고, 그 생각이 기쁨을 눌렀던 것이다. 애초에 희망이 없었던 것보다 자기처럼 인생에서 희망을 가질 수 있었던 인간이 더 비참해진다고, 김윤자는 생각했다.

그녀는 중요한 사람, 필요한 사람. 더 솔직히 말하자면…… 주인공…… 그런 게 되고 싶었다. 그랬던 것 같다. 그랬던 시절로부터 떨어져나온 지 하도 오래라 잘 기억이 나지 않았지만.

그렇게 자부심을 갖고 살도록 교육받았고, 그녀가 속해 있던 집단의 누구보다도 그런 사람이 될 자신이 있었다. 그런 사람이 되지 않는 것 말고는 모든 게 자신 있었다. 어떤 일도 할 수 있을 것 같았고, 그래서 그녀가 그 일을 택해준다면 그것은 발아래 납작하게 엎드려 그녀를 모셔줄 것만 같았다.

김윤자는 이제야 그런 사람이 되지 못했다는 것을 인정하기로 했다. 그것을 인정하기 위해 일생을 쓴 것 같다는 생각이 잠시 스쳐지나갔다. 김윤자는 고개를 흔들어 그 생각을 내쫓고 오타니 쇼헤이에게 집중하기로 했다.

그는 특별한 사람이기 때문이었다. 중요한 사람. 주인공. 김윤자가 되지 못한 사람.

그때 흰 반팔 셔츠를 입고 빨간색 야구 모자를 뒤로 젖혀 쓴 여자아이가 대걸레를 밀면서 다가왔다. 스무 살이 넘었으려나? 김윤자는 비켜줄 준비를 했다. 폐를 끼칠 순 없으니까. 여자아이가 이쪽으로 오면 비켜주어야겠다고 생각하며 바닥에 내려놓았던 짐을 의자 위에 올려놓았지만 여자아이는 오지 않았다.

다리도 들어올려 의자 아래 바닥도 닦게 하려고 했는데.

여자아이는 오지 않을 것이다. 어제도 그랬으니까. 그제도 그랬다. 여자아이는 그녀 곁으로 온 적이 한 번도 없었다.

나를 배려한 건가? 아니면 무시한 건가?

김윤자는 어떻게 생각해야 하는지 알 수가 없었다. 배려가 지나치면 무시가 되기도 하는데…… 그런 것 같지는 않았다. 어쩌면 일을 대충 하는 아이이거나…… 아니면 난감한 상황을 만들고 싶지 않아서 그랬는지도 모른다.

아니면…… 나를 미쳤다고 생각하는 건가? 나는 지금 저 여자아이에게 미친 여자 취급을 받고 있는 건가?

좀전에 무슨 생각을 했었지? 한숨을 쉬었던 것 같은데. 왜 한숨을 쉬었지? 여자아이에게 들린 건 아니겠지?

기억이 나지 않았다. 언제부턴가 김윤자의 기억은 잘 이어지지 않았다. 나이가 든다는 건 그런 걸까? 아니면 내가 이제 그만 살아야 하는 걸까? 더 살면 안 된다는 신호인 걸까?

김윤자는 다시 오타니 쇼헤이의 얼굴로 돌아갔다.

'졌다'라는 기분이 사라지지 않았다. 오타니 쇼헤이의 얼굴을 볼수록. 이 어린 남자아이는 충분히 기뻐하고 있었지만 신기할 정도로 자만심이 느껴지지 않았고, 이 정도의 칭찬은 정말이지 과분하며 자기는 그 정도로는 한 게 없다는 수줍음과 민망함이 가득한 얼굴이었다. 훌륭한 애였다.

이런 인간과 자기는 근본이 다르다는 걸 느꼈다.

이런 덕성은 남의 마음을 단박에 움직인다. 김윤자가 칠십 년 넘게 해내지 못한 걸 이십 년 남짓한 시간 만에 이룬 남자애의 얼굴에서는 후광 같은 게 비치고 있었고, 그녀는 거기서 눈을 뗄 수 없었다.

저건 광배다.

후광이라기보다는 광배라고 해야 더 적절할 것이라고 김윤자는 생각했다. 그래도 아직 언어 감각이 쓸 만했다. 신문을 읽은 덕이 클 것이다. 책보다야 못하지만.

'심층 보도'라는 말까지 쓰며 기사는 오타니 쇼헤이의 성공 비결을 다루고 있었다. 기사의 중간 부분에는 네모반듯한 표가 있었는데, 표 아래 캡션에 이런 설명이 있었다. '오타니 쇼헤이가 16세에 계획한 목표 달성표.'

여덟 개 영역의 작은 목표를 다 이루면 최종 목표를 이룰 수 있다는 신념에 기반해 작성된 표였다. 여덟 가지 목표 중 다섯 가지는 훌륭한 선수가 되기 위한 것이었다. 체력과 근력, 기술 같은. 나머지 세 가지는 운동에 관한 영역이 아니었다.

훌륭한 운동선수라기보다는 훌륭한 인간이 되기 위한 것! 열여섯 살에 그런 걸 계획했던 것이다!

훌륭한 인간이 된다고 해서 훌륭한 운동선수가 되는 것은 아니다. 그녀도 아는 걸 이 대단한 오타니 쇼헤이가 몰랐을 리 없다.

하지만 훌륭한 인간이 못 된다면 훌륭한 선수가 되어도 의미가 없다. 오타니 쇼헤이는 이렇게 생각했을 것이라고 그녀는 짐작했다. 열여섯 살에 말이다.

김윤자는 마음이 아팠다. 김윤자는 그날까지도 그렇게 생각해본 적이 없었다. 그녀는 고통스러웠는데, 그 고통이 오타니 쇼헤이가 그녀에게 준 감동 때문이라는 걸 부정할 수 없었다.

나한테 그런 게 남아 있었다니.

김윤자는 다시 한숨을 내쉬었다. 자신이 그런 걸 보고 감동을 받는 사람이라는 게 이상했다. 그러니까 아직 자기가 '인간'이라는 게. 그녀는 자기를 언제부턴가 인간 이하로 생각하고 있었다. 잘 데가 없고 밥을 제대로 먹지 못하고 누군가의 도움이 없다면 살아갈 수 없는 사람이라고.

그런 사람이 인간 이하가 아니라면 누가 인간 이하겠어?

누구보다 자신이 잘 알고 있었다. 하지만 그걸 내색한 적은 없었다. 사람들이 그녀를 보고 수군거려도 못 들은 척하려고 했다.

그래야 더 아래로 떨어지지 않을 수 있었다. 더 떨어질 수는 없었다. 지금 이 상태로도 충분히 누추했다. 김윤자는 안간힘을 쓰고 있었다. 칠 년 넘게 이런 상태로 있었다.

그래서 인간 이하의 삶을 견디는 것쯤은 할 수 있었다. 하지만, 익숙해지지 않는 일이 있었다. 없는 사람 취급을 당하는 것.

그림자 취급.

아니, 그림자라는 말은 적절하지 않을 것이다. 나무가 만드는 그림자에는 사람이 다가와 쉬어가기라도 한다. 그녀 곁에는 아무도 다가오려 하지 않았다.

김윤자는 허리를 곧추세웠다. 그리고 양손을 깍지 껴 팔을 등뒤로 팽팽하게 뻗은 채로 천천히 들어올렸다. 그 상태로 팔을 들어올리려면 견갑골을 모아야 했는데 이미 굳은 지 오래였다. 그래도 있는 힘을 다했다.

　그녀는 포기하지 않았다.

　어제 잘 되지 않은 게 오늘 잘 되기는 어렵지만, 오늘 되지 않는 게 내일 되기도 한다는 걸, 믿었다. 아무것도 포기할 수 없다고 생각했다. 이렇게 살지만 포기할 수 없는 게 있었다.

　훌륭한 사람은 될 수 없을지라도.

　훌륭한 사람이 되기 위해 오타니 쇼헤이가 설정한 세 가지 목표는 '멘탈'과 '인간성', 그리고 '운'을 강화하는 것이었다. '멘탈'을 위한 하위 행동 강령들은 김윤자도 그럭저럭 잘해왔던 것들이었다. 하지만 '인간성' 영역에 있는 덕목들을 보고는 다시 움츠러드는 기분이 들었다.

　배려, 예의, 감사, 신뢰받는 사람, 사랑받는 사람.

　이것들 중에 제대로 한 것이 있었나? 김윤자는 오른쪽 팔꿈치를 테이블에 기대고 손바닥에 얼굴을 괴고는 과거의 날들에 대해 생각하기 시작했다.

　그런데 나는 왜 이렇게 된 걸까?

　그녀는 생각했다. 생각을 하지 않으려고 해도 생각이 나서 그녀를 괴롭혔다. 그녀의 전 인생이 들고 일어나서 그녀를 괴롭혔다.

그녀는 그런 사람이 되지 못했다.

그래서 외로이 앉아서 일주일 전의 신문을 보며 시간을 죽이게 되었다. 일주일 전의 신문이 오늘 신문이라고 생각하면서. 김윤자는 오늘이 아닌 신문의 날짜를 살고 있었다. 오늘의 인간이 아닌 과거의 인간답게.

손님이라곤 그녀밖에 없는 맥도날드에서 말이다. 그것도 새벽 두시에.

오타니 쇼헤이의 얼굴이 있는 신문이 일주일 전 신문이라는 걸 김윤자는 알지 못했다. 그걸 모른 채 수첩을 펴고 신문의 날짜인 2016년 12월 24일을 적어넣었다. 그러고는 이렇게 적었다.

오타니 쇼헤이, 오늘의 친구.

오늘

그녀는 죽고 나서 더 유명해졌다. 죽기 몇 년 전, 그녀는 방송을 통해 좀 유명해지기 시작했는데 유명한 사람이 되는 건 그녀의 소망이기도 했다. 하지만 그런 식으로 유명해지는 건 곤란하다고 그녀는 생각해왔다.

그녀의 죽음이 열흘 넘게 신문과 방송에서 다뤄졌고, 사람들은 그녀에 대해 이야기하기 시작했다. 메인 뉴스는 아니었고, '이런 일도 있었다' '이런 죽음도 있더라' 하는 호기심어린 목소리였지만. 사람들은 그녀의 잘 알려진 말년에 대해 이야기했고, 그들이 모르는 과거에 대해서는 상상했다.

그녀를 아는 사람들, 그러니까 같은 학교를 다녔다든가 말을 해본 적 있는 사람들은 그녀를 '안다'고 말했다. 누군가는 그녀를 비난했고, 누군가는 그녀를 동정했으며, 또 누군가는 그녀와 자신을 동일시했다. 당연하게도 그녀와 자신을 동일시하는 사람이 가장 적었다.

이럴 때 사람들은 낙관적이 되기 때문이다. 누군가 겪은 불행이 자기에게는 오지 않을 것이라고 생각한다. 아직까지 무사히 살아남은 것처럼 남은 생 역시 그럴 것이라고 생각한다. 그녀의 인생을 망친 이유로 지목되는 허영심, 주제넘음, 자존심 같은 것들이 자기에게는 별로 없다고 생각한다. 아니면 그런 부덕들을 가뿐히 뛰어넘을 능력과 용기가, 하다못해 운이 있다고 생각한다.

그녀에 대한 의견은 사람마다 달랐지만 그들이 공유하는 사실이 있었다. '비극적인 죽음이었다'는 것. 비극? 사람들은 비극에 대해 말해보라면 그게 뭔지 잘 말하지 못했는데, 거기엔 사람들을 근심하게 하고 숙연하게 하는 뭔가가 있다는 것만은 희미하게 느꼈다.

하지만 그녀를 그렇게 비극적인 인물로 생각하지 않는 사람들도 있었다.

레이디는 스스로 주장했던 것처럼 노숙자가 아니었다고 생각하는 이들이었다. 그녀는 집 없이 맥도날드와 스타벅스를 전전하면서도 자신을 노숙자라고는 생각하지 않았다. 자신을 그렇게 취급하는 사람들에게 '섭섭하다'고 말했다.

레이디의 그 말을 존중하는 사람들의 시각은 이랬다.

맞다. 레이디의 집은 거리였다. 거리의 카페와 패스트푸드점이 레이디의 응접실이었고, 교회가 레이디의 침실이었다. 패스트푸드점 열 시간, 교회 네 시간, 커피 전문점 네 시간. 매일같이 레이디는 이곳들을 오가며 자신의 삶을 살았다.

사람들은 계속해서 맥 레이디에 대해 이야기했고, 그녀의 삶을 해석했다. 그들은 레이디의 죽음을 통해 남들이 얼마나 자신과 다르게 생각하는지 알게 되었는데 신중호도 그들 중 하나였다. 그녀에 대한 새로운 사실을 알게 되면서 신중호는 레이디도 헝그리 보이와 같은 유형의 인물일 수 있겠다는 생각이 들었다.

레이디는 의미 없어 보이는 행동을 반복하는 것으로 의미를 만들었다.

세계의 몇몇 나라에서 망치를 두들기면서 사람들에게 노동의 의미를 일깨우는 철제 거인처럼 말이다. 그녀는 낡은 트렌치코트를 입고 맥도날드와 스타벅스를 오가며 날짜 지난 신문과 성경을 읽고, 별다른 일이 없는데도 일기를 썼다.

매일같이 그랬다.

매일같이 자신의 일상을 성실히 반복했던 근로자.

어떤 의도도 없었지만 누군가의 마음을 울리는 퍼포먼스를 매일같이 수행했던 퍼포머. 위대한 퍼포머.

그런 사람에게는 현실이 예술이고, 예술이 현실일 것이다. 그녀는 예술보다 인생이 늘 어렵다는 걸 누구보다 잘 알았다.

레이디는 비관도 낙관도 하지 않았다.

그저 오늘을 살았다.

* 김윤자와 신중호가 교류하는 장면의 일부 대사와 상황 설정은 SBS 〈궁금한 이야기 Y〉 52회(2010. 12. 24.)와 55회(2011. 1. 14.)에서 가져왔다. 소설을 검토해주신 조완현 PD님께 감사드린다.

* 소설에 성서를 인용할 때는 기독교 성경, 천주교 성경, 공동번역성서 속 구절을 맥락에 따라 달리 가져왔다.

* 19쪽, 245쪽 최신양이 읽는 성경 구절은 「마태복음」 5장의 일부이다.

* 290쪽 김윤자가 기도하며 떠올리는 성경 구절은 「마가복음」 13장 32절과 「시편」 91장 15절이다.

작가의 말

불안했다. 거리에서 살게 될까봐. 나는 소설을 쓰는 것 말고는 하고 싶은 게 없는 사람이고, 돈 버는 재능은 없이 쓰는 재주만 있고, 기댈 만한 데도 없어서 그랬다. 소설가가 되고 나서도 불안했다. 다음 소설은 낼 수 있을까. 내게 소설이 이것뿐이면 어쩌지.

언제인지 잘 기억나지 않지만 그녀의 이야기를 처음 들었을 때 마음이 쿵 하고 내려앉았다. 집 없이 맥도날드에서 하루종일 시간을 보낸다는 그녀는 어쩌면 나의 미래였을지도 모른다는 생각이 들었고, 마음이 아팠고, '마음'이라는 게 어디 있는지 모르지만 나는 그게 떨어져나가지 않도록 잡고 있어야 했다.

써야 했다. 그토록 마음을 사로잡는 이야기라면. 그래서 2016년 2월 나는 정동 맥도날드에 있었다. 정동 맥도날드는 그녀가 '매일'

을 지내던 공간이었고, 그녀에 대해 쓰기로 한 이상 거기서 써야 했다. 맥도날드에서 말이다. 안국 맥도날드에서도 썼다. 그녀를 그곳으로 데려다놓아야 했기 때문이다.

쓰는 시간이 이어지면서 내내 불안했다. 과연 나는 이 소설을 끝낼 수 있을까? 2016년 초부터 쓰기 시작했는데 끝이 나지 않았다. 이런저런 해결되지 않는 문제들이 있었다. 내내 소설을 부여잡고 있었다는 말은 아니다. 원고를 쓰다가 덮고 보지 않은 시간이 훨씬 길고, 보려고 마음먹었으나 다시 펼치지 못한 시간이 더 길다. 고통스러웠기 때문이다.

그전까지 소설을 쓴다는 것은 즐겁고 흥분되는 일이었는데 이 소설을 쓰는 동안은 그렇지 못했다. '작가의 말'을 쓰고 있는 지금은 알겠다. 그건 내가 그토록 피하고 싶은 불안 속으로, 자청해서 걸어들어가야 하는 일이었기 때문이다. 각오가 필요한 일. 용기도 있어야 하는 일. 둘 다 부족했다. 각오도, 용기도.

하지만, 내게는 할일이 있었다. 그녀를 잘 보내드리는 일. 단정하고, 깨끗하고, 화사하게. 그러기 위해서는 아직 해야 할 것들이 있었다. 다시 '레이디 맥도날드' 폴더를 열 시간이었다.

정동 맥도날드는 이제 없다. 경찰박물관도, 서머셋 팰리스 스타벅스도, 스타식스 영화관도, 씨넥스도 모두 사라져버렸다. 하지만 이 소설 속에는 있다. 그리고 정동에는 더이상 그녀, '레이디 맥도날드'도 없다. 하지만 여기에는 있게 되었다.

　많은 분들의 도움을 받았다. 파스칼의 『팡세』가 성경 다음으로 좋아하는 책이라는 L의 말을 듣고 다시 이 소설을 고치기 시작했다. 레이디가 성경을 읽어야 하는데, 종교적 감수성이 없는 나는 어떤 부분을 읽게 해야 할지 몰라 손을 놓고 있던 터였다. 저 말을 듣고 내가 『팡세』를 읽듯이 레이디에게 성경을 읽히자고 생각하자 구절을 찾을 수 있었다. 모든 일의 시작에는 나로 하여금 그녀에 대해 쓰게 한 텔레비전 방송을 만들어주신 조완현 피디가 계셨다. 이 글을 검토하고 추천의 글까지 써주셔서 감사의 말로는 다 부족하다고 생각한다. 백수린 작가의 속깊은 글을 보면서 나는 저렇게 마음을 울리는 글을 쓸 수 있는 사람일까라며 스스로를 돌아보게 되었다. 그리고 정은진 편집자, 그를 보면서 소설을 편집하는 일이 얼마나 위대하고도 정교한 일인지 알게 되었다. 모든 귀한 분들의 도움으로 미래를 기약할 수 없던 내 글은 『레이디 맥도날드』가 될 수 있었다.

*

　소설 속 그녀, 레이디에게는 세 가지의 루틴이 있다. 산책과 독서, 햇볕이다. 마음에 드는 길을 걷고, 마음을 움직이는 글을 보고, 햇볕을 쬐기. 이런 식으로 그녀가 스스로를 지켜왔다고 소설 속에 써둔 것을 다시 보면서 좀 놀랐다. 최근에 읽은 버지니아 울프의 일기에서 그녀가 자신의 정신 건강을 위해 스스로에게 주문하던 것이 바로 저 세 가지였기 때문이다. 그 글을 보며 '그래, 나도 그래야지'라고 다짐했는데, 이미 레이디는 그렇게 살고 있었던 것이다! 나는 레이디가 내가 만들어낸 인물이 아니라 '가져온 인물'이라고 생각하고 있고, 배울 점이 많은 분이라고 생각한다. 그녀는 이렇게 말할 것 같은 사람이다. "기쁨은 오래 간직하고, 힘들어도 울지 않기."

쉬운 인생 같은 건 어디에도 없다는 걸 이제 안다. 이 글을 읽게 될 분들이 앞으로 살아가는 날들 속에서 아름다움과 즐거움을, 또 마음을 움직이는 순간들을 많이 소유하게 되시길 바란다. 그렇게 자신을 힘껏 위하셨으면 좋겠다. '터프'한 마음으로 잘 살아주시기를.

2022년 봄
한은형

문학동네 장편소설
레이디 맥도날드
ⓒ한은형 2022

1판 1쇄 2022년 3월 30일
1판 3쇄 2022년 6월 30일

지은이 한은형
책임편집 정은진 | 편집 여승주 염현숙
디자인 최윤미 이원경
마케팅 정민호 이숙재 박치우 한민아 박지영 안남영 김수현 정경주
브랜딩 함유지 함근아 김희숙 안나연 박민재 박진희 정승민
제작 강신은 김동욱 임현식 | 제작처 상지사

펴낸곳 (주)문학동네 | 펴낸이 김소영
출판등록 1993년 10월 22일 제2003-000045호
주소 10881 경기도 파주시 회동길 210
전자우편 editor@munhak.com | 대표전화 031) 955-8888 | 팩스 031) 955-8855
문의전화 031) 955-3579(마케팅) 031) 955-2675(편집)
문학동네카페 http://cafe.naver.com/mhdn
인스타그램 @munhakdongne | 트위터 @munhakdongne
북클럽문학동네 http://bookclubmunhak.com

ISBN 978-89-546-8573-3 03810

www.munhak.com